SKALA

ANGELBOUND BUCHREIHE 3

CHRISTINA BAUER

URHEBERRECHTE

Monster House Books
Newton, MA 02464
ISBN 9781956114164

WIDMUNG

Gewidmet für meine Freundin Jo A.M.

INHALT

SKALA

Klingeln, klingeln, klingeln. Es ist fünf Uhr morgens und mein Küchentelefon hört nicht auf zu klingeln.

Ein dumpfer Schmerz der Sorge pulsiert durch mein schläfriges Gehirn. Ein Anruf zu dieser Stunde? Höchstwahrscheinlich sind es schlechte Nachrichten.

Ich schlurfe schlaftrunken in die Küche. Gähnend nehme ich den Hörer ab und halte ihn an mein Ohr. "Myla Lewis am Apparat."

"Ist das die Große Scala?" Die Stimme ist jung, weiblich und grenzt an Hysterie.

Meine Angst steigt ins Unermessliche. Nach diesem Tonfall zu urteilen? Eindeutig schlechte Nachrichten.

"Ja. Das bin ich." Ich habe meine Scala-Kräfte erst vor ein paar Monaten erlangt, aber schon jetzt tritt mein altes Myla-Lewis-Ich immer mehr in den Hintergrund. Die Leute wollen nur mit der Großen Scala sprechen, dem einzigen Wesen, das Seelen in den Himmel oder die Hölle bringen kann. Die meisten nehmen an, dass Myla meine neunzehnjährige Sekretärin ist oder so. Es ist wirklich seltsam.

Ich verkneife mir ein weiteres Gähnen. "Was ist denn los?"

"Ich rufe wegen der achtzehn Millionen Seelen im Geisterturm sechs an."

"Nein, das tun Sie nicht. Es gibt 3.325.932 Seelen im Geisterturm Sechs. 18.873.264 im gesamten Fegefeuer." Plus/minus ein paar. Da es meine Aufgabe ist, sie alle in den Himmel oder die Hölle zu bringen, behalte ich diese Dinge gerne im Auge. "Aber das beantwortet nicht meine Frage. Was ist das Problem?"

"Code-Red-Fehler, Große Scala. Geisterturm sechs ist bereit zu explodieren."

Jetzt bin ich hellwach, verdammt. Geistertürme halten wütende, verwirrte und gemeingefährliche Geister von den Straßen fern, während wir sie in Himmel oder Hölle sortieren. Seit zehn Jahren hat es keine Alarmstufe Rot mehr gegeben. Elektrische Zuckungen der Panik laufen durch jedes meiner Nervenenden. Ich umklammere den Hörer so fest, dass ich mich wundere, dass er nicht in zwei Teile zerbricht.

"Wann hat das angefangen?"

"Vor dreißig Minuten. Ihr Telefon klingelte und klingelte."

Mir bleibt der Mund offen stehen mit einer Mischung aus Wut und Schock. "Vor einer halben Stunde? Warum haben Sie keinen Boten zu meinem Haus geschickt? Ich wohne zwei Blocks von Ihrem Turm entfernt."

"Die Regeln besagen, dass ich Sie bei einem Code-Red anrufen soll. Bitte seien Sie nicht böse auf mich. Bitte nicht..."

"Sie in die Hölle schicken? Nein, das werde ich nicht." Obwohl ich sehr in Versuchung bin. "Ich bin gleich da."

"Vielen Dank, Große Scala, vielen Dank, vielen Dank. Darf ich sagen, wie geehrt ich mich fühle, dass ich in der Lage war..."

So beginnt das übliche Kuss-Arsch-Geplänkel, das mit dem Dasein als Halbgöttin einhergeht. In den ersten Wochen hat es Spaß gemacht, jetzt ist es ein großer Zeitfresser. Und ich habe einen Geisterturm, der kurz davor ist zu explodieren und drei Millionen mörderische Geister über das Fegefeuer zu verteilen. Ich lege auf, ohne mich zu verabschieden, und mache mich auf den Weg zum Turm.

Das Gebäude liegt fast in meinem Hinterhof, aber selbst wenn es nicht so wäre, wäre der Geisterturm

Sechs leicht zu finden. Das Gebäude ist massiv, rechteckig, fensterlos und aus Beton gebaut. Ich stürme auf die einzige Tür zu, ein rundes Metallportal. Eine stämmige Wache in einer ninja-starken Rüstung steht in der Nähe. Wie alle Bewohner des Fegefeuers sind - auch der Wächter und ich - Quasis, eine Mischung aus Mensch und Dämon.

Ich winke ihm kurz zu. "Hey, Harold."

"Großer Scala, dem Himmel sei Dank, dass ihr gekommen seid." Harold legt seine bloße Handfläche auf ein Eingabefeld neben der Tür. Eine Reihe von Klickgeräuschen ertönt, als sich die Schlösser öffnen. "Es ist ein Code-Red-Fehler."

"Ich weiß, Kumpel. Ich bin schon dabei."

Ein Muskel zuckt an Harolds Auge. "Die Cloud Carriers stehen kurz vor dem Bruch. Vielleicht sollten wir die Ghul-Regeln befolgen und-"

"Wenn ihr sagt, wir sollen die Seelen in die Hölle bringen, trete ich euch in die Kniescheiben." Da ich damit aufgewachsen bin, in der Arena des Fegefeuers gegen Dämonen im Gladiatoren-Stil zu kämpfen, würden diese Tritte auch wehtun.

Harolds Gesicht nimmt einen erschrockenen Ausdruck an, den ich nur mit "Bitte schick mich nicht in die Hölle" beschreiben kann. "Ich wollte nicht respektlos sein, Große Scala." Er steht weiter da, kauert und öffnet nicht die Tür.

„Sie. Öffnen Sie. Das Portal. Jetzt."

"Ja, Große Scala. Auf der Stelle, Große Scala."

Sicher, ich könnte Harold dafür schelten, dass er die Hölle überhaupt erwähnt hat, aber das würde nichts bringen. Vor zwanzig Jahren fiel der König der Hölle in unser Land ein, stürzte die Quasi-Republik, tötete jeden, der ein Gehirn oder Rückgrat hatte, und setzte die Ghule als Marionetten-Regierung ein. In den folgenden zwei Jahrzehnten haben die Ghule Quasis wie Harold einer Gehirnwäsche unterzogen und sie zu willenlosen, unterwürfigen, herrschsüchtigen Sklaven gemacht. Ich habe die Ghule rausgeschmissen, aber ihre Gehirnwäsche ist geblieben.

Endlich schwingt das runde Portal auf. Ich eile hinein.

Das Innere des Geisterturms ist eine Betonhülle, laut wie die Hölle und leer von allen festen Dingen. Etwa auf halber Höhe der Wand befindet sich ein Kontrollraum. An jeder Ecke stehen Aufseher, alle in einfachen weißen Uniformen. Das, was diesen leeren Raum ausfüllt, raubt mir immer wieder den Atem. Vom Boden bis zur Decke ist die Luft von einer sich verändernden Anordnung von Dingen erfüllt, die wie Wolken aussehen. In Wirklichkeit sind es riesige Gefäße, die die Seelen in einem nebligen Eindämmungsfeld einschließen. Wir nennen sie Cloud Carriers.

Die leitende Aufseherin Celia tritt an meine Seite, ihr Löwenschwanz zuckt ängstlich hinter ihr her. Alle Quasis haben einen tierischen Schwanz und eine Kraft, die sich auf die sieben Todsünden bezieht. Celias ist der Zorn. Ich habe zwei Todsünden-Kräfte - Lust und Zorn - sowie einen langen, dünnen Drachenschwanz. Ganz schön knallhart.

Celia schreit mir über den Lärm unserer Stromgeneratoren zu. "Tut mir leid, dass ich euch wieder hierher schleppen muss."

Ich rufe meine Antwort zurück. "Kein Problem."

Totale Lüge. In Wahrheit gibt es eine Menge zu befürchten. Allein in der letzten Woche gab es in den Türmen neun Code-Orange-Ausfälle.

"Die Carriers sind wieder instabil", erklärt Celia schnell. "So schlimm war es noch nie."

"Wie sehen die Berichte aus?"

"Gut." Celia holt ein elektronisches Tablet aus ihrer Tasche. "Perfekt, sogar." Ihre Augen werden groß und flehend. "Sind Sie sicher, dass Sie sich nicht an die Ghul-Regeln halten werden? Unsere alten Meister waren oft sehr weise. Vielleicht haben die Ghule den Reichsapfel aus einem bestimmten Grund hier gelassen."

Schon bei der Erwähnung von Luzifers Reichsapfel

ballen sich meine Hände zu wütenden Fäusten. Ich schmeiße die Ghule aus dem Fegefeuer, und was machen sie? Sie verstecken die ultimative Quelle der dämonischen Magie in meiner Heimat, damit ich nur Seelen in die Hölle schicken kann. Die können mich mal.

"Wir haben das schon einmal durchgemacht", antworte ich. Celia öffnet den Mund, aber ich schalte ihre Standardrede ab, bevor sie beginnt. "Ich weiß, was Sie sagen wollen. Jeden Monat kommen eine Million neuer Seelen ins Fegefeuer. Uns gehen die Plätze für sie aus, und deshalb sind die Türme zum Bersten voll. Aber wenn ich einmal eine Seele irgendwohin schicke, kann nicht einmal ich sie zurückholen." Ich verschränke meine Arme vor der Brust. "Ich werde keine Unschuldigen in die Hölle schicken."

"Ja, Große Scala. Wie Ihr sagt, Große Scala." Celia fängt an, sich im Schnelldurchlauf zu verbeugen, was eine neue und etwas unangenehme Bewegung ist.

"Wir müssen aufhören, altes Terrain wieder aufzuwärmen und uns auf den Code-Red konzentrieren. Welcher Carrier ist diesmal in Gefahr?"

Celia deutet auf eine Cloud, die auf dem Boden ruht. "Der da."

Ich scanne den Turm vom Boden bis zur Decke. "Nein, ich glaube nicht." In letzter Zeit kann ich auf einen Blick erkennen, ob ein Träger in Gefahr ist. Auf halber Höhe der Wände vibriert eine Wolke unheilvoll. "Zeig mir Nummer dreizehn."

Celia holt ihr Tablet hervor und beginnt, Tasten zu drücken. Über mir verschieben sich die Wolken, bis eine neue Wolke den ganzen Kilometer langen Betonboden einnimmt. Nummer dreizehn. Celia drückt weitere Knöpfe, und das aufgeblasene Gebilde verfestigt sich zu einer rechteckigen Form, bereit zur Inspektion.

Ich gehe auf die nächstgelegene Nebelwand zu, Celia folgt mir direkt dahinter. Wir könnten vielleicht in den Cloud Carrier selbst hineingehen, aber das ist nicht sicher. Das Fegefeuer ist nicht gerade eine fröhliche Zeit für diese Seelen, und wütende Geister können einem ganz schön in den Hintern treten.

"Auf welcher Ebene befinden wir uns?" Flugzeugträger sind wie Kreuzfahrtschiffe, nur mit Ebenen statt Decks.

"A-Ebene."

"Und wie viele Ebenen sind in diesem Träger gefährdet?"

"Alle von ihnen."

Jippie. "Das ist nicht gut."

Unsere Carrier werden von der Quantentheorie angetrieben. Dutzende von Ebenen in verschiedenen Dimensionen der gleichen Wolke, so etwas in der Art.

Das spart uns Platz, aber es macht alles gefährlich zusammenhängend.

Ich gehe näher heran, bis meine Nase fast die Eindämmungswand berührt. Das Innere des Carriers kommt zum Vorschein. Es ist eine halbtransparente Traumwelt. Weiches Gras, wogende Felder, sonniger Himmel. Die Geister schlafen unter Bäumen oder zusammengerollt auf Decken. Ein paar Zentimeter Abstand trennen sie voneinander.

Ich atme zufrieden aus. Das Feld ist voll, sicher, aber die Seelen sind ruhig, bequem und sicher. So sollte es eigentlich funktionieren. Leider sagt mir A-Level nicht, warum sich dieser Träger so seltsam bewegt hat. Eine Erinnerung taucht vor meinem geistigen Auge auf. Wir hatten schon einmal Probleme auf dieser Wolke.

"Zeig mir K-Level."

Celia klickt auf weitere Tasten und eine neue Szene erscheint. Diesmal ist es eine Gruppe von Männern und Frauen, allesamt Geister, die den Verstand verlieren. Sie schlagen, krallen sich, ziehen an den Haaren, zerreißen Hemden, hängen an Bäumen. Sie schreien sich gegenseitig unglaublich unangemessenen Mist zu. Ich kann nicht hören, was sie sagen, aber ich lese gut genug von den Lippen, um das Wesentliche zu verstehen. Harter Tobak.

Eine unruhige Last legt sich auf meinen Rücken. All

diese Leute sollten eigentlich friedlich schlafen, so wie die Seelen in der A-Level-Klasse. Stattdessen sind sie hellwach, übereinander gedrängt und besoffen.

Vor mir knallt ein Paar Geisterjäger gegen die Eindämmungswand. Das Äußere des gesamten Trägers wird durch den Aufprall erschüttert und sendet Schockwellen durch den Rest der Clouds. Wenn die Geister hier ausbrechen, kann das eine Kettenreaktion im ganzen Turm auslösen. Im Moment ist mein einziger Trost, dass sie miteinander kämpfen und nicht versuchen, aus dem Carrier selbst auszubrechen.

"Wie hoch ist eigentlich die Seelendichte auf dieser Wolke?"

"Vierhunderttausend Seelen."

Ich stoße einen leisen Pfiff aus. "Das wird reichen."

Aber es ist überall das Gleiche. Alle Carrier sind zum Bersten voll, und die Toten mögen es genauso wenig wie die Lebenden, überfüllt zu sein. Es braucht nur einen Geist, um aufzuwachen, auszuflippen und zu kämpfen. Danach ist der ganze Carrier in Gefahr.

Der Kampf in der Cloud wird bösartig. Gespenstische Körper werden gegen die nebligen Wände geschleudert. Die dunstigen Barrieren des Carriers werden immer heftiger geschüttelt.

Ein weiterer Körper trifft auf die Eindämmungswand. Diesmal breitet sich ein Spinnennetz aus weißen Linien vom Aufprallpunkt aus.

Mein Atem stockt. Die Wände beginnen auseinanderzubrechen. So schlimm war es noch nie. In meinem Kopf kreisen die Gedanken darum, wie man den Schaden aufhalten kann. "Haben Sie versucht, die Ladung des Eindämmungsfeldes zu verringern? Die Elektrizität könnte sie wachrütteln."

"Das haben wir versucht. Keine Wirkung."

Ein weiterer Schlag trifft die Wand vor mir. Die Risslinien breiten sich aus. Einige der nahen Träger beginnen ebenfalls zu vibrieren. Mein Puls schießt in die Höhe.

"Was ist mit der Konzentration des Nebels?" Das ist es, was die Seelen sediert und ruhig hält.

Celia tippt auf ihrem Tablet. "Sieht gut aus."

"Haben Sie einen Teststab?"

Celia zieht etwas aus ihrer Jacke, das wie ein langer silberner Nagel aussieht. "Klar."

Ich nehme ihr den Stab aus der Hand und schiebe ihn vorsichtig in die Cloud. In der Zwischenzeit geraten die Geister darin noch mehr außer Kontrolle. Entlang der Carrier-Wand zerschellen Körper. Weitere Risse entstehen. Spannung breitet sich in meinem Nacken und an meinen Schläfen aus.

Heute könnte es soweit sein. Der Tag, an dem wir

Millionen von wütenden Geistern ins Fegefeuer entlassen, wo sie das tun werden, was alle Mobs tun. Jeden und alles in Stücke reißen.

Ich ziehe den Prüfstab heraus und prüfe die Oberfläche. Ein Drittel davon leuchtet jetzt. "Die Nebelschwaden in dieser Cloud liegen nur bei dreißig Prozent."

"Das ist unmöglich." Das ganze Blut fließt aus Celias Gesicht. "Wir haben alles auf Maximum gedreht."

"Die Türme waren nie dafür ausgelegt, so viele Seelen aufzunehmen, Celia. Ich habe es schon einmal gesehen. Die Systeme werden überlastet und stürzen regelrecht ab."

Weitere Geister stoßen gegen die Wand. Diesmal sehen sie auch die Risse. Das bringt sie auf schlechte Ideen, wie zum Beispiel: 'Lasst uns nicht gegeneinander kämpfen, lasst uns hier ausbrechen'. Lange Risse bilden sich in der Eindämmungswand, die uns am nächsten ist. Dünne Nebelschwaden entweichen in den Geisterturm.

Celia stützt sich auf ihre Ellbogen. "Was sollen wir tun?"

"Gehen Sie zum Kontrollraum. Sie sollen den Minister für Infrastruktur anrufen. Wenn jemand weiß, wie man das, was den Nebel zurückhält, außer Kraft setzen kann, dann er." Der Minister ist mein alter

Freund Walker. Als superbegabter Ingenieur kann Walker die Geistertürme immer zum Laufen bringen.

"Ja, Große Scala."

Celia rennt in den Kontrollraum. Währenddessen laufe ich vor der Eindämmungswand hin und her und denke über meine Möglichkeiten nach. Sie sind nicht gut. Es entstehen weitere Risse, diesmal tiefer und länger. Wenn die Geister entkommen, muss laut Protokoll der Turm mit Nebel geflutet werden. Was wahrscheinlich nicht möglich sein wird, da wir die Träger nicht mit genügend Nebel füllen können. Und wenn die Geister entkommen, ist das der schlimmste Fall für mich. Ich werde gezwungen sein, die Entflohenen in die Hölle zu bringen.

Komm schoooooooooon, Walker.

Die Sekunden vergehen. Die Geister sind jetzt hysterisch, krallen sich an den Wänden fest und krabbeln übereinander. Ich fange an, sie anzuschreien, nicht dass sie mich hören könnten.

"Beruhigt euch! Glaubt mir, das ist nicht das, was ihr wollt!"

Der Kampf im Inneren des Carriers nimmt eine neue Qualität an. Es kommen Waffen ins Spiel. Jemand hat Äste von den nahegelegenen Bäumen abgebrochen, und die Wände erleiden eine neue Stufe des Einschlagens. Einer der Risse öffnet sich weiter. Eine neblige Hand stößt hindurch und in den dahinter liegenden Turm. Ein Gefühl von schwerem Grauen macht sich in meinen Knochen breit.

Das war's. Mir bleibt keine Zeit mehr.

In Gedanken beschwöre ich Igni. Sofort wirbeln kleine Energieblitze um meine Handflächen und tauchen wie winzige silberne Fische. Ich kann ihre Aufregung spüren. Das ist es, wozu sie bestimmt sind. Seelen bewegen. Sie bilden einen Strudel auf dem Boden, der erste Schritt zur Erschaffung einer Seelensäule, die diese Geister in ihr Leben nach dem Tod schicken wird. Leider wird dieses Leben nach dem Tod in der Hölle sein.

Mein Herz wird schwer. Ich habe sie enttäuscht.

Mit einem großen Zischen füllt sich der Cloud Carrier mit Nebel, einem dichteren Dunst, als ich ihn je zuvor gesehen habe. Die Kämpfer lassen ihre Waffen fallen, schließen ihre Augen und fallen in einen tiefen Schlaf. Ich atme erleichtert aus und befehle meinem Igni zu verschwinden.

Na endlich. Die Nebelschwaden sind beseitigt. Die Seelen sind in Sicherheit.

Wo auch immer du bist, Walker, ich schulde dir was.

Als Minister für Infrastruktur rettet Walker nicht nur jedes Mal meinen Hintern, wenn die Geistertürme zusammenbrechen. Er ist auch auf der Suche nach Luzifers Reichsapfel, und er ist kurz davor, ihn zu finden. Sobald der Reichsapfel aus dem Fegefeuer verschwunden ist, kann ich wieder Seelen bewegen. Uff.

Celia eilt zurück. "Es hat funktioniert." Sie hält vor mir inne, ihr Mund verzieht sich zu einer grimmigen Linie. "Hören Sie, ich weiß, dass Sie das nicht hören wollen, aber wir sollten hier die Ghul-Regeln befolgen, und die Ghule wollten diese Seelen in die Hölle schicken. Wer kümmert sich schon um einen Haufen toter Menschen, wenn lebende Quasis in Gefahr sind? Wenn diese Geister entkommen, werden sie das Fegefeuer zerreißen."

Meine Augenbrauen heben sich vor Überraschung. Meine, meine, meiiiiiiiiiiiiiine Güte. Was ist das für ein freches Mundwerk? Man kann über die Gehirnwäsche der Ghule sagen, was man will, aber sie führt dazu, dass meine Leute sich lieber ducken als sich konfrontieren zu lassen. Ein Streit mit einer neuerdings aufbrausenden Celia ist das Letzte, was ich brauche.

Ich senke meine Stimme um eine Oktave, nur um zu zeigen, dass ich es ernst meine. "Keine guten Seelen kommen unter meiner Aufsicht in die Hölle. Es sei denn, wir haben keine andere Wahl."

Celias ganzer Körper zittert, als sie spricht. "Unsere Wahl wurde bereits für uns getroffen. Von den Ghulen. Alles, was wir tun müssen, ist, danach zu handeln."

Ich beobachte, wie Celia zittert; die ganze Irritation weicht aus mir heraus. Die Ghule haben sie zwanzig Jahre lang einer Gehirnwäsche unterzogen. Ihre so genannten Meister haben sie erst vor zwei Monaten verlassen. Ich kann nicht erwarten, dass ich die jahrelange Konditionierung in ein paar Wochen auslöschen kann. "Wann haben Sie das letzte Mal geschlafen, Celia?"

"Vor zwei Tagen, Große Scala."

Ich lege meine Hand sanft auf ihren Oberarm. "Gehen Sie nach Hause. Nehmen Sie sich den Tag frei. Wir werden später darüber reden."

Nach einem schnellen Nicken geht Celia langsam davon.

Plötzlich stehen die Stromgeneratoren still. Grüne Lichter flackern an der Spitze des Turms und zeigen an, dass wir jetzt mit Reservestrom aus dem oberen Fegefeuer versorgt werden. Alles wird gespenstisch still.

Mein Körper gerät in Alarmbereitschaft. Solche Abschaltungen kommen nur vor, wenn die Eindämmungsmauern zusammenbrechen oder wenn es ernsthafte diplomatische Probleme gibt. Vielleicht bekommen wir bald einen dringenden Besuch von meiner Mutter, die jetzt die Präsidentin von Purgatory ist.

Ich drücke die Daumen und hoffe, dass es Mom ist.

Von der anderen Seite des Betonbodens erscheint

meine beste Freundin Cissy in der Tür. Sie ist unsere neue Senatorin für Diplomatie, was dazu führt, dass sich die Sache der Abschaltung eindeutig in die Kategorie "diplomatischer Schrott" einordnen lässt. Ich stoße einen zittrigen Atemzug aus. Ich brauche heute keine weiteren Adrenalinschübe.

Meine beste Freundin rennt in vollem Tempo auf mich zu, ihr Golden Retriever Schwanz wedelt eifrig hinter ihr her. Cissy ist groß und gertenschlank, hat hellbraune Augen und blondes Haar, das in ordentlichen Locken fällt. Heute trägt sie eine violette Senatorenrobe und einen besorgten Gesichtsausdruck. Sie bleibt an meiner Seite stehen.

"Du trägst deine Scala-Robe, gut."

Aha. Cissy will, dass ich ganz offiziell aussehe. Es muss sich um eine ultrawichtige diplomatische Angelegenheit handeln.

"Was ist los, Cis? Kommt Mama vorbei?" Es würde mich nicht wundern, wenn sie die ganze Szene von ihrem Büro aus über den Kontrollraum verfolgt.

"Nein. Willst du die schlechte Nachricht oder die wirklich schlechte Nachricht?"

"Fangen wir mit der schlechten an."

"Adair kommt mit all den anderen interrealen Diplomaten rüber."

Ich stieß einen langen Seufzer aus. *Fuuuuuuuuuuuuuck.*

Das ist Adair, wie in Lady Adair, die Verrückte, die meinen sehr-verliebten-Freund Lincoln, den Kronprinzen der Dämonen bekämpfenden Thrax, heiraten will. Vor ein paar Monaten wurde Adair Thrax-Diplomatin im Fegefeuer. Seitdem hat sie als Diplomatin nichts mehr getan. Ihr einziger Zweck scheint zu sein, mir zu folgen und Ärger zu machen. Allein letzte Woche hat sie drei Petitionen über meine angebliche Unfähigkeit als Anführerin gestartet. Keiner hat sie unterschrieben, aber trotzdem. Oh je.

"Was hat meine persönliche Stalkerin dieses Mal vor?"

"Adair führt eine offizielle Notfallinspektion dieses Geisterturms durch, gefolgt von einer Art offizieller Ankündigung."

"Ugh. Das könnte ein Problem sein." Vor allem, weil einer *meiner Cloud Carriers wie ein Schweizer Käse aussieht. Nicht gerade inspektionsfreundlich.*

Cissy schüttelt traurig den Kopf. "Es tut mir so leid, Myla. Ich habe versucht, für dich einzugreifen."

"Hey, nur weil du die Senatorin für Diplomatie bist, musst du nicht Adairs Babysitter sein. Es ist schon schlimm genug, dass sie dir mit ihrem Notfall den Tag versaut hat." Bei diesem letzten Wort mache ich kleine Anführungszeichen mit meinen Fingerspitzen.

"Das gehört zum Job", erwidert Cissy achselzuckend. "Diplomaten können nicht herumgehen und die Gebäude des Fegefeuers inspizieren, ohne unseren Senator für Diplomatie dabei zu haben."

"Aber du hast doch Besseres zu tun." Ich gebe dem Boden einen frustrierten Tritt mit meiner Sandale. "Wann wird sie überhaupt hier sein?"

"In ein paar Minuten", sagt Cissy. "Ich habe es gerade selbst herausgefunden. Du weißt ja, wie sehr mich Adair über die Geistertürme ausgequetscht hat. Ich habe ihr gesagt, dass es geheim ist, aber sie hat einige Wächter in diesem Turm befragt und alles über unsere Probleme erfahren."

"Mann, ich hoffe, das war nicht Celia."

"Wer ist Celia?"

"Meine Chefaufseherin. Sie ist in letzter Zeit ein wenig nervös."

"Nun, wer auch immer es war, Adair ist jetzt sehr verärgert."

Leider hat Adair als Diplomatin von Thrax jedes Recht, sich aufzuregen. Wenn die Geister ausbrechen, werden ihre Leute ins Fegefeuer gerufen, um das Chaos zu beseitigen. Und wenn Adair ihre diplomatische Rolle nutzt, um auf die Probleme im Turm aufmerksam zu machen, wird der Druck auf mich, die Seelen in die Hölle zu bringen, noch größer. Meine Leute dulden es, dass ich die Ghul-Regeln ändere - sie freuen sich sogar darüber, den Drehkörper loszuwerden - aber nur, weil sie nicht wissen, dass sie Geisterturm-Druckkochtöpfe in ihren Hinterhöfen haben.

"Kannst du sie eine Weile hinhalten? Ich muss diesen Carrier in Ordnung bringen." Die Geister wandern bereits schlafwandelnd umher und suchen sich bequeme Plätze zum Dösen, aber die Eindämmungswände sehen B-A-D aus.

Cissy starrt auf das Spinnennetz aus Rissen entlang der Carrier-Wand und bemerkt sie zum ersten Mal. "Myla, das Ding wäre fast auseinandergebrochen. Ich habe schon zertrümmerte Windschutzscheiben gesehen, die besser aussahen."

"Ich weiß. Deshalb brauche ich etwas Zeit. Kannst du mir eine Stunde verschaffen? Wir machen einen schnellen Flickenteppich."

"Klar, du bist doch meine Freundin. Ich werde auch ein paar neue Interferenzen für dich durchführen. Ich versuche, Adair zu neutralisieren!"

"Danke, aber ich sage dir immer noch, du solltest deinen normalen Job machen. Oder, noch besser, mit Zeke abhängen." Seit Cissy Senatorin ist, hat sie ihren Freund Zeke nicht mehr allzu oft gesehen.

"Erstens bist du mein Hauptjob. Zweitens bin ich Zeke jahrelang aus der Ferne hinterhergelaufen. Es wird ihm nicht schaden, eine Weile im Hintergrund zu bleiben. Und drittens macht es Spaß, Adair zu neutralisieren."

"Du bist die Beste, Cis."

"Pass auf dich auf." Sie umarmt mich fest und geht dann mit doppelter Geschwindigkeit davon.

Eine Zeit lang sehe ich den Cloud Carriern zu, wie sie träge um den Turm herumschweben.

"Passt auch auf euch auf."

2

In der nächsten Stunde führen wir den skizzenhaftesten Patch-Job an einem Cloud Carrier durch, den es je gab. Es wird keine solide Reparatur sein, bis Walker vorbeikommt, aber es sollte für Adairs Inspektion ausreichen. Tatsächlich hat mein Reparaturteam gerade den Turm verlassen, als Adair in der Tür erscheint.

"Seid gegrüßt, Große Scala."

Sie ist ein blasses Mädchen mit eingefallenen Gesichtszügen, langen blonden Haaren und den ungleichen Augen, die jeden Thrax kennzeichnen. Sie trägt eine buttergelbe Robe, die Farbe ihres Hauses, Acca. Hinter ihr steht der Ghul-Delegierte, ein zwei Meter großer Mann in einer wallenden schwarzen Robe. Er hat ein farbloses, vernarbtes Gesicht und ein ausgeprägtes Hinken. Die Engelsdelegierte ist ebenfalls bei ihnen. Sie ist eine ältere Oma mit ebenholzfarbener Haut und weißem Haarschopf. Wir haben keine diplomatischen Beziehungen mehr zur Hölle, also gibt es auch keinen Dämonenvertreter.

Adair marschiert über den Boden, ihre ungleichen Augen starren mich mit glühenden Blicken an. Ach was. Sie kann mich am Arsch lecken.

Die Gruppe bleibt vor mir stehen. Cissy tritt vor und sieht in ihrer Senatorenrobe sehr offiziell aus. Sie hat ein Funkeln in den Augen, das ich sehr mag. Ich kenne Cissy, seit wir Kinder waren, und dieser Blick bedeutet nur eines: Was auch immer sie bei Adair für mich getan hat, es ist suuuuuuper.

"Seid gegrüßt, Große Scala", sagt Cissy sanft. "Als Thrax-Senatorin für Diplomatie bin ich hier, um der Inspektion dieses Geisterturms beizuwohnen, gefolgt von einer offiziellen Ankündigung des Thrax Dele-" Cissy hält dramatisch inne und tippt sich ans Kinn. "Ach, wie dumm von mir, dass ich das vergessen habe.

Bevor wir beginnen, habe ich eine eilige Mitteilung von Antrum erhalten. Eine besondere Nachricht für die Große Scala." Sie greift in ihre Robe und holt einen kleinen silbernen Umschlag heraus. Lincolns Siegel ist deutlich sichtbar. Sehr schön.

Cissy ist ein Genie. Jetzt wird Adair ihre Zeit damit

verbringen, sich mit dieser Nachricht zu beschäftigen und - mit etwas Glück - bei ihrer Inspektion der Cloud Carriers nichts entdecken. Ich könnte Cissy auf der Stelle küssen.

"Hier ist die Nachricht." Meine beste Freundin überreicht mir den Umschlag mit einem Schwung. "Es wurde ein Dämon im Fegefeuer gesichtet. Der Kronprinz wird sich persönlich darum kümmern. Er bittet euch, mit ihm in die Schlacht zu ziehen." Sie blickt bedeutungsvoll zu Adair. "Die Einzelheiten stehen in diesem Brief."

Ich nehme den Umschlag und lächle, lächle, lächle. "Vielen Dank, Senatorin." Ich könnte einen Freudentanz aufführen, so aufgeregt bin ich. Cissy muss ein paar Fäden gezogen haben, um einen Dämon zu töten und einen Eilkurier nach Antrum zu schicken, und das alles in einer Stunde. Was für ein tolles Mädchen. Und Dämonenbekämpfung mit Lincoln? Der heutige Tag ist definitiv im Aufwind.

Adair starrt auf den Umschlag in meinen Händen und sieht dann zu Cissy. "Gab es keine Nachrichten von Prinz Lincoln für mich?"

"Nichts für Sie", sagt Cissy verschmitzt. "Nun, Sie wollten eine Inspektion durchführen, auf die eine formelle Ankündigung folgt. Was im Turm wolltet Ihr inspizieren?"

Adair sieht sich im Turmgeschoss um. "Ist die Oberaufseherin Celia hier? Sie könnte mir ein paar Ratschläge geben."

"Nein, sie hat den Tag frei." Ich bin auch froh, dass ich ihn ihr gegeben habe, wenn man bedenkt, dass Adair sie um Rat bittet. Leider bedeutet das, dass meine Celia vielleicht Adairs Quelle für unsere Probleme mit den Geistertürmen ist. Notiz an mich selbst: so schnell wie möglich die Situation klären. Ich hasse den Gedanken, Celia zu feuern, aber es könnte dazu kommen.

Adair wirft einen Blick auf die Cloud Carriers, aber ihr Blick flackert immer wieder zu dem silbernen Umschlag zurück, den ich als Fächer benutze.

Cissy wippt auf ihren Fersen. "Wir warten."

"Es scheint alles in Ordnung zu sein", sagt Adair schnell. "Vielen Dank, Senatorin."

"Gern geschehen. Und jetzt haben Sie eine Ankündigung für uns?"

"Das habe ich." Adair rückt den Ausschnitt ihres mittelalterlichen Gewandes zurecht. "Meine geschätzten Kollegen, ich bin heute hier, um zu verkünden, dass ich als Thrax-Delegierte im Fegefeuer eine offizielle Untersuchung der Geistertürme eingeleitet habe. Ich weiß aus zuverlässiger Quelle, dass diese Dinger kurz vor der Explosion stehen und Millionen von wütenden Geistern auf die Straßen des

Fegefeuers loslassen. Und wenn die Geister so wütend sind, können sie Gebäude einreißen, durch Wände brechen und sogar Menschen töten." Sie macht eine stechende Bewegung mit ihrem Arm, um einen Mord zu mimen.

"Wir alle wissen, was wütende Geister anrichten können, Adair." *Aber danke für die Theatralik.*

Sie kommt auf mich zu. "Das ist eine Katastrophe, die nur darauf wartet, zu passieren, und das ist alles auf Ihr Missmanagement zurückzuführen. Die Türme liefen gut, als die Ghule hier waren."

"Die Ghule hatten es nicht mit Luzifers Reichsapfel zu tun", sage ich. "Wissen Sie, was der Reichsapfel bewirkt?"

"Bitte. Nach den Gesetzen des Inter-Reichs ist es meine Aufgabe, im Rahmen einer offiziellen Untersuchung Fragen zu stellen." Adair holt ein Blatt Papier aus ihrer Tasche. "Fangen wir an. Die Seelen in diesem Geisterturm scheinen bereit für Himmel oder Hölle zu sein. Warum setzen Sie nicht Ihre Scala-Kräfte ein und bewegen sie alle auf einmal, in einer großen Ikonenwanderung?"

"Ich habe es versucht. Ich könnte sie nur alle in die Hölle bringen." *Tatsächlich konnte ich die Ikonenwanderung gerade noch rechtzeitig aufhalten, aber das sage ich ihr nicht.* "Wie ich bereits sagte, befindet sich Luzifers Reichsapfel jetzt im Fegefeuer. Sie wissen doch, was das bedeutet, oder?"

"Nein." Adair zuckt mit den Schultern. "Sollte ich?"

Ich starre sie eine Minute lang an. Kann sie wirklich so blind sein für die Herausforderungen, die die Seelenverarbeitung im Fegefeuer mit sich bringt? Immerhin ist sie unsere Thrax-Diplomatin. In ihren Augen liegt ein selbstgefälliger, besserwisserischer Blick, der meine schlimmsten Befürchtungen bestätigt. Sie ist absolut und glückselig ahnungslos.

"So sieht es aus. Der Reichsapfel ist die ultimative Quelle dämonischer Macht in den Jenseitswelten. Im Moment zwingt er mich, alle Seelen in die Hölle zu schicken. Lange Rede, kurzer Sinn, ich schicke keine Geister irgendwohin, so lange der Reichsapfel verschwunden ist."

Adair tippt sich ans Kinn. "Und es gibt keine anderen Gründe, die Sie daran hindern, Seelen zu bewegen?"

"Was zum Beispiel?"

"Ihr Einfluss auf Igni, zum Beispiel. Vielleicht ist das Problem nicht, dass Luzifers Reichsapfel zu stark ist. Es könnte auch sein, dass Sie zu schwach sind."

"Schwach? Ich habe Armageddon mit meinen Kräften in die Hölle geschickt."

"Früher waren Sie stark, sicher. Aber jetzt? Ich sehe es als meine Aufgabe an, mein einzigartiges Wissen über

Igni zu nutzen, um Ihren aktuellen Zustand zu beurteilen. Schließlich wurde ich von Verus, der Königin der Engel, zur Scala-Erbin ernannt."

Ich stemmte meine Faust in die Hüfte. Ich kann nicht glauben, dass sie diese Scheineinweihung erwähnt. Verus hat mit Adair nur eine falsche Zeremonie durchgeführt, um meine wahren Kräfte zu aktivieren. Adair hat das sogar selbst zugegeben.

"Kommen Sie schon. Erinnern Sie sich nicht? Wir waren alle in einem Bunker, kurz vor meinem Kampf mit Armageddon. Da sagten Sie, dass Ihre Initiation ein Schwindel war. Sie haben sogar gestanden, wie Ihre Hexenfreundin Gianna Ihre Macht über Igni vorgetäuscht hat."

Adair gelingt es hervorragend, völlig schockiert auszusehen. "Daran kann ich mich überhaupt nicht erinnern."

"Senator Frederickson war mit uns im Bunker." Ich wende mich an Cissy. "Erinnert Ihr euch an das Geständnis der Diplomatin?"

"Lebhaft."

Adair legt ihre Fingerspitzen an ihren Hals und seufzt. "Die Freundschaft zwischen Ihnen beiden ist rührend, wirklich rührend. Aber sie wird diese Untersuchung nicht aufhalten." Das heißt, sie sagt, dass Cissy für mich lügt. Mein Blut beginnt vor Wut zu kochen.

Der Ghul-Delegierte hebt die Hand. "Was sollen wir mit den Geistertürmen machen? Ich für meinen Teil bin sehr besorgt. Ich würde es begrüßen, wenn die Thrax-Delegierte etwas dazu sagen könnte."

Notiz an mich selbst: Ich hasse diesen Kerl.

"Ich weiß es noch nicht", sagt Adair mit einem traurigen Kopfschütteln. "Die Misswirtschaft hier ist ziemlich schwerwiegend. Ich brauche Zeit, um meine Ermittlungen abzuschließen."

Meine Hände ballen sich zu wütenden Fäusten. Missmanagement? Das geht jetzt zu weit. Entweder ich schlage Adair auf ihre gerümpfte Nase, oder ich beende dieses Treffen.

Ich seufze. So befriedigend ein Schlag auch wäre, er würde Adair nur noch mehr Futter geben, um Ärger zu machen.

"Tolle Idee, das zu untersuchen", sage ich streng. "Warum machen Sie das nicht? Etwa irgendwo anders?" Ich zeige auf die Tür. "Und jetzt?"

Adair faltet ihr Papier ordentlich zusammen und steckt es wieder in ihre Tasche. "Einverstanden. Ich werde gehen, wenn Sie damit einverstanden sind, Senatorin."

Cissy winkt mit der Hand in Richtung des Ausgangsportals. "Sie können gehen."

"Danke, dass Sie sich heute Zeit genommen haben." Adair nimmt meine Hände in die ihren. "Viel Glück."

Ich zucke zusammen. Adairs Handflächen fühlen sich kalt, klamm und eklig an. Ich lasse sie schnell los. "Auf Wiedersehen, Adair."

"Folgt mir, Leute." Adair geht schließlich weg und plaudert fröhlich mit ihren beiden diplomatischen Kollegen. Zweifellos erzählt sie ihnen Horrorgeschichten darüber, dass die Geistertürme jeden Moment explodieren werden.

Als sie weg sind, lehne ich meinen Kopf zurück und stöhne. "Oje. Ich muss wirklich ein paar Dämonen töten." Ich hebe den silbernen Umschlag hoch. "Das war dein Werk, nicht wahr?"

"Ja. Ich dachte, es würde zumindest ihre Inspektion kurz halten."

"Hat es auch. Ohne dich hätte sie tatsächlich etwas inspiziert. Übrigens, wie hast du den Dämon so schnell gefunden?" Nur eine echte Sichtung hätte einen Thrax-Krieger auf den Plan gerufen.

Ein verschmitzter Blick geht über Cissys Gesicht. "Ich könnte ihn importiert haben. Sagen wir einfach, ich schulde dem Furor-Delegierten einen großen Gefallen."

"Verdammt, du bist meine beste Freundin. Du Geschäftemacherin, du. Danke."

"Gern geschehen." Cissy runzelt die Stirn. "Bist du jetzt bereit für die wirklich schlechte Nachricht?"

Das ist richtig. Als ich Cissy das erste Mal sah, sagte sie, sie hätte schlechte und sehr schlechte Nachrichten.

"Ups, das hatte ich vergessen. Spuck's aus."

"Weißt du noch, wie Walker beinahe Luzifers Reichsapfel gefunden hätte?"

Mein Magen dreht sich um. Mir gefällt nicht, wohin das führt. "Jaaaaaaaaaah. Er hat eine Krypta im unteren Fegefeuer ausgegraben."

"Nun, der Reichsapfel war nicht in der Krypta. Sie haben sie schließlich geöffnet. Da war ein Sarg drin, aber er war leer."

"Nicht gut."

"Na ja, nicht ganz leer. Es war ein Rätsel hineingeschnitzt."

"Besser. Was steht da drin?"

"Keine Ahnung. Walker versucht, es zu entziffern."

Mein Schwanz klopft frustriert auf meinen Oberschenkel. "Hat Walker eine Ahnung, wann er den Reichsapfel finden wird?"

Cissy schüttelt den Kopf. "Es tut mir leid, Myla."

"Verdammt. Wenn uns der Seelenlagerraum ausgeht, habe ich nicht viele Möglichkeiten. Ich kann diese Leute unmöglich alle in die Hölle schicken."

"Halte durch. Du tust das Richtige. Hör mal, ich kann

die Bekanntgabe von Adairs Untersuchung hinauszögern. Das Büro des Präsidenten ist die einzige Gruppe, die im Moment davon erfahren muss. Das wird die Öffentlichkeit zumindest noch eine Weile ruhig halten."

"Gute Idee. Mit etwas Glück halten wir die Sache unter dem Radar, bis der Reichsapfel Geschichte ist."

Cissy legt ihren Arm um meine Schulter. "Außerdem ist Walker genial. Wenn jemand den Reichsapfel schnell finden kann, dann er." Sie deutet auf die Tür. "Und dein alter Kombi wartet schon draußen."

"Betsy?"

"Kein anderer."

Was für eine tolle Idee von Cissy, meinen alten Kombi vorbeizubringen. Betsy ist so ein Schrotthaufen, niemand würde vermuten, dass die Große Scala damit herumkurven würde. Ich fahre sie, wenn ich Inkognito sein will.

"Komm schon, Quasi-Mädchen", sagt Cissy. "Ich weiß, du hast den ganzen Tag Notfälle im Geisterturm repariert. Geh was töten. Dann geht's dir besser."

"Danke." Ich grinse von Ohr zu Ohr. "Weißt du was? Das werde ich auf jeden Fall tun."

3

Ich gehe über den staubigen Boden einer verlassenen Autofabrik in Middle Purgatory. Lincolns Nachricht war sehr konkret. Jeden Moment wird er auftauchen, damit wir einen Durus-Dämon töten können, ein metallverliebtes Monster, das ich noch nie aufgespießt habe. Sehr schön. Nach den Unannehmlichkeiten mit Adair im Geisterturm kann ich eine Pause gut gebrauchen.

Ich scanne die schwach beleuchtete Fabrik, meine Sinne sind auf der Suche nach einem Zeichen des Durus. Alles, was ich vorfinde, ist ein riesiges Gebäude, dessen gefliester Boden mit einem Labyrinth aus sich windenden Förderbändern bedeckt ist. Beliebige Autoteile sind zu hohen Stapeln aufgeschichtet. Aber kein Durus.

Schade.

Ein paar Meter hinter mir ertönt ein seltsames Geräusch: ein leises halblautes Husten.

Ich drehe mich um und entdecke einen vertrauten Umriss, der im Schatten auf mich wartet. Jemand mit breiten Schultern, militärischer Haltung und einem Schopf lockiger brauner Haare. Auf seiner schwarzen Rüstung prangt das Wappen des Rixa-Adlers auf der Brust. Selbst in dem fahlen Licht kann ich seine ungleiche Augenfarbe erkennen: die eine ist weizenbraun, das andere schiefergrau. Freude macht sich in meiner Brust breit.

Ich eile herbei und schlinge meine Arme um Lincolns Hals, wobei mein Schwanz zufrieden hinter mir herschwingt. Er macht unsere Umarmung fester, sein Körper fühlt sich warm und fest an. Ich nehme einen langen Atemzug und rieche seinen leckeren Duft von Waldkiefer und Leder. Ein tiefer Teil von mir, ein Ort, der sich ohne ihn immer verloren und leer anfühlt, beginnt von seiner Berührung und Liebe überzulaufen. Ich schmiege meinen Kopf an seine Schulter.

"Lincoln."

"Hallo, Myla." Lincoln lehnt sich zurück und mustert mich von Kopf bis Fuß. Die Intensität seines Blicks macht mich plötzlich verlegen, denn ich bin unsicher, wie ich in meinen Scala-Roben aussehe. Kurvige Figur, voller Mund, strahlend blaue Augen und langes kastanienbraunes Haar, das mir in Wellen über den Rücken fällt. Er zieht mich noch einmal an sich. "Du siehst wunderschön aus."

"Du bist auch nicht gerade übel." Ich bin ein großer Fan von seinem schwarzen Körperpanzer. Lecker.

Lincoln legt seine linke Hand an meine Wange, sein Daumen streicht in sanften Bögen über meine Haut. "Es ist zu lange her."

"Eine weitere arbeitsreiche Woche für uns beide."

Ich herrsche über die Quasi-Dämonen des Fegefeuers, während Lincoln das Gleiche mit den Thrax von Antrum tut. Unsere beiden Reiche könnten buchstäblich nicht weiter voneinander entfernt oder komplexer zu verwalten sein. Wir haben Glück, wenn wir uns jede Woche ein oder zwei Stunden sehen. Und wenn Walker sagt, dass er uns nicht mehr mit seinen geheimen Ghul-Portalen herumschleppen will, werden wir nicht einmal das haben. Heute ist ein seltenes Ereignis, ein offizieller Besuch aus Antrum, der die Transferstationen benutzt. Normalerweise dauert es Tage, bis man den ganzen Papierkram und die Genehmigungen hat, selbst für Könige. Dämonenbezogene Dinge bekommen eine Sonderbehandlung.

"Ich habe dich auch vermisst." Ich hebe langsam meinen Mund zu seinem. Lincolns Lippen sind weich und warm. Meine Haut kribbelt am ganzen Körper. Ich fühle mich wie jemand, der seit Ewigkeiten nicht mehr frei geatmet hat und dann reinen Sauerstoff einatmet.

Lincoln drückt seine Stirn an meine. "Was ist denn eigentlich los? In Cissys Nachricht stand, es sei dringend."

Es gibt viel zu erzählen, aber ich fange mit dem wichtigsten Thema an. "Weißt du noch, wie ich dachte, Walker hätte Luzifers Reichsapfel fast gefunden?"

"Ich erinnere mich. Hat er nicht letzte Woche eine Krypta ausgegraben?"

"Jep."

Luzifer war der König der Engel, er war sogar ranghöher als Papa. Dann drehte der Kerl durch und wurde eingesperrt. Seine Krone birgt engelhafte Magie, während sein Reichsapfel dämonische Kräfte enthält. Mensch, ich will das Ding aus meinem Hinterhof raus haben.

Ich schüttle den Kopf. "Walker ist dem Reichsapfel seit Monaten auf der Spur. Wir dachten wirklich, diese Krypta wäre das Ende der Fahnenstange. Aber alles, was Walker darin fand, war ein Sarg mit einem eingemeißelten Rätsel."

"Was stand auf dem Rätsel?"

"Walker arbeitet daran." Meine Stimme senkt sich zu einem Flüstern. "Ich habe keine Ahnung, wann wir die

Seelenbearbeitung wieder aufnehmen können. Und in der Zwischenzeit werden die Cloud Carriers jeden Tag voller. Aber ich werde diese Unschuldigen nicht in die Hölle schicken. Das kann ich nicht."

Lincoln mustert mich sorgfältig. "Da ist doch noch etwas anderes, was dich stört."

Wow. Damit hat er den Nagel auf den Kopf getroffen, ganz sicher. Trotz meiner Sorgen steigt mir ein warmes und glückliches Gefühl in den Magen. Niemand versteht mich so gut wie Lincoln.

"Sag mir, was los ist." Seine Stimme ist tief, sanft und beruhigend.

"Adair wird auch immer schlimmer. Heute hat sie eine offizielle Untersuchung über die Überbelegung in unseren Carriern eingeleitet. Wenn das Fegefeuer herausfindet, dass diese Türme explodieren könnten, wird mein Volk durchdrehen."

Lincoln streicht sich mit der linken Hand durch seinen braunen Haarschopf. "Das ist alles meine Schuld. Adair hat mich gebeten, König und Königin zu spielen, seit wir Kinder waren. Ich hätte niemals einen Ehevertrag mit ihr in Erwägung ziehen dürfen. Mutter hat mich davor gewarnt, aber ihre verdammte Armee..."

"Hey, bei dem Adair-Problem geht es um mehr als nur um dich. Sieh dir Verus an. Sie ist die Königin der Engel und ein verdammtes Orakel. Man sollte meinen, sie hätte es besser wissen müssen, als Adair eine Schein-einweihung als Scala-Erbin zu geben. Aber sie hat es getan, zusammen mit Gianna, die Hexerei benutzt hat, um gefälschte Igni zu erschaffen. Jetzt sagt Adair, dass die Zeremonie echt war."

Lincoln ist eine Weile still, seine Augen sind in Gedanken versunken. "Ich sag dir was." Er zieht seinen Griff um meine Taille fester. "Ich bleibe hier."

"Hier? Im Fegefeuer?" Offizielle Besuche dauern normalerweise weniger als eine Stunde. "Wie lange?"

"So lange wie es dauert. Das ist eine ernste Sache, Myla. Wir sollten es als Team angehen."

Wieder durchströmt mich dieses wunderbare warm-glücklich-kribbelnde Gefühl, nur diesmal noch stärker. Ich schlinge meine Arme um seinen Hals. "Du bist unglaublich."

flüstert Lincoln in mein Ohr. "Wie wär's, wenn wir dieses Ding töten und dann zu dir nach Hause fahren?"

"Du und Cissy, ihr verwöhnt mich heute."

"Sag so etwas nicht. Du hast eine wirklich mutige Entscheidung getroffen, diesen Seelen beizustehen. Du trägst im Moment eine große Verantwortung. Das ist das Mindeste, was ich tun kann. Cissy sieht das genauso."

Ein großes Gebrüll hallt durch die dunkle Fabrik und unterbricht den Moment. Der Schrei ist so tief und mächtig, dass Teile der schmuddeligen Wandscheiben aus den verrosteten Fensterrahmen purzeln.

Hallooooo, Durus-Dämon.

Kampfenergie jagt durch meine Muskeln. "Du hast Recht. Lass uns diesen Durus zur Strecke bringen."

Ich schalte in den Kampfmodus und gehe in Gedanken verschiedene Ansätze und Szenarien durch. "Wie wäre es, wenn wir mit Langschwertern beginnen und dann mit einem Netz abschließen?"

"Ausgezeichnet."

Wir holen unser Baculum heraus und entzünden die silbernen Stäbe als Langschwerter aus Engelsfeuer. Sobald die Flammen zu knistern beginnen, verwandeln sich die Fäden meiner Scala-Robe augenblicklich in eine weiße Kampfrüstung. Ich muss zugeben, dass die dynamische Neuanpassung der Roben einer der cooleren Vorteile ist, wenn man die Große Scala ist.

Vor uns kratzen Müllhaufen über den Boden und fügen sich zu einer größeren Form zusammen.

"Da hat sich wohl jemand entschlossen, zu uns zu kommen", sagt Lincoln.

"Sehr rücksichtsvoll für einen Dämon."

Auf dem Boden in der Nähe verschiebt sich der Müllhaufen immer schneller: er schmilzt, formt sich neu, steigt auf. Der saure Geruch von verbranntem Gummi und Motorenfett erfüllt die Luft. Innerhalb von

Sekunden verdichtet sich der Metallmüll zu einem riesigen Mann, der zwei Meter hoch und fast genauso breit ist.

Der Durus ist hier.

Die Arme des Dämons sind eine Mischung aus Presslufthämmern und Gurtnieten. Er steht auf Beinen aus massiven Stahlträgern; aus seinem Torso aus Motorenteilen strömen seltsame Rauchschwaden und Säuren. Der Kopf ist der fieseste Teil von allen, eine verrückte Mischung aus Stanznadeln und Rundsägen mit zerquetschten Glasaugen und einem riesigen, klaffenden Mund voller beweglicher Kolbenzähne.

Mir stockt der Atem. Ich muss zugeben, dass dieses Ding ziemlich cool ist.

Der Durus spricht mit einer tiefen und rostigen Stimme. "Verlasse mein Versteck."

Lincoln geht in Kampfstellung: die Füße weit auseinander, das Langschwert hoch erhoben. "Das wird nicht passieren, Freundchen."

Blitzschnell hebt der Dämon seinen Arm, um Lincoln zu schlagen. Ich mache mich bereit, zum Gegenangriff überzugehen. Doch der Dämon tut etwas Unerwartetes. Er bleibt stehen und erstarrt tatsächlich für ein paar Sekunden. Dann beginnen seine glasigen Augen mit dämonischem Feuer zu glühen.

Lincoln und ich werfen uns einen verwirrten Blick

zu. Das ist seltsam. Durus-Dämonen sind eine der wenigen Rassen, deren Augen nicht leuchten.

Der Durus stürzt sich auf mich. "Zeig mir, wie du Seelen bewegst, Große Scala." Mit klobigen Bewegungen reißt er ein Stück Förderband aus dem Boden und wirft es auf mich; ich springe leicht aus dem Weg. Die zerbrochene Maschine landet mit einem raumgreifenden Krachen auf dem Boden. Der Durus macht einen schwerfälligen Schritt auf mich zu. "Kämpfe gegen mich, wie du gegen Armageddon gekämpft hast".

Ich runzle die Stirn und überlege. Vor zwei Monaten habe ich Armageddon und seine Ghul-Kumpane aus dem Fegefeuer gejagt. Es hat ein bisschen gedauert, bis ich meine brandneue Igni-Kraft einsetzen konnte, aber schließlich habe ich den König der Hölle in einer Seelensäule gefangen. Ich kann mir immer noch vorstellen, wie er vor lauter Wut aufheulte, als er unter die Erde stürzte, um für immer in der Hölle gefangen zu sein. Lustige Zeiten.

Neben mir spricht Lincoln mit tiefer Stimme. "Deine Entscheidung, Myla. Wenn du ihn zurück in die Hölle schickst, wird er dort für immer eingesperrt sein, aber er wird immer noch am Leben sein."

"Das ist wahr." Allerdings kann ich im Moment keine Seelen bewegen, also habe ich mich darauf gefreut, mein Igni zu benutzen. "Aber ich könnte die Übung mit meinen Kräften gebrauchen." Ich wende mich an den Dämon. "Das ist ein guter Deal."

Ich hebe meine Arme hoch über meinen Kopf. Ich schließe die Augen und wende mich mit meinen Gedanken an die dunklen Igni, die winzigen Kraft- und Lichtblitze, die böse Seelen in die Hölle befördern. *Kommt zu mir, meine Kleinen.* Augenblicklich erfüllen ihre knirschenden Stimmen meinen Geist, eine Kakophonie aus Röcheln und Flüstern, die nur ich hören kann.

Ich öffne die Augen und beobachte, wie sich die winzigen weißen Blitze vor meinen ausgestreckten Handflächen materialisieren. Es werden immer mehr, die wie winzige silberne Fische um meine Hände herumschwimmen und tauchen. Bald sind es Hunderte, deren Körper verschlungene Muster bilden, die sich meine Arme hinaufwinden.

Mein süßer Igni. Ein Gefühl des Friedens und der Macht durchströmt mich. Ich bin die Große Scala, und das ist es, was ich zu tun bestimmt bin.

Der Durus, der die Macht des Igni spürt, lehnt sich auf seine Fersen zurück und schlägt mit seinen großen Fäusten auf seine Brust. Der Dämon öffnet sein Kolbenmaul und stößt ein weiteres ohrenbetäubendes Gebrüll aus.

Beim Klang dieses Schreis schaltet mein innerer Zorndämon auf Hochtouren und elektrisiert mein

Nervensystem mit Wut. *Zeit, nach Hause zu gehen, Freundchen.* Ich senke meine Arme und befehle dem Igni, auf den Boden zu gleiten und eine Seelensäule zu erschaffen, das Transportmittel, das den Durus in die Hölle schicken wird.

Nur, die Igni bewegen sich nicht.

Ich runzle die Stirn, meine Stirn ist vor Verwirrung gerunzelt. Das kann nicht sein.

Die Igni wirbeln weiter um meine Arme. In meinem Kopf fangen sie an, ein seltsames Lied zu krächzen, das mich zusammenzucken lässt. Ich höre darin die Worte "Drache" und "muss", aber sonst ist es ein Haufen Unsinn.

In Gedanken befehle ich mit mehr Kraft den Igni. Es macht keinen Unterschied. Ihre Stimmen plappern in ihrer seltsamen Kakophonie weiter, ihre Töne werden von Sekunde zu Sekunde schneller und schärfer. Schließlich greife ich auf das laute Sprechen zurück, etwas, das ich noch nie zuvor tun musste.

"Ich befehle euch! Schickt den Durus in die Hölle!"

Als Antwort darauf wird der Gesang der Igni wütend und intensiv. Ich habe keine Ahnung mehr, was sie sagen, nur noch, dass die Geräusche sehr schmerzhaft sind. Ich halte mir die Hände über die Ohren. "Genug!"

Augenblicklich verschwinden die Igni. Ich brauche eine ganze Minute, um mich zu konzentrieren und meine Sinne wiederzuerlangen. Verdammt, diese dunklen Igni können dein Gehirn übernehmen, wenn sie es wollen.

Ich suche die Fabrikhalle nach Lincoln ab. Er kämpft mit dem Durus, und das wahrscheinlich schon seit einiger Zeit. Dem Dämon fehlt jetzt ein Nietarm; sein halbes Gesicht ist weg. Der Durus schwingt seinen verbliebenen Bandsägenarm nach Lincoln, der wegspringt und sein Baculum in ein Netz aus weißen Flammen verwandelt. Lincoln wirft es hoch und hüllt den Dämon in sein Engelsfeuer-Netz ein.

Es folgt eine Pause. In einem Moment, der ewig dauert, starren sich Lincoln und der Durus gegenseitig an.

Das Gesicht des Dämons verzieht sich bei der ungestellten Frage: Was kann dieser Thrax mit einem Netz anfangen?

Mit einer raschen Bewegung schnürt Lincoln die Netzschnüre zu einem engen Ball zusammen. Die Engelsfeuerfäden sind rasiermesserscharf und zerreißen den Dämon mit Leichtigkeit in Tausende von winzigen Splittern seines Metallkörpers. Die Splitter purzeln zu Boden und klirren leise vor sich hin. Die Stelle, an der der Dämon einst stand, ist jetzt ein Haufen zerfetzter Metallscherben.

Der Durus ist tot.

Ich sollte jubeln, aber ich bin immer noch ein wenig erschrocken über mein improvisiertes Igni-Konzert.

Lincoln tritt an meine Seite. "Was ist passiert? Alles in Ordnung mit dir?"

"Ja, mir geht's gut. Meine Igni wollten allerdings nicht auf meine Befehle hören. Stattdessen sangen sie mir eine Art Nachricht vor. Seltsam." Ich klopfe ihm auf den Oberarm. "Übrigens, gute Arbeit!"

"Ich habe schon gegen Durus gekämpft. Normalerweise sind sie unheimlich schnell. Die Augen sollten auch nicht leuchten. Irgendetwas stimmte mit diesem hier nicht." Er runzelt die Stirn und steckt sein Baculum wieder in das Holster an seinem Oberschenkel. "Nicht, dass an einem leichten Kampf ab und zu etwas auszusetzen wäre." Ein verschlagener Blick erhellt seine Augen. "Bereit zum Aufbruch? Ich will wissen, was hier los ist."

Das Glück sprudelt in mir hoch. Ja, das stimmt. Lincoln bleibt jetzt für Tage. Fantastisch. Was auch immer ich sonst vorhatte, ich streiche meinen Zeitplan und genieße unsere gemeinsame Zeit. Ich nehme seine Hand in meine und mache mich auf den Weg zur Tür.

Betsy wartet immer noch draußen.

4

*L*incoln und ich durchstöbern den Inhalt meines Kühlschranks, um einen schnellen Snack vor dem Abendessen zu ergattern. Wie an den meisten Abenden sind meine Eltern unterwegs, um als Madame Präsidentin und First Man das Fegefeuer zu leiten, also sind wir auf uns allein gestellt. Es stellt sich heraus, dass es hungrig macht, einen Durus zu töten. Außerdem war das seltsame Igni-Konzert nicht lustig. Ich brauche etwas zu essen.

Lincoln kramt in einem Regal voller Plastikbehälter. "Ich kann mich immer noch nicht mit diesem Ort anfreunden. Es ist so viel schöner als Arx Hall."

Mein neues Haus ist schöner als Lincolns unterirdisches Schloss in Antrum?

"Ich weiß es nicht. Arx Hall ist ziemlich toll."

"Sicher, es sieht alles gut aus", sagt Lincoln. "Aber wir haben keinen Strom, kein Telefon und keinen Computer. Unsere Küchen stecken noch im Mittelalter fest. Es gibt eine Speisekammer, eine Butterei, ein Eishaus und einen Mann, dessen einzige Aufgabe darin besteht, dafür zu sorgen, dass das Fleisch richtig gebraten wird. Ich bezahle jemanden dafür, mein Meister der Drehspieße zu sein. Eine Legion von Leuten braucht zwei Tage, um mir ein Sandwich zu machen." Er deutet mit offenen Armen auf den Kühlschrank. "Also, das ist viel besser."

"Die Küche hier ist ziemlich genial, das muss ich dir lassen."

Als ich zur Großen Scala und Mama zur Präsidentin des Fegefeuers wurde, wusste ich, dass wir eine bessere Unterkunft bekommen würden. Der Ort, an dem wir gelandet sind, wurde vor kurzem von einem wohlhabenden Ghul-Kollektiv (sie benutzen den Begriff "Familie" nicht) verlassen, also ist es im Grunde eine Mischung aus Gothic-Spukhaus und Hightech-Superstore. Und ausnahmsweise haben die Ghule auch bei der Elektronik nicht gespart. Die Küche ist der schönste Ort, ein riesiger Raum, der mit rostfreiem Edelstahl und den neuesten Geräten von der Erde ausgestattet ist. Auf der rechten Seite des Raums steht ein langer, glänzender Tisch. Auf der linken Seite befinden sich all die undurchschaubaren Geräte.

Lincoln holt einen Plastikbehälter hervor, der mit einem bunten Schleim gefüllt ist. "Was zum Teufel ist das?"

"Eine von Dads Kreationen." Als Erzengel-General hat mein Vater eine ellenlange Liste von Superkräften. Fachwissen über Dämonenkunde und Kampfstrategie stehen ganz oben auf der Liste. Ein anständiger Koch zu sein, steht nicht auf der Liste, Punkt. "Dad muss zwar nicht essen, aber er mag es trotzdem, wahllos Sachen in der Pfanne zu kombinieren. In letzter Zeit hat er es auch im Kühlschrank versteckt."

"Soll ich das aufmachen?"

"Tu's nicht, ehrlich. Es wird das Ekelhafteste sein, was du je gerochen hast."

"Also, ich muss das öffnen." Lincoln hebt den Deckel einen Spalt an. Der Geruch von faulen Eiern und Mülltonnensaft schlägt uns ins Gesicht. "Verdammt, ist das eklig." Schnell macht er den Deckel zu und schiebt das Ding zurück in den Kühlschrank.

"Hab ich doch gesagt." Ich lasse den Kühlschrank links liegen und gehe zu dem Edelstahlschrank, in dem alle Dämonenriegel aufbewahrt werden. Auf dem Weg dorthin bemerke ich einen Stapel beschriebener Blätter auf der Arbeitsplatte. Diese Handschrift würde ich überall erkennen. Es ist die von Walker.

Als Ghul und Freund der Familie geht Walker täglich in unserer Küche ein und aus. In letzter Zeit hinterlässt er gerne Notizen, vor allem, wenn er uns über heikle Dinge informieren will.

"Hey, hier ist etwas von Walker. Ich wette, es geht um den Reichsapfel." Mein Herzschlag beschleunigt sich ein wenig. Walker würde keine Nachricht hinterlassen, wenn nicht etwas Großes passiert wäre. Hoffentlich ist es etwas Super-Großartiges.

"Irgendetwas Gutes?", fragt Lincoln.

Ich überfliege den Brief. "Kommt darauf an, wie du gut definierst. Es geht um Walkers Suche nach dem Reichsapfel. Er hat das Rätsel in der Krypta gelöst, was erstaunlich ist, aber es hat ihn zu einem Lagerhaus im unteren Fegefeuer geführt, das mit magischem Gerümpel gefüllt ist." Ich überfliege weitere Seiten mit langen Gleichungen und Notizen über Dinge wie Wahrscheinlichkeitstheorie. Ich werfe Lincoln die Blätter zu. "Irgendeine Idee, was das bedeutet?"

"Keine Ahnung. Aber Walker kennt sich aus."

"Die Quintessenz ist, dass der Reichsapfel definitiv im Lagerhaus ist, aber Walker hat keine Ahnung, wann er ihn finden wird." Ich werfe die Blätter auf die Arbeitsplatte.

"Wir sind also wieder da, wo wir vorher waren. Keine Ahnung, wann ich die Seelen wieder bewegen kann." Ich richte meine Aufmerksamkeit wieder auf die Edelstahlschränke. "Zeit für ein gemütliches Essen." Ich schnappe mir einen Dämonenriegel, reiße ihn auf und beiße in die schokoladige Köstlichkeit.

Lincoln holt eine Tüte Karotten aus dem Kühlschrank und beginnt zu knappern. "Weißt du, was du da isst, ist ein winziges bisschen Müsli und eine ganze Menge Schokolade."

"Daher auch der Name Dämonenriegel." Ich beiße ein weiteres Stückchen ab. "Damit habe ich meinen Frieden gemacht."

"Aber nur du, Myla."

Ich trinke die Flasche aus. "Ich kann nicht fassen, wie meine Igni sich gegenüber diesem Durus verhalten haben. Sie wollten nicht tun, was ich ihnen sagte. Sie wollten nur singen. Und es waren auch noch die dunklen Igni, also war ihre Musik ein einziges Gekreische. Stell dir zwei Dutzend Yoko Ono-Klone vor, die Speed Metal covern. Das ist so ungefähr das Gleiche."

Lincoln beginnt so sehr zu lachen, dass er sich fast an einer Karotte verschluckt. "Worüber haben sie gesungen?"

"Irgendwas über Drachen und jemanden zu finden. Ich weiß es nicht. Schließlich habe ich ihnen gesagt, sie sollen die Klappe halten, und sie sind weggegangen. Es war so seltsam."

"Für mich klingt das nicht nach einer großen Sache. Kommen sie nicht sowieso ab und zu mit merkwürdigen Nachrichten vorbei? Das ist nur das erste Mal, dass sie es getan haben, als du ihnen gesagt hast, sie sollen etwas anderes tun."

"Das ist wahr." Die Igni sind berüchtigt dafür, kryptischen Unsinn zu plappern.

"Ich würde mir keine Sorgen machen, es sei denn, es passiert wieder." Lincoln beißt noch ein Stück von der Karotte ab. "Also, dann erzähl mir mehr über Adair. Fangen wir mit den Ermittlungen an. Womit befasst sie sich genau?"

"Wie überfüllt die Geistertürme sind, und ob sie zu explodieren drohen. Es ist eine offizielle Untersuchung, also kann man sie nicht vertuschen. Cissy sagte aber, sie könne die Verbreitung der Nachricht verzögern. Das ist schon mal eine Hilfe."

"Schön, Freunde in hohen Positionen zu haben."

"Das sagst du mir." Ich runzle die Stirn. "Aber nachdem sie ihre Untersuchung angekündigt hatte, fragte Adair, ob ich nicht Seelen in den Himmel bringen könnte, weil ich einige meiner Kräfte verloren habe. Ich gebe es nur ungern zu, aber nachdem die Igni mich mit dem Durus ignoriert haben, sind mir ihre Worte wirklich unter die Haut gegangen."

"Du hast deine Kräfte verloren? Das ist unmöglich."

"Doch, es ist möglich, klar. Es gibt eine Krankheit, bei der ein Scala seine Igni verliert. Man nennt sie den Blutsteinfluch." Ich bin versucht, die Symptome zu erörtern, aber ich habe für einen Tag schon genug Bösartiges erlebt, um darüber nachzudenken.

"Es gibt also eine Krankheit, bei der ein Scala sein Igni verliert. Wie auch immer. Du bist die mächtigste Scala seit tausend Jahren. Adair versucht nur, dich aufzuwiegeln."

"Höchstwahrscheinlich." Ich hebe meinen Zeigefinger, als ob mir gerade eine Idee gekommen wäre. "Hey, warum kann sie dich nicht mal stalken?"

"Antrum ist total abgeriegelt. Wenn sie sich mir auf fünfzig Meter nähern würde, ohne einen offiziellen Grund dafür zu haben, würden meine Wachen sie einfach so in den Kerker werfen." Lincoln schnippt mit den Fingern. "Also musst du leider der Mittelpunkt ihrer Manie sein." Er beugt sich leicht in die Taille. "Ich bitte aufrichtig um Entschuldigung."

"Nun, jetzt, wo du hier bist, können wir uns die Last sicher teilen." Ich reiße einen weiteren Dämonenriegel auf.

Lincolns rechte Augenbraue hebt sich ungläubig. "Willst du dir das Essen verderben?"

"Was bist du, meine Mutter? Außerdem werden meine Eltern erst in ein paar Stunden zurück sein. Abendessen ist hier eine Sache der späten Stunde, wenn wir überhaupt dazu kommen."

Lincoln legt seine Karotten beiseite, ein plötzliches Glänzen in seinen Augen. "Also, ich habe über dein Speicherproblem nachgedacht."

"Und?"

"Was, wenn ich die Thrax-Alchemisten hinzuziehe?"

Ich kaue noch den Dämonenriegel und denke nach. Für die Thrax-Könige sind die Alchemisten so etwas wie Vorkoster, nur mit Magie. Jeder will den König und die Königin der Thrax kontrollieren, und viele übelgesinnte Leute probieren Zaubersprüche, Tränke und so weiter aus. Thrax-Alchemisten testen Dinge auf böse Magie.

"Das ist eine Überlegung wert", sage ich.

"Denkst du, Walker wäre beleidigt? Er hat die ganze Zeit den Laden geschmissen, und du bringst neue Gesichter rein."

"Nein, er ist ein praktischer Typ. Es gibt ein riesiges Lager voller magischer Dinge zu durchsuchen. Ich bin sicher, er freut sich über jede Hilfe, die er bekommen kann."

"Nun, er wird die Alchemisten lieben, das steht fest. Sie sind eher Wissenschaftler als Zauberer."

"Aber wissen sie viel über Verzauberungen und solche Dinge bei Maschinen? Nach Walkers Notiz zu urteilen, ist das Lagerhaus wohl voll davon."

"Sicher." Er deutet auf den Mixer. "Ich zeige ihn dir."

Unsere Blicke treffen sich, und die Welt scheint für eine ganze Minute einzufrieren. Plötzlich wird mir bewusst, dass wir ganz allein in unserem Haus sind. Keine Eltern. Keiner, der uns aufhält. Nur Zeit, Ruhe und einander... Etwas, das es seit Wochen nicht mehr gegeben hat. Die Luft knistert vor Elektrizität und Vorfreude. Die lustdämonische Seite meiner Lust-und-Zorn-Kombination erwacht in mir.

Ein hinterhältiges Lächeln umspielt meine Lippen. "Was wirst du mir zeigen?"

"Na, den Mixer natürlich."

Mein Herz schlägt schneller, als ich mich frage, was Lincoln wirklich vorhat. Ich drehe mich zu dem bizarren Gerät auf der Arbeitsplatte um. "Okay, ich höre zu."

Lincoln schleicht sich von hinten an mich heran, wobei die festen Konturen seiner Brust meinen Rücken auf eine Art und Weise berühren, die sehr ablenkend ist, besonders für jemanden, der angeblich Haushaltsgeräte vorführt. Er hält die Arbeitsplatte auf beiden Seiten meines Körpers fest umklammert und spricht dann mit tiefer, langsamer und knurriger Stimme in mein Ohr. "Fast jede Gruppe in den Jenseitswelten hat Magieanwender. Thrax und das Haus von Striga, Furor und die Hexenwings, sogar Menschen. Jeder von ihnen könnte verschiedene Verhexungen und Zaubersprüche auf jeden der Knöpfe hier legen."

"Warum klingt alles, was du sagst, so sexy?" Auch meine Stimme kommt etwas heiser rüber. "Das ist ein Mixer."

Er kuschelt sich in meinen Nacken, was mir angenehme Schauer über den Rücken jagt. "Ich weiß nicht, wovon du sprichst. Wie ich schon sagte. Meine Alchemisten wissen, wie man diese Magie aufspürt und sie dann rückgängig macht. Für dich könnten sie sie verändern. Sie könnten damit machen, was du willst. Sogar den Reichsapfel finden."

"Was immer ich will? Das könnte funktionieren." Ich grinse und lehne mich nach hinten, so dass sich mein Körper noch enger an seinen presst. Verdammt, das fühlt sich niiiiiiiiiiice an. "Wir müssen allerdings vorsichtig sein. Nach den Ghulen haben meine Leute Angst davor, dass Außenstehende irgendetwas Wichtiges in unserer Regierung tun."

"Walker hat seine geheimen Portale in und aus Antrum. Niemand müsste das je erfahren."

"Es könnte auch andere Probleme geben." Mein Mund fängt an zu sprechen, ohne dass mein Gehirn mir eine bewusste Anweisung gibt. "Quasis haben innere Dämonen. Sie können schwer zu kontrollieren sein. Vielleicht sogar beängstigend."

"Ich bin nicht besorgt." Er lehnt sich näher heran, seine Stimme wird wieder knurrig. "Innere Dämonen sind ziemlich faszinierend, findest du nicht auch?"

Ich halte inne, eine Erkenntnis taucht in meinem Kopf auf. "Wir haben aufgehört, über Alchemie zu reden, nicht wahr?"

"Ja. Ich glaube, wir haben angefangen, über deinen inneren Lustdämon zu sprechen."

Verdammt, ich glaube, er hat recht. Irgendwo zwischen Walkers Portalen und den Worten "Meinst du nicht auch? bin ich total auf meine Anpassungsprobleme mit meinem inneren Lustdämon übergesprungen. Ich vermeide es aktiv, mich mit dessen Anwesenheit auseinanderzusetzen.

Lincoln krault mein Ohr. "Du hast ihn mir seit der Nacht des Balls im Fegefeuer nicht mehr gezeigt."

"Jep." Und das aus gutem Grund. Das war die Nacht des berüchtigten 'Heckenlabyrinth-Vorfalls'. Wann immer mein innerer Lustdämon ausbricht, lässt er mich durchdrehen und verrückte Dinge tun. In dieser schicksalhaften Nacht hätte ich mich fast nackt ausgezogen und Lincoln in einem Heckenlabyrinth angegriffen, während der gesamte Thrax-Adel in der Nähe auf einem Ball abhing. Das war wirklich stilvoll.

Lincoln verlagert sein Gewicht, so dass sein Oberschenkel von hinten zwischen meine Beine drückt. "Ich würde diesen Teil von dir gerne wieder sehen, wenn du bereit bist."

Und, ja, das fühlt sich gut an. Ich beginne, meine Vermeidungsstrategie zu überdenken. Vielleicht müssen mein Lustdämon und ich nur mehr Zeit miteinander verbringen. Immerhin sehen Lincoln und ich uns so selten, und dann meistens in der Öffentlichkeit. Da gibt es nicht viele Gelegenheiten, sich näher zu kommen.

Von der anderen Seite des Anwesens höre ich das unverwechselbare Geräusch der sich öffnenden Haustür.

Jemand ist zu Hause. Hm. Ich weiß nicht, ob das etwas Gutes oder etwas Schlechtes ist.

"Myla, bist du das?"

Ich halte mir die Hand vor den Mund. "Ja, Mama. Ich bin in der Küche."

Papas Stimme ertönt als nächstes. "Wir haben Pizza mitgebracht!"

Lincoln knabbert mit seinen Zähnen an meinem Ohr und jagt mir einen letzten Schauer der Lust über den Rücken. "Wir müssen diese Diskussion später fortsetzen." Er tritt zurück und lehnt sich an den gegenüberliegenden Tresen. Wir tauschen ein verlegenes Lächeln aus, während sich mein innerer Lustdämon in meiner Seele windet und dampft. Er ist nicht glücklich über diese Situation. Nicht ein bisschen.

Aber im Moment kann keiner von uns beiden etwas dagegen tun.

Meine Eltern, Lincoln und ich sitzen am Küchentisch und verputzen unsere zweite Peperoni-Pizza. Papa knabbert nur zur Schau an seinem Stück, wir anderen verschlingen es.

Mama strahlt Lincoln förmlich an. "Es ist so schön, dich zu sehen." Mit ihrem kastanienbraunen Haar, ihrem kurvenreichen Körper und ihrem langen Drachenschwanz sieht meine Mutter aus wie eine ältere Version von mir, nur in einem lila Anzug.

"Schön, dass es eine Freude ist, mich zu sehen", sagt Lincoln.

Mama schaut auf die Wanduhr. "Bist du nicht normalerweise schon wieder zurück in Antrum?"

"Ja, aber ich würde gerne noch eine Weile bleiben, wenn das für dich in Ordnung ist."

"Natürlich", sagt Mama. "Es ist nett von deinen Eltern, dass sie dich verschonen."

"Meine Mutter wird ihren Preis verlangen, wie immer."

Ich halte mitten im Kauen inne. Wenn Königin Octavia einen Preis fordert, wird er mir wahrscheinlich nicht gefallen. "Was ist es?"

Lincoln starrt mich aus seinem rechten Auge an. "Du weißt, was sie will, Myla."

Oh, scheiße. Jetzt erinnere ich mich.

Es gibt eine Sache, von der Lincolns Mutter schon seit Wochen spricht: ein Willkommensball zu meinen Ehren. Bisher bin ich ihr ausgewichen und habe gesagt, dass ein Ball mich zu lange vom Fegefeuer fernhalten würde. Aber jetzt, da Lincoln nicht in Antrum ist, weil er mir helfen will, kann ich nicht sagen, dass ich das Fegefeuer nicht für sie verlassen werde. Ich mache mein Igitt-Gesicht. "Ja, ich weiß, was sie will, schon klar."

Mamas Augen glänzen vor verstecktem Lachen. "Sie hat mich deswegen schon kontaktiert. Sie hat darum gebeten, dass dein Vater und ich auch dabei sind."

Papa lehnt sich in seinem Stuhl zurück. "Da bist du nicht allein, Myla. Förmliche Veranstaltungen sind auch nicht gerade meine Lieblingsbeschäftigung."

Mein Vater und ich teilen ein Lächeln. Er hat gutaussehende Gesichtszüge, eine markante Kieferpartie, kakaofarbene Haut und strahlend blaue Augen. Sein grauer Anzug hängt ein wenig locker an seiner einst kräftigen Statur. Armageddon hat Papa fast zwei Jahrzehnte lang in der Hölle gefangen gehalten. Ich habe meinen Vater vor ein paar Monaten befreit, aber er ist immer noch nicht wieder bei voller Kraft.

"Lass uns zu angenehmeren Themen übergehen." Paps reibt seine Handflächen aneinander. "Gibt es etwas Bestimmtes, das ihr heute Abend besprechen wollt? Zukunftspläne, vielleicht?"

Ich rolle mit den Augen. Keine Frage, worauf mein Vater anspielt. Als Erzengel ist mein Vater schon seit Anbeginn der Zeit am Leben. Bis ich auf die Welt kam, hatte er nie ein Kind. Jetzt, wo er den Dreh raus hat, will er, dass ich heirate und ihm ein Enkelkind schenke, pronto.

Ich habe nichts davon. "Wir reden jetzt nicht über Hochzeiten."

"Dann frage ich eben jemand anderen." Papa wendet sich an Lincoln. "Willst du irgendetwas sagen?"

"Wenn ich die Thrax-Verlobungszeremonie für einen Kronprinzen vollziehen würde", sagt Lincoln, "Ich würde es nicht bei einer Pizza machen. Erstens dauert es seine Zeit, die Verlobungsjuwelen aus den königlichen Gewölben zu holen." Er legt seine Hand auf meine. "Und das Ganze erfordert einen weitaus größeres Gespür für den Anlass."

Heiraten. Der Gedanke schwirrt durch mein Nervensystem und lädt jeden Zentimeter in mir mit allerlei Glücksgefühlen auf. Wie fantastisch wäre es, jeden Tag neben Lincoln aufzuwachen? Ziemlich toll, in der Tat.

Unter dem Tisch windet sich mein Schwanz liebevoll um Lincolns Knöchel. Er blickt in meine Richtung, seine ungleichen Augen leuchten vor Aufregung. Eines Tages werden wir das wirklich tun. Heiraten und zusammen sein.

Mein Puls rast vor Vorfreude. Anscheinend hat Lincoln auch schon Pläne in der Schublade. Und ein Verlobungsritual? Juwelen? Diese Thrax haben Zeremonien und glitzerndes Zeug für alles. Nicht, dass ich mich beschweren würde. Das ist eine Situation, in der das Extra an Schnickschnack und Romantik sehr willkommen wäre.

Papas Grinsen wird noch breiter, wenn das überhaupt möglich ist. "Na gut."

Mama legt ihre Füße auf einem Stuhl in der Nähe ab. "Darf ich ein bisschen fachsimpeln?"

"Nur zu", antworte ich. "Was hast du auf dem Herzen?"

"Ich habe heute Abend eine Nachricht von Cissys Büro erhalten. Adair leitet eine offizielle Untersuchung der Geistertürme ein. Ich habe heute von den Problemen mit Geisterturm Sechs gehört. Was gibt's Neues?"

Ich stelle mir die zerbrochene Eindämmungswand des Geisterturms vor, komplett mit der gespenstischen Hand, die durch den Bruch greift. Ein Schauer des Grauens fährt mir über den Rücken.

"Der Turm ist jetzt stabil, aber wir haben jeden Monat eine Million neuer Seelen, die ins Fegefeuer kommen. Ich weiß nicht, wie viel Speicherplatz wir noch haben."

"Wir können nicht verhindern, dass Seelen ins Fegefeuer kommen, das ist sicher", sagt Mama.

"Außerdem, ist Walker nicht sowieso kurz davor, den Reichsapfel zu finden?"

Ich reiße meine Pizzakruste in kleine Stücke. "Da haben wir schlechte Nachrichten für dich. Es hat sich herausgestellt, dass der Reichsapfel tatsächlich in einem riesigen Lagerhaus voller magischem Müll versteckt ist. Lincoln holt ein paar Spezialisten aus Antrum, die uns bei der Suche helfen sollen, aber wir haben keine Ahnung, wie lange es dauern wird."

"Ihr holt also die Alchemisten", sagt Papa. "Das ist eine erstklassige Idee."

"Ich stimme zu, das ist eine hervorragende Idee von euch beiden", fügt Mama hinzu. "Ihr werdet die Seelenbearbeitung im Handumdrehen wieder in Gang bringen."

"Danke, Mama." Ein sonniges Gefühl des Stolzes durchströmt mich. "Das hoffe ich doch sehr."

Bei diesem Kompliment fühle ich mich geradezu großartig und souverän. Dann wandert mein Blick über das altmodische Telefon an unserer Küchenwand. Jeden Moment könnte das Ding wieder klingeln, diesmal nicht mit einem Code-Red-Fehler, sondern mit einer kompletten Kernschmelze. Meine Brust zieht sich vor Sorge und Zweifel zusammen. "Manchmal frage ich mich allerdings, was passiert wäre, wenn ich meine erste Ikonenwanderung nicht gestoppt hätte. Ich meine, der alte Scala hätte nie in Frage gestellt, alle in die Hölle zu schicken."

"Blödsinn", sagt Mama schnell. "Du weißt, wie dein Vater und ich über das denken, was du tust. Es war ein sehr mutiger Schritt, die Seelenbearbeitung zu stoppen. Du hast unsere volle Unterstützung. Und wir werden dazu beitragen, dass Adairs Ermittlungen so lange wie möglich geheim bleiben. Lass dich von den Neinsagern nicht unterkriegen, Schatz."

Huh. Mama hat mich vor den Gefahren der

Schwarzmaler gewarnt, seit ich zwei Jahre alt war. Jetzt umhüllen mich ihre Worte wieder, tröstend wie eine Decke. "Mit dir als Mama haben die Neinsager keine Chance."

Papas Gesichtszüge festigen sich. Ich kenne diesen Blick; er geht in das über, was ich Vater-General-Modus nenne. "Wir haben dich auch von der militärischen Seite her abgesichert." In seiner Stimme liegt ein Hauch von grimmiger Entschlossenheit. "Wenn es wieder zu Unruhen kommt, rufe ich Truppen vom Himmel, kein Problem."

Mein Vater meint, dass diese Aussage beruhigend sein soll, aber das ist sie nicht. Ganz und gar nicht. Stattdessen denke ich über die berüchtigten Geisteraufstände im Fegefeuer nach. Die Enge und Beklemmung in meiner Brust werden geradezu schmerzhaft. Der Gedanke an diesen blutrünstigen Mob quält mich schon seit Wochen.

"Aufstände?" Meine Stimme kommt ein wenig zittrig heraus. "Ich hoffe, dass es nicht so weit kommt."

Vor meinem geistigen Auge taucht eine Erinnerung auf. Ich bin neun Jahre alt und sitze auf unserer alten, klapprigen Couch in Lower Purgatory. Ferne Explosionen und Schreie zerreißen die Nachtluft. Ich kuschle mich an Mamas Schulter, mein ganzer Körper zittert vor Angst. Walker sitzt uns im Sessel gegenüber, sein farbloses Gesicht ist in grimmige Falten gelegt. Wenn der Mob unsere Straße erreicht hätte, wäre er hier, um uns in Sicherheit zu bringen. Vor unserem Wohnzimmerfenster färbte sich der nächtliche Himmel in wechselnden Rottönen. Das Fegefeuer brannte.

Mama errät meine Gedanken und Sorgen. "Kümmert euch vorerst nicht zu sehr um den Aufruhr", sagt sie beruhigend. "Ihr beide konzentriert euch darauf, mit Walker zu arbeiten und die Dinge wieder in Gang zu bringen. Nur du, erkennst alles, schnell. Vielleicht ein paar Tage. Vielleicht eine Woche, höchstens."

"Sicher, Mama. Wir werden unser Bestes tun..."

Plötzlich ertönt in meinem Kopf der Klang von ätherischem Gesang. Er ist hoch, kindlich und wunderschön. Ich drücke meine Fingerspitzen an meine Schläfen. Das sollte jetzt nicht passieren. Ich habe keine Igni beschworen.

Doch die Musik geht weiter. Mein Gehirn füllt sich mit süßen Stimmen, die nur ich hören kann. Das sind die Licht-Igni, die Macht, die die Seelen in den Himmel zieht. Offensichtlich haben sie beschlossen, dass jetzt ein guter Zeitpunkt ist, um sich über etwas schmissige Musik in meinem Gehirn zu unterhalten. Ich atme langsam aus. Wenigstens kann ich, anders als beim dunklen Igni, ihrem Gesang zuhören, ohne schreien zu wollen.

Lincoln drückt sanft meine Hand. "Was ist los?"

"Die Igni haben eine Nachricht für mich. Sie singen jetzt gerade, in meinem Kopf."

Mama lehnt sich über den Tisch, ihre Augen weiten sich. "Was sagen sie?"

Ich schließe meine Augen, um mich besser konzentrieren zu können. "Sie sagen etwas über die Furor. Eine Furor-Halskette. Und von der Furor-Kaiserin. Es ist ihr Amulett. Sie wollen, dass ich es finde. Ich glaube, die dunklen Igni haben das schon mal besungen." Ich öffne die Augen, und die Musik verschwindet aus meinem Kopf. "Weiß jemand, wovon sie reden?"

Mama schüttelt den Kopf. "Noch nie davon gehört."

Papas Gesicht wird starr wie Stein. "Was weißt du über den Furor?"

"Nicht viel. Alles, was ich in der Highschool gelernt habe, war, Ghulen in den Hintern zu kriechen."

"Furor haben Zauberwirker", erklärt Papa. "Sie sind ein Stamm namens Hexenwings. Sie erschaffen verzauberte Steine; niemand weiß wirklich, wie sie das machen. Den Königen sind bestimmte Steine zugeordnet, die ihnen besondere Kräfte verleihen. Rubine für den Kaiser, Opal für die erstgeborene Tochter, Obsidian für den erstgeborenen Prinzen..."

Ich sehe schon, worauf das hinausläuft, und das Ziel gefällt mir überhaupt nicht. Ein Spannungskopfschmerz krabbelt um meine Schläfen. "Und die Kaiserin?"

"Blutstein."

Meine Welt erstarrt für einen Moment. Keine Panik, Myla. Es könnte ein Zufall sein.

Mama stößt einen leisen Schrei aus. "Ich habe von dieser Sache gehört, die man den Blutsteinfluch nennt. Er saugt einem Scala die Kräfte aus und gibt sie an jemand anderen weiter. Haben der Fluch und diese Halskette etwas miteinander zu tun?"

"Ich fürchte ja", sagt Papa.

Okay, Zeit, in Panik zu geraten. Mein Herz fängt an, wie wild zu pumpen. Die Igni haben mich gebeten, etwas zu finden, das mit dem Blutsteinfluch in Verbindung steht. Ist das ihre Art, mir zu sagen, dass ich ihn habe? Könnte es sein, dass sie meine Kräfte an jemand anderen weitergeben?

"Das letzte Mal, als ein Scala keine Seelen bewegen konnte, war ich dabei", erklärt Papa. "Ich kenne mich in der Dämonenkunde gut aus, und immer, wenn jemand mit einem rätselhaften Leiden zu kämpfen hat, rufen sie mich an. Wir wussten nicht, was los war, bis wir uns das Blutsteinamulett ausliehen. Es ist einzigartig. Es zeigt der Kaiserin den Status ihrer Kräfte an. Wir haben es mit dem Patienten ausprobiert und festgestellt, dass seine Igni entgleiten und von selbst in die Scala Erbin gehen. Das ist nun schon zweitausend Jahre her. Heute erinnern sich die meisten Menschen wahrscheinlich an den Fluch, aber nicht daran, wie er zu seinem Namen kam."

"Ich habe alles über die Scalas gelesen, was ich finden konnte", sage ich. "Da steht immer etwas über den Blutsteinfluch, aber kein Amulett wird erwähnt."

"Diese verdammten Ghule", schreit Mama. "Sie haben alle unsere Bibliotheken, alle Aufzeichnungen und vor allem alles, was mit Scala zu tun hat, vernichtet."

Die strengen Züge in Papas Gesicht erweichen vor Mitleid. "Das ist nicht das erste Mal, dass jemand mit dir über den Fluch spricht, oder?"

"Nein. Na ja, jedenfalls nicht direkt. Heute hat mich Adair gefragt, ob ich nicht die Seelen bewege, weil ich die Macht nicht mehr habe. Ich glaube, sie hat etwas über den Fluch angedeutet."

Papas Augen leuchten engelsblau. "Wie kann sie es wagen? Ich habe gesehen, wie du Armageddon mit deinen Kräften direkt in die Hölle geschickt hast. Du hast mich aus seinem Gefängnis befreit, was ich nie für möglich gehalten hätte. Du bist stark, Myla. Und deine Bindung zu deinem Igni ist stark. Es muss einen anderen Grund geben, warum sie wollen, dass du die

Halskette bekommst. Wir werden es herausfinden." Er greift über den Tisch und legt seine Hand auf meine.

Ich starre auf Papas breite, muskulöse Hand, die meine kleinere umschließt. Mein ganzes Leben lang habe ich mich gefragt, wer mein Vater ist und ob ich ihn jemals finden würde. Jetzt ist er hier und unterstützt mich mehr, als ich es mir je erträumt hätte. Meine Augen brennen aus einer Mischung aus Liebe, Ehrfurcht und Dankbarkeit. "Danke, Papa."

Mama holt einen ihrer allgegenwärtigen Notizblöcke hervor und beginnt, Anweisungen für ihre Mitarbeiter zu kritzeln. "Wir müssen eine diplomatische Anfrage für die Halskette stellen." Sie hält inne und tippt sich mit dem Stift gegen das Kinn. "Allerdings könnte es nicht funktionieren, wenn wir aus dem Fegefeuer kommen. Leider haben wir unter den Ghulen den Furor jahrzehntelang ignoriert. Cissy fängt gerade erst an, die Verbindungen dorthin wiederherzustellen."

"Ich kann sie fragen", sagt Lincoln. "Ich habe beim Winterturnier ein Furor-Kind gerettet. Sie waren sehr dankbar."

"Lass mich das machen", entgegnet Papa. "Ich habe den Vater des derzeitigen Furor-Kaisers getötet. Er war geradezu ekstatisch. Ich werde morgen nach Furonium gehen und persönlich um das Amulett bitten."

"Und ich rufe die Alchemisten an", sagt Lincoln. "Sie

werden morgen früh als erstes hier sein." Sein zuversichtlicher Blick trifft den meinen. "Gemeinsam werden wir den Reichsapfel finden und die Seelenbearbeitung neu starten. Ich weiß es."

Und wenn ich den furchtlosen Blick in seinen Augen sehe, glaube ich, dass er Recht haben könnte.

Cissy, Walker und ich betreten unsere Edelstahlküche, große Kisten in unseren Armen. Es ist zwei Tage her, dass Lincolns Alchemisten aufgetaucht sind. Seitdem halten sie uns drei mit regelmäßigen Lagerbesuchen auf Trab, um magisches Zeug zu holen, das sie in meiner Küche, auch bekannt als unser neues Alchemie-Hauptquartier, untersuchen können. Im Lagerhaus gibt es zu viele Zaubersprüche und Verzauberungen, als dass die Alchemisten schnell arbeiten könnten - außerdem gibt es in unserer Küche jede Menge Gerätschaften und Snacks - also haben sie sich hier niedergelassen.

Cissy und Walker eilen in die Küche und stellen ihre Kisten auf einer nahe gelegenen Arbeitsplatte ab. Ich bleibe an der Türschwelle stehen und schaue mich um.

Auf der rechten Seite des Raums sitzt Lincoln am Kopf unseres langen Stahltisches, während seine Alchemisten die anderen Stühle besetzen. Es sind sechs gut aussehende Männer mit ungleichen Augen, die alle weiße Laborkittel tragen, auf deren rechte Vordertasche ein silberner Adler aufgenäht ist. Die Gruppe ist ganz vertieft in die Stapel seltsamen Gerümpel, die die Tischplatte bedecken, alles von Schreibmaschinen über Kompasse bis hin zu Chia-Tieren. Sie bemerken nicht, als wir reinkommen.

Ich lege meine Schachtel auf einen einladenden Tresen. "Hey, Leute."

Lincoln schaut auf, sein Mund verzieht sich zu einem breiten Lächeln. "Hi, Myla."

Bei seinen Worten schrecken auch die anderen Jungs auf. Sechs Körper stehen sofort gerade und aufrecht, die Fäuste fest hinter dem Rücken geballt. Militärische Haltung. Die Thrax müssen diese Bewegung schon im Kindergarten trainieren. Leider fühle ich mich dabei etwas unbeholfen.

"Leute, das müsst ihr wirklich nicht tun."

Erik, der Chef-Alchemist, hat weißblondes Haar und wild durcheinander geworfene Augen in Dunkelbraun und Eisblau. "Aber das ist eine angemessene Begrüßung für die Große Scala."

"Nun, ehrlich gesagt, es macht mir Angst. Als Große

Scala befehle ich dir hiermit, mich Myla zu nennen und nicht herumzuspringen, wenn ich den Raum betrete."

"Wie Ihr befehlt, Große Scala."

Ich werfe ihm einen trockenen Blick zu.

"Ich meine, das ist cool, Myla."

"Danke."

Erik und der Rest der Alchemisten nehmen wieder Platz. In den letzten zwei Tagen haben sie ununterbrochen gearbeitet und versucht, herauszufinden, was mit dem Lagerhaus los ist. Walker ist sich sicher, dass der Reichsapfel dort drin ist; die Frage ist nur - WO?

Lincoln kommt herüber und nimmt seine Hände in meine. Heute trägt er verblichene Jeans und ein schwarzes Elvis-T-Shirt, was ich urkomisch finde. Jeder in Antrum weiß, wer der wahre King ist, auch ohne das Hemd. "Wie fühlst du dich?"

"Gut", antworte ich. "Keine Igni-Konzerte mehr. Und ich habe auch ein bisschen geübt. Weißt du noch, als wir im Bunker waren, kurz bevor wir gegen Armageddon gekämpft haben?"

"Wie könnte ich das vergessen?"

"Damals hat der alte Scala diese Sache gemacht, bei der er Igni-Seile um uns herum geworfen hat. Ich kann keine Seelensäulen machen, also habe ich das geübt, nur um zu sehen, ob sie mir zuhören."

"Und?"

"Funktioniert prima. Wie läuft's hier drin?"

"Die Jungs haben einen Mordsspaß." Er wendet sich an das Team. "Kannst du Bericht erstatten, Erik?"

"Sicher, Linc." Ich muss mich immer noch daran gewöhnen, dass Lincoln einen Spitznamen hat, aber ich schätze, diese Jungs sind seine Kumpels aus der Zeit, als sie alle zehn Jahre alt waren. Erik dreht sich zu Walker und Cissy um. "Ich habe Sie beide nicht reinkommen sehen."

Walker winkt ihnen freundlich zu. "Ihr wart damit beschäftigt, mit den letzten Spielsachen zu spielen, die ich euch mitgebracht habe." Als Ghul ist Walker weit über einen Meter groß und hat eine blasse, farblose Haut. Als cooler Typ hat er einen Bürstenhaarschnitt, Koteletten und eine recht anständige Muskulatur.

Cissy rüttelt an einer der Kisten auf der Arbeitsplatte. "Diesmal haben wir noch bessere Sachen gefunden."

Erik reibt seine Handflächen aneinander und mustert den Tisch, seine ungleichen Augen glitzern vor Aufregung. "Hier ist, was wir bisher herausgefunden haben." Er nimmt ein plattenförmiges Ding aus Metall in die Hand. "Das ist ein Torquetum aus dem Jahr 1400. Es gehört in ein Museum, nicht in ein Lagerhaus. Es ist der erste Schritt auf einem magischen Weg, der zu dem hier führt." Er setzt das Torquetum ab und nimmt eine altmodische Brille mit Drahtbügeln in die Hand. "Und dann ist die Brille mit einem weiteren verzauberten Ding verbunden." Er hält ein aufgewickeltes Stück Plastik in Form einer Acht hoch. "Das hier ist von der Erde."

Ich kann mir ein Lachen nicht verkneifen. "Das ist ein Thigh Master. Ich habe Werbung für sie im Human Channel gesehen."

"Verrückt, oder?" Erik legt den Gegenstand zurück auf die Tischplatte. "Die Verbindungen gehen weiter und weiter und weiter. Es ist wie eine lange magische Kette, die jeden Gegenstand im Lagerhaus miteinander verbindet. Der Reichsapfel befindet sich am Ende der Kette, aber es könnte Monate dauern, das Ende von Hand zu finden. Vielleicht sogar Jahre."

Ich reibe meinen Nacken mit der rechten Hand und runzle die Stirn. "Also, irgendwelche Optionen?"

"Ja, wir haben da eine Idee." Erik nimmt einen kleinen Blechvogel aus den 1800er Jahren in die Hand. Er ist blau, hat mechanische Flügel und einen Schlüssel zum Aufziehen an seiner Seite. "Wir glauben, dass wir den Zauber dieses Spielzeugs so verändern können, dass es genau den Weg fliegt, den das magische Signal nimmt, um den Reichsapfel zu erreichen. Es sollte nur ein paar Stunden dauern, ihn zu finden."

Cissy wippt auf ihren Absätzen auf und ab. "Das ist fantastisch, Leute!"

"Gute Arbeit." Ich mache mein Golfer-Klatschen.

Ein alberner Schrägstrich-flehender-Blick geht über Eriks Gesicht. "Große Scala, ich meine, Myla. Da Sie mit meiner Arbeit so zufrieden sind, habe ich mich gefragt, ob ich Sie um einen Gefallen bitten darf."

"Sicher. Was ist es?"

Erik gestikuliert über den Tisch hinweg. "Einige dieser Dinge werdet ihr offensichtlich nicht brauchen, und ich habe vielleicht eine Verwendung für sie."

Lincolns Gesicht erwärmt sich durch ein nachsichtiges Lächeln. "Noch mehr von deinen Streichen, Erik?"

"Du kennst mich, Linc. Ein Mann muss ein Hobby haben."

"Das muss Myla entscheiden." Lincoln dreht sich zu mir um. "Was sagst du dazu?"

Soll Erik diesen magischen Müll für dich ausmisten? Das ist ein großes Ja.

"Klar, viel Spaß."

Erik pumpt mit seiner Faust in die Luft. "Ja."

"Aber zurück zum Lagerhaus." Ich hebe den Blechvogel von der Tischplatte auf. "Wann können wir deine Idee ausprobieren?"

Erik wirft einen Blick auf die Uhr. "Nicht vor

morgen früh. Wir müssen in ein paar Minuten wieder in Antrum sein."

"Ich hole meine Sachen", sagt Walker. "Ich werde Ihnen ein Portal einrichten." Er geht aus dem Raum.

Ich ziehe Lincoln zur Seite. "Sollen wir Walker wirklich diese Typen portieren lassen? Ich will nicht, dass seine Hintertüren entdeckt werden. Habt ihr nicht ein paar alte Transferstationen im Fegefeuer? Vielleicht könnte Octavia sie für uns wieder in Betrieb nehmen. Das ist weniger auffällig, als die offiziellen zu benutzen."

Lincoln schüttelt den Kopf. "Ich will nicht, dass jemand weiß, was wir vorhaben. Adair ist eine Gefahr, und sie hat zu viele Verbündete in Antrum. Ich stehe schon unter Beobachtung, aber meine Eltern haben es noch viel schlimmer. Wir können nicht vorsichtig genug sein."

Ich reibe mir die Stirn und denke nach. "Wenn dir das so wichtig ist."

"Das ist es. Und vergiss nicht, Walker weiß, wie man sich verdeckt hält."

"Stimmt, obwohl er nicht so gerissen ist wie du." Seit ich neun Jahre alt bin, versucht Walker, sich an mich heranzuschleichen, aber es gelingt ihm nie.

Lincolns Mund verzieht sich zu einem zerknirschten Lächeln. "Nun, das versteht sich von selbst. Er zieht mich sanft mit dem Rücken an seine Brust und schlingt seine langen Arme um meine Taille. Es ist eine beruhigende Position. Ich lasse meinen Blick durch die Küche schweifen und fühle, wie meine Sorgen dahinschmelzen. Die Alchemisten haben heute große Fortschritte gemacht. Jetzt haben wir einen richtigen Plan, wie wir den Reichsapfel finden und die Seelenbearbeitung wieder aufnehmen können.

Es sieht gut aus.

Das alte Wählscheibentelefon an meiner Küchenwand klingelt. Mama arbeitet daran, die Technologie im Fegefeuer aufzurüsten, aber wir haben immer noch keinen Handyempfang.

"Ich gehe ran." Ich halte den Hörer an mein Ohr. "Myla Lewis am Apparat."

Am anderen Ende der Leitung ist eine Kakophonie aus Schreien und Krachen zu hören. "Große Scala, ihr werdet sofort gebraucht." Es ist Ramone, der Chefaufseher von Geisterturm Eins. "Wir haben einen Code-Red-Fehler."

"Bin gleich da." Ich lege den Hörer auf und runzle die Stirn.

Vielleicht sieht es ja doch nicht so gut aus.

7

Lincoln und ich eilen hinüber zum Geisterturm Eins. Nach einem großartigen Tag mit den Alchemisten haben wir eine nicht so großartige Nacht durchgemacht. Es dauert ewig, bis wir herausfinden, was mit dem Turm los ist. Schließlich finden wir heraus, dass die Elektrizitätspegel in den Eindämmungsfeldern aus dem Gleichgewicht geraten sind und alle Geister wach und wütend gemacht haben. Ein Geist ist sogar aus dem Carrier ausgebrochen, aber der Turm wurde verriegelt, bevor er zu weit kam.

Trotzdem war die ganze Sache knapp. Zu knapp.

Es ist später Vormittag, als Lincoln und ich zum Lagerhaus fahren. Der Ort ist ein riesiger, langer Kasten aus Wellblech, der vom Boden bis zur Decke mit

Regalen ausgekleidet ist. Die vielen Gänge sind so verwinkelt, dass sie mich an das Heckenlabyrinth auf dem Ryder-Anwesen erinnern. Überall stapeln sich große Holzkisten, alle vollgestopft mit magischem Gerümpel. Wie Kompasse, die immer in die Hölle zeigen. Verzauberte Stifte, die nur Lobeshymnen auf die Ghule schreiben. Und mein persönlicher Favorit, eine Kiste mit alten Scala-Roben, die entweder Maxon Bane gehörten oder in Eau de Old Guy" getaucht waren.

Wir finden Cissy, Walker und die Alchemisten in einem nahen Gang. Erik ist der erste, den ich treffe, was cool ist, da er der Chef dieser Mission ist. Wir grüßen uns und plaudern eine Minute lang, bevor ich merke, dass etwas mit seinem Gesicht nicht stimmt. Seine Haut sieht so weiß aus wie die von Walker.

"Erik, bist du krank oder so?"

"Nein, bin ich nicht. Raten Sie mal, was anders ist." Ein schelmisches Glitzern erscheint in seinen Augen.

Lincoln hat mich vor ihm gewarnt. Erik und seine Streiche.

"Komm schon. Was ist so witzig?"

Erik zieht an seinen Ohren und entfernt eine magische Steinbüste von sich selbst. "Ist das nicht fantastisch? Man trägt sie einmal, und dann hat man für immer eine lebende, sprechende Statue von sich selbst.

Ihr könnt sie auch als Maske tragen. Das habe ich auch gemacht. Cool, nicht wahr?"

Die Statue-Erik zwinkert dem Original zu. "Ziemlich cool", sagt die Statue. Und verdammt, sie klingt sogar wie Erik.

"Pack das Ding weg, sofort. Wir müssen den Reichsapfel finden."

"Gut, gut." Erik stellt die Büste auf den Boden und legt dann seine Hand auf den Kopf der Statue. "Schlaf, mein Freund." Der unechte Erik schließt die Augen und beginnt zu schnarchen. Ich beginne zu verstehen, warum Lincoln seit seinem zehnten Lebensjahr nicht mehr mit diesen Jungs abhängt.

Lincoln kommt auf uns zu, erspäht die Statue auf dem Boden und verdreht halb die Augen. "Fangen wir an."

"Wir haben nur auf euch zwei gewartet", erklärt Erik. "Wir können jederzeit anfangen." Er holt den kleinen blauen Blechvogel aus der Tasche seines weißen Laborkittels. "Wer hat den Rest der Sachen, die wir brauchen?"

Drei weitere Alchemisten treten vor, jeder mit einem Gegenstand in der Hand: das Torquetum, die altmodische Brille und der Schenkelmeister. Lincoln und ich tauschen einen schlauen Blick aus. Der Schenkelmeister-Typ sieht wirklich verlegen-verwirrt aus. Diese

Dinge scheinen nicht zum mittelalterlichen Lebensstil in Antrum zu gehören.

Erik tritt an das Torquetum heran. "Das ist das erste Glied in der magischen Kette, die zum Reichsapfel führt. Wir werden den Vogel hier starten, und dann sollte er dem Pfad der Magie durch alle Lagerhäuser folgen, bis er am Ende den Reichsapfel erreicht." Er dreht den Schlüssel an der Seite des Vogels und lässt ihn frei. Das winzige Blechwesen hüpft auf das Torquetum und pickt auf seiner flachen, runden Oberfläche herum. Danach springt es auf die Brille und schlägt mit den Flügeln. Schließlich schreitet es den Schenkelmeister ab, bevor es sich in die Lüfte erhebt.

Erik wippt auf den Ballen seiner Füße. "Es hat geklappt!" Er und Walker klatschen sich ab.

"Sieht gut aus", sage ich. "Wie lange dauert es, bis er den Reichsapfel findet?"

Walker spitzt die Lippen. "Nach meinen Berechnungen morgen früh um 6:17 Uhr."

"Wirklich?" Meine Augenbrauen heben sich vor Überraschung. "Wie kannst du dir da so sicher sein?"

Walker kratzt sich mit der rechten Hand im Nacken. "Willst du eine Lektion in Sachen Energiesignaturen und Wahrscheinlichkeitsgesetze, oder willst du mir einfach glauben?"

Walker kann manchmal so ein Klugscheißer sein. "Dein Wort ist in Ordnung."

"Wie wahrscheinlich ist es, dass wir das Ding morgen wirklich finden?", fragt Lincoln. "Gib mir eine prozentuale Wahrscheinlichkeit."

Walker macht eine große Show und reibt sich die Koteletten, als ob er in Gedanken versunken wäre. "Oh, hundert Prozent."

"Ja, Walker!" Mein Schwanz tanzt einen Freudentanz über meiner Schulter. Wenn Walker hundertprozentig sagt, kannst du das ruhig glauben. Die Stimmung im Lagerhaus wird geradezu schwindelerregend.

"Wir sollten daraus eine diplomatische Veranstaltung machen", sagt Cissy fröhlich. "Sogar eine Gala zwischen den Reichen. Wir sollten die Presse ins Lagerhaus einladen. Die Leute werden es lieben." Sie breitet ihre Arme aus, als würde sie ein neues Schild über der Tür des Lagerhauses entwerfen. "Luzifers Reichsapfel, die große Enthüllung."

Ich hasse es, ihre Seifenblase platzen zu lassen, aber das wird so was von nicht passieren. "Mir gefällt, wie du denkst, Cis, aber es ist zu riskant. Lasst uns den Reichsapfel finden und das Zeug hier wegbringen." Sobald wir ihn gefunden haben, wird Papa ihn persönlich in einen supersicheren Tresor im Himmel bringen. "Tut mir leid, dass ich dir den Spaß verderbe."

"Kein Problem, Quasi-Mädchen. Wenn das alles vorbei ist, überlege ich mir noch etwas Diplomatisches, um unseren Sieg zu feiern."

Unsere Gruppe fängt an, aufgeregt über den Fund des Reichsapfels, den Neustart der Seelenbearbeitung und meine erste Ikonenwanderung als Große Scala zu plaudern. Wir sind so laut, dass man kaum hören kann, wie jemand an die Hintertür des Lagerhauses hämmert. Erik und ich verpassen es aber nicht.

"Ich gehe schon. Wir erwarten eine Lieferung." Erik joggt davon.

Ich sehe, wie er zu einer Tür am Ende des Ganges eilt, sie öffnet und ins Leere starrt. Die Haut an meinen Armen kribbelt, ich bekomme eine Gänsehaut. Irgendetwas stimmt hier nicht.

Wer öffnet eine Tür und steht da wie eine Statue?

Ich trete näher an Erik heran. Er steht in der Tür und versperrt mir die Sicht auf die Gasse dahinter. Ich kann sein Gesicht nicht sehen, aber seine Wangen schimmern purpurrot, fast so, als ob seine Augen rot glühen würden. Eriks Stimme ertönt in einem seltsamen Monoton. "Bitte kommen Sie herein. Ich führe Sie herum."

Ich trete näher. "Bleib da stehen, Kumpel."

Erik dreht sich um und sieht mich an. "Wo stehen bleiben?"

Ich muss zweimal hinschauen. Eriks Augen sind das typische Thrax-Ungleichgewicht aus Braun und Blau. Keine Spur von dämonischem Rot. Auch aus seiner Sprache ist jede Spur von Monotonie verschwunden. Ich schüttle den Kopf. Dieser Morgen war sehr aufregend, nachdem ich die ganze Nacht durchgemacht habe. Mein Verstand muss mir einen Streich gespielt haben.

"Hör zu, Erik. Du wolltest gerade jemanden hereinbitten und eine Führung durch das Lagerhaus geben. Das ist nicht akzeptabel. Dieser Ort bleibt unter Verschluss, bis wir den Reichsapfel gefunden haben."

Erik sieht mich an, als ob ich verrückt wäre. "Ich habe mit niemandem gesprochen. Sehen Sie selbst."

Ich stecke meinen Kopf durch die geöffnete Tür in die dahinter liegende Gasse. Sie ist leer. Aha.

"Sehen Sie?", fragt Erik. "Es ist niemand da. Das Klopfen war wahrscheinlich ein Streich von ein paar Kindern."

Ich scanne die Gasse erneut. Immer noch leer.

"Ein Scherz, was? Einer von deinen, Erik?"

"Diesmal nicht."

Da bin ich mir ganz sicher.

Dennoch wirft die Situation mit dem mysteriösen Klopfen-und-Wegrennen eine gute Frage auf. Das ist ein riesiges Lagerhaus, und wir müssen es bis morgen um 6:17 Uhr auf jeden Fall sichern. Als Infrastrukturmi-

nister ist Walker für die Bewachung aller Regierungsge-
bäude zuständig. Ich suche ihn auf und nehme ihn zur
Seite.

"Hey, hast du genug Sicherheitspersonal für diesen
Ort?"

Walker neigt den Kopf zur Seite und denkt nach.
"Genug, um bis morgen durchzuhalten, sicher."

"Gut. Und kannst du die Zahl der Leute, die du
normalerweise für ein Hochsicherheitsgebäude abstellst,
verdoppeln?"

"Das wird nicht so einfach sein, aber ich denke, ich
kann es schaffen."

"Danke." Ich beobachte den kleinen Blechvogel, wie
er durch das Lagerhaus flattert und von Kiste zu Kiste
springt. "Das ist viel zu wichtig, um etwas dem Zufall zu
überlassen."

"Verstanden." Walkers Mund verzieht sich zu einer
besorgten Linie. "Ich kümmere mich persönlich um alle
Personaleinsatzpläne."

8

Lincoln und ich stehen allein im Lagerhaus. Die Alchemisten und Cissy sind verschwunden, nachdem sie einen großartigen Arbeitstag hinter sich gebracht haben. Walker wartet draußen auf uns. Lincoln und ich machen einen kurzen Rundgang durch das Lagerhaus, um zu überprüfen, ob alle neuen Wachen an ihrem Platz sind. Morgen ist ein großer Tag, und wir wollen, dass alles sicher ist.

Während wir unsere Runden drehen, löst sich ein Teil der Anspannung und der Angst aus meinem Körper. Das Lagerhaus sieht gut aus. Wirklich gut. Walker hat uns ein paar erstklassige Wachen mitgegeben. Ich würde sogar gerne gegen ein paar in der Arena kämpfen, nur um zu sehen, wie sie sich schlagen würden.

Nach einem letzten Check gehen Lincoln und ich

hinten raus. Es ist noch nicht einmal sechs Uhr, aber da die Gasse von hohen Gebäuden gesäumt ist, wird es hier draußen schnell stockdunkel. Eine einfache Glühbirne hängt über der Tür des Lagerhauses und wirft ein schwaches Licht auf den rissigen Asphalt. Ich scanne die dunkle Gasse.

Keine Wachen sind hier, nur Walker. Das ist merkwürdig. Die Außenseite des Gebäudes sollte jetzt gesichert sein.

Walker lehnt an der gegenüberliegenden Wand, die Daumen in die Gürtelschlaufen seiner Jeans eingehakt. Ein seltsames Glitzern tanzt in seinen Augen. "Sind wir alle bereit zu gehen?"

Ich neige meinen Kopf zur Seite. "Viiiiiiiiiiiiiiiielleicht."

Ich kenne Walker schon mein ganzes Leben lang und weiß daher, wann er etwas vorhat. Und so wie er jetzt aussieht? Es ist genau das Gesicht, das er mir zuwarf, bevor er meinen Teenagerhintern in die Arena schmuggelte. Er wusste, dass Mama es hasste, wenn ich mir Dämonenkämpfe ansah, also blieb er immer cool. Trotzdem konnte er das seltsame Glitzern in seinen Augen nie vor mir verbergen.

Irgendetwas ist da faul. "Wo sind die Wachen, Walker?"

"Ich habe sie gebeten, sich eine Weile zurückzuhalten." Er wippt ein wenig auf seinen Fersen. "Seid ihr zwei fertig oder was?"

Ich schaue zu Lincoln hinüber. Er hat sein Señor Sneaky-Gesicht aufgesetzt, was bedeutet, dass auch er mitbekommen hat, was mit Walker los ist.

"Nur noch eine letzte Sache." Lincoln umarmt mich fest und flüstert mir ins Ohr. "Adair ist hier. Walker hat seine Wachen abgezogen, damit wir ein wenig Aufklärung betreiben können, um herauszufinden, was sie vorhat. Möchtest du dich uns anschließen?"

"Oh, ja." Einer der vielen Vorteile einer ernsthaften Beziehung mit einem Dämonenjäger ist, dass man nie in einer verlassenen Gasse überrascht wird.

"Ausgezeichnet." Lincoln löst sich aus unserer Umarmung und wendet sich dem dunkelsten Teil der Gasse zu. "Lady Adair, als euer Kronprinz befehle ich euch, stehen zu bleiben und mit mir zu sprechen."

Drei Gestalten wuseln in der Dunkelheit umher: Lady Adair und zwei riesige Ghule, von denen einer größer ist und humpelt. Den großen Kerl würde ich überall erkennen; er ist der Ghul-Diplomat des Fegefeuers. Was für ein Fiesling. Ein leises Summen ertönt, das untrügliche Zeichen dafür, dass sich ein Ghul-Portal öffnet und schließt.

Danach: Stille.

"Sie sind weg." sage ich mit einem Seufzer. "Wir haben sie verpasst."

"Keineswegs." Lincoln dreht sich zu mir, seine Augenbrauen wippen auf und ab. "Ich bin mir sicher, dass Adair *denkt*, dass sie uns abgehängt hat, aber nur wenige Ghule sind so talentiert darin, Portale zu rekonstruieren wie Walker. Wie wäre es, wenn wir unsere Erkundungsmission fortsetzen? Ich für meinen Teil bin immer noch neugierig darauf, was sie in ihrer Freizeit macht."

"Machst du Witze? Ich würde gerne herausfinden, wo sie hingeht, wenn sie mich nicht gerade stalkt. melde ich an."

Lincoln joggt auf das Ende der Gasse zu; Walker und ich sind dicht hinter ihm. Innerhalb weniger Sekunden haben wir die Stelle erreicht, an der sich Adair und ihre Ghule versteckt haben.

"Ich brauche dich, Kumpel", sagt Lincoln. "Wo sind sie hin?"

Walker kniet sich hin und berührt den Boden, wo einst das Portal stand. "Geisterturm vier. Nicht der ideale Ort für ein Portal. Was sagst du dazu, Myla?"

Walker hat recht, vorsichtig zu sein. Unsere Geistertürme sind schon unruhig genug, ohne dass Leute rein- und rausportieren. Trotzdem, solange wir vorsichtig sind, sollte es uns gut gehen. Außerdem möchte ich wirklich, wirklich, wirklich herausfinden, was Adair vorhat.

"Wir schaffen das schon." Ich tippe auf das Baculum-Holster an Lincolns Oberschenkel. "Zünde dieses Baby nicht an der Carrier-Wand. Es könnte das Eindämmungsfeld durchbrechen." Ich nehme Walkers Hand in meine linke und Lincolns in meine rechte. Wenn man durch ein Portal reist, muss man sich an seinem Ghul festhalten, sonst fällt man für immer durch die Dunkelheit. "Auf geht's."

An der Stelle, an der Adair verschwunden ist, bildet sich eine neue schwarze Tür, nur diesmal ist das Portal Walkers Werk.

Gemeinsam treten wir alle durch die schwarze Tür, stürzen durch den leeren Raum und tauchen dann inmitten eines schweren, elfenbeinfarbenen Nebels wieder auf. Ein lautes Dröhnen erfüllt die Luft, als stünden wir neben einem riesigen Wasserfall oder einem Flugzeugtriebwerk. Tatsächlich stehen wir in der Nähe einiger der mächtigsten Stromgeneratoren in den Jenseitswelten.

Geisterhafte Gestalten bewegen sich durch den Nebel. Männer, Frauen, alt, jung, menschlich, quasi. Diese Geister sollten eigentlich friedlich schlafen, aber stattdessen wandern sie alle mit großen Augen und aufgeregt umher. Gespenstisches Geflüster liegt in der

Luft.

Wo bin ich hier?

Holt mich hier raus.

Helft mir.

Jede näselnde Stimme jagt mir einen Schauer über den Rücken. Ich zwinge mich, ihnen nicht in die Augen zu sehen, denn das würde sie nur verängstigen... Und ein verängstigter Geist ist ein gefährlicher Geist.

Ich halte inne, als mir die ganze Tragweite unseres Standorts bewusst wird. Der Hauptaufseher hat eine Cloud auf dem Boden des Turms hinterlassen. Höchstwahrscheinlich bedeutet das, dass der gesamte Träger in Gefahr ist. Um es kurz zu machen, wir sind von einem Haufen ziemlich wahrscheinlich mörderischer Geister umgeben. Mein Herz schlägt heftiger in meiner Brust.

Ich lasse die Hände von Lincoln und Walker los. Der Lärm um uns herum ist so laut, dass ich jedes Wort, das ich sage, schreien muss. "Kannst du uns hier rausbringen, Walker?"

"Ich würde nicht noch was riskieren", antwortet er. "Die Eindämmungswände könnten durch mein erstes Portal geschwächt worden sein. Wie wäre es, wenn du Igni benutzt, um uns hinaus zu führen?"

Ich schieße Walker einen Daumen hoch. "Wird gemacht."

Von ganzem Herzen rufe ich den Igni zu, dass sie

mich zu Adair führen sollen. Die Licht-Igni antworten auf meine Rufe, ihre glitzernden und kindlichen Stimmen hallen in meinem Kopf nach. Ich öffne die Augen und sehe ihre winzigen silbernen Körper, die sich um meine Handflächen drehen. Ich senke meine Hände, und die Igni verstehen meine Wünsche. Sie stürzen herab und bilden eine Spur aus Blitzen, die über den Boden zucken und einen Zickzackkurs über die Spektralfelder ziehen.

Mein Blick wandert zwischen Walker und Lincoln hin und her. "Okay, folgt dem Igni. Starrt weiter auf den Boden, dann wird uns allen nichts passieren. Und was auch immer ihr tut, seht ihnen nicht in die Augen."

Lincoln muss immer noch sprechen – bzw. schreien, um gehört zu werden. "Was passiert, wenn wir das tun?"

"Ihr werdet sie aufwecken. Geister werden in den Carriern launisch. Sie mögen es nicht, wenn sie etwas Lebendiges sehen. Wenn sie wütend genug werden, können sie dich in Stücke reißen."

Lincoln stößt ein hohes "Harrumph" aus. "Also, wenn du ihnen in die Augen schaust, wachen sie auf und töten dich."

"Ja. Das ist so ziemlich das, was passiert. Tritt auch nicht auf sie."

Ein höhnisches Grinsen umspielt Lincolns Mund. "Hilfreiche Sicherheitstipps. Danke, Myla."

Wir marschieren weiter und achten darauf, dass unsere Blicke auf den Boden gerichtet sind. Meine Beine und meine Wirbelsäule spannen sich an. Ein Blick von diesen Geistern könnte das Ende bedeuten, nicht nur für uns, sondern auch für die Eindämmungswand. Unser Tempo bleibt gleichmäßig mit den Igni, während ihre kleinen Körper langsam einen gewundenen Pfad unter unseren Füßen bilden.

Die Geister beginnen, unruhig zu werden. Gespenstische Hände ziehen an meinem Haar. Andere tippen mir eindringlich auf die Schulter. Ich habe gesehen, wie schnell sie sich von einer süßen Großmutter in eine blutdürstige Todesfee verwandeln können. Meine Handflächen werden glitschig vor Schweiß. Schritt für Schritt schleichen wir über den Boden.

Obwohl es nur ein paar Minuten sind, fühlt es sich an, als würden Stunden vergehen, bis wir aus dem Nebel im Betonturm selbst auftauchen. Ich atme einen langen Seufzer aus.

Wir haben es geschafft.

Reflexartig lege ich meine Handflächen an meine Ohren. Wenn überhaupt, dann ist die Geräuschkulisse hier lauter als im Cloud Carrier selbst. Unter meinen Füßen flackern die Igni und verschwinden, ihre Arbeit ist getan.

Ich scanne die Eindämmungswand hinter uns. Sie

verschiebt sich an einigen Stellen seltsam. "Walker, kannst du mit den Ingenieuren im Kontrollraum sprechen? Jetzt, wo wir durchgekommen sind, müssen sie das Eindämmungsfeld neu kalibrieren. Oh, und sie sollen die Geister auch unter Verschluss halten. Wer weiß, was Adair hier macht? Ich will nicht, dass einer ausbricht."

"Verstanden." Walker rennt los.

Lincoln zeigt auf das Stockwerk des Towers. "Und da ist sie."

Adair steht an der hinteren Wand des Turms, neben ihren beiden Ghulen, und plaudert mit Frederick, unserem Oberaufseher. Ist es das, was Adair tut, wenn sie mich nicht gerade stalkt... meine Turmwächter für Informationen bearbeiten?

Lincoln muss über den Lärm hinweg schreien, was gut ist, denn wir wollen ja nicht, dass du-weißt-schon-wer ein Wort hört. "Übst du immer noch diese Igni-Schnüre?"

"Jep."

"Wie schnell kannst du jemanden fesseln?"

Ich kann sehen, worauf Lincoln hinaus will, und es gefällt mir. Wir können hier drin keine Waffen benutzen, aber ich könnte Adair mit Igni fesseln. Auf diese Weise können wir sie befragen. "Schnell."

"Gut. Warte auf mein Signal."

Oben im Kontrollraum veranlasst Walker, dass der Turm verriegelt wird. Augenblicklich kommt es in der Kammer von einem überwältigenden Lärm zu einer unheimlichen Stille.

Die Abschaltung lässt Adair aufschrecken, und sie sucht sofort den Raum ab. Als sie Lincoln erspäht, werden ihre Wangen rot vor Verlegenheit. Offensichtlich hat sie nicht damit gerechnet, dass wir ihr hierher folgen. Das ist gut. Jetzt muss sie mit der Tatsache fertig werden, dass sie Lincoln in der Gasse ignoriert hat.

Ein köstliches Gefühl der Befriedigung erwärmt mich bis ins Mark. Es ist so schön, ausnahmsweise mal auf der Stalker-Seite der Stalker-Stalker-Gleichung zu stehen.

Lincoln und ich gehen langsam auf Adair zu, die ein engelhaftes Gesicht aufsetzt, als wir uns nähern. Wieder einmal hebt Lincoln seinen Arm, wie schon in der Gasse. "Lady Adair, Ihr habt Euch einem direkten Befehl Eures Kronprinzen widersetzt. Ich habe Euch gebeten, anzuhalten und mit mir zu sprechen. Wären wir in Antrum, würdet Ihr jetzt in Ketten liegen."

Adair blickt zu Lincoln, ihre kleinen Augen blinzeln unschuldig. "Hast du vorhin mit mir gesprochen? Ich habe nichts gehört." Sie wendet sich an den Oberaufseher. "Das ist so interessant an den Geister-Carriern, ich meine, den Cloud Carriern."

Ich unterdrücke den Drang, mit den Augen zu rollen. Nett. Sie weiß, dass ich in meinem Job scheiße bin, aber sie weiß nicht, wie sie die Dinge nennen soll, über die ich mir die meiste Zeit des Tages Gedanken mache.

"Ja, Lady Adair." Frederick starrt mich an, so etwas habe ich noch nie von ihm gesehen. "Die Carrier können unglaublich gefährlich sein, wenn sie nicht richtig geführt werden."

"Natürlich", sagt Adair. "Wir werden bald wieder miteinander reden."

Bald wieder reden? Was zum Teufel?

"Sie haben es auf den Punkt getroffen", sagt Frederick. Sie werfen sich einen wissenden Blick zu, und dann kehrt mein baldiger Ex-Chefaufseher auf seinen Posten zurück.

Adair schnippt mit den Fingern in seine Richtung. "Danke, Freddie."

Freddie, nicht Frederick? Wirklich nicht? Wie lange hängen die beiden schon zusammen rum?

Eine unangenehme Erkenntnis schleicht sich in meinen Kopf. Erst Celia, jetzt Frederick. In ihrer Freizeit hat Adair mehr getan, als nur mit meinen Wächtern um Informationen zu plaudern. Sie hat sie gegen mich aufgehetzt. Deshalb hat Celia mich damit konfrontiert. Adair hat die Türme besucht und den Wächtern erzählt, was sie hören wollten: dass ich Seelen bewegen muss und dass wir alle zu den Ghul-Regeln zurückkehren müssen.

Unheilige Hölle.

Adair fummelt an den langen Schlingenärmeln ihres Kleides. "Dem Himmel sei Dank, dass ich hier Diplomatin geworden bin. Arme Arbeiter wie Freddie haben niemanden, der sich für sie einsetzt." Sie wirft Lincoln einen Blick voller übertriebener Sympathie zu.

"Und du? Unsere Thrax-Krieger werden gezwungen sein, all diese Geister zu ermorden, sobald sie ausbrechen und das Fegefeuer verwüsten." Sie schüttelt traurig den Kopf. "Und das alles nur, weil die Große Scala so unfähig ist."

Lincoln und ich bleiben etwa einen halben Meter von Adair und ihren beiden Ghulen entfernt stehen. Wir stehen zwar still, aber meine Gedanken kreisen um ihre letzten Bemerkungen. Manipuliert sie meine Leute? Beschuldigt sie mich, keine Seelen zu bewegen, weil ich inkompetent bin? Zum Teufel mit ihr. Es juckt mich in den Fingern, dass Igni um sie herumwirbelt. Eine Igni-Kordel um ihren Hals wäre besonders schön.

Adair schnippt mit den Fingern. Ihr Ghul öffnet ein Portal hinter ihr. "Ich fürchte, ich muss mich jetzt verabschieden. Es gibt noch so viel zu tun. Ich bin sicher, du verstehst das."

Ohne Lincoln die Chance zu geben, etwas zu erwidern, geht Adair schnell auf das offene Portal hinter ihr zu.

Lincoln dreht sich zu mir um. "Jetzt!"

Sofort schießen Igni aus meinen Händen hervor und erzeugen zwei lange silberne Seile, die über den Boden des Turms peitschen. Im Handumdrehen sind Adair und ihre beiden Ghule wie Perlen an einer Schnur aufgereiht. Mein Igni-Seil wickelt sich eng um ihre Hüften und hält ihre Arme fest an ihren Seiten. Adairs Ghule winden sich verzweifelt in meinen Fesseln, während sie versuchen zu entkommen. Vergeblich.

Das ganze Blut fließt aus Adairs Gesicht. "Ich war nicht hier, um Ärger zu machen", sagt sie schnell. "Ich missbrauche meine Rolle als Thrax-Diplomatin nicht."

"Niemand hat etwas davon gesagt, dass Ihr euen Posten missbraucht", sagt Lincoln kühl. "Obwohl, jetzt wo Sie es ansprechen, außerplanmäßige Besuche in den Geistertürmen sollten doch geprüft werden."

"Du missverstehst mich, meine Liebster", gurrt Adair. "Ich arbeite Tag und Nacht für das Wohl aller Thrax."

Sie ist so von sich eingenommen. Das Wohl aller Thrax ist das Allerletzte, was auf ihrer To-Do-Liste steht.

Lincoln verschränkt seine Arme vor der Brust. "Zeit zum Reden. Sie haben sich einem offiziellen Befehl ihres

Kronprinzen widersetzt. Zweimal. Irgendein Kommentar?"

"Ich bin dein loyaler Untertan, Lincoln, zuallererst und immer", wimmert Adair. "Besonders in meiner Rolle als Diplomatin. Du musst mir glauben." Ihre Augen werden wässrig und flehend. Hinter ihr winden sich ihre Ghule noch immer in meinen Fesseln. Ihr Portal verschwindet immer wieder, aber es ist nicht ganz verschwunden. Ich muss ihnen Punkte für ihre Hingabe geben.

"Ausgezeichnet", sagt Lincoln. "Wenn das so ist, wird es Ihnen nichts ausmachen, ein paar Fragen zu beantworten."

Adair starrt auf die Igni-Schnüre um ihre Taille. Wenn sie spricht, kommt ihre Stimme leise und verträumt heraus. Ihre ganze Aufmerksamkeit ist auf ihre Igni-Fesseln gerichtet. "Worum geht es in deiner Frage?"

Irgendetwas an der Art, wie Adair mein Igni anstarrt, ist vedächtig. Sehr verdächtig. Meine Brust spannt sich vor Alarm an. Das Atmen wird schwieriger.

"Ich denke, das ist offensichtlich", sagt Lincoln. "Ich möchte über Euer Verhalten gegenüber der Großen Scala sprechen. Wie Sie ihr gefolgt sind. Und jetzt besuchen Sie die Geistertürme ohne Senator Frederickson. Ihr wisst, dass das gegen das Protokoll verstößt."

Ein langsames, böses Lächeln umspielt Adairs Lippen. "Ich wusste nicht, dass Igni so etwas tun kann."

"Lady Adair", sagt Lincoln in einem scharfen Ton. "Hören Sie mir überhaupt zu?"

Adair verlagert ihr Gewicht gegen meine Schnüre, um sie zu testen. Ihre Rolle als armes, kleines Mädchen verschwindet zusehends und wird durch etwas Böses, Wildes und Raubtierhaftes ersetzt. Das Gefühl der Beunruhigung in meinem Nervensystem steigert sich zu einer regelrechten Panik. Ich kämpfe gegen den plötzlichen Drang an, wegzulaufen.

"Ich werde nicht noch einmal fragen", sagt Lincoln. "Warum seid Ihr der Großen Scala seit Monaten gefolgt? Warum sind Sie vor meinem Kommando davongelaufen?"

Adair blickt auf, ihre Augen leuchten. "Ich habe Folgendes zu sagen. Myla Lewis ist mit dem Blutsteinfluch infiziert. Die Igni haben sich stattdessen für mich entschieden." Mit diesen Worten hebt sie ihre Arme. Meine Igni-Schnüre reißen und befreien sie.

Die Welt um mich herum erstarrt in einem dieser "Oh mein Gott"-Momente, die einem für immer im Gedächtnis bleiben. Adair hat gerade meine Igni-Leitungen durchtrennt. Ich schnaufe förmlich. Dazu sollte sie auf keinen Fall in der Lage sein. Es sei denn, Adair kann Igni kontrollieren. Aber das würde bedeuten, dass sie wirklich die Scala-Erbin ist, was unmöglich ist. Adair ist nur halb Mensch und halb Engel. Sie muss auch Dämonenblut haben.

In diesem Moment formen sich meine Igni-Schnüre neu, und die Enden schlingen sich um Adairs Handflächen. Das war nicht mein Wunsch. Adair hat diese Verwandlung selbst vorgenommen. Wir starren uns an, jeder von uns hält das Ende von zwei Igni-Kordeln. Es ist, als befänden wir uns in einer Art übernatürlichem Tauziehen. Adairs Ghule stehen frei neben ihr, mit zufriedenen Gesichtern, ihr Fluchttor steht weit offen.

Meine Igni-Schnüre haben sich verändert, und ich habe sie nicht geändert. Jetzt ist Adair frei. Ihre Ghule sind frei. Ich versuche, das Igni-Band zu zerstören oder verschwinden zu lassen. Ich kann es nicht.

Jetzt bin ich derjenige, der gefangen ist.

Mein Verstand wird leer vor Schock. Wie konnte Adair meine Kräfte blockieren, geschweige denn ändern, was ich getan habe? Zu jedem Zeitpunkt können nur zwei Menschen Igni ausüben: der Scala und der Scala-Erbe. Und beide müssen das Blut eines Engels, Dämons oder Menschen in sich haben. Könnte Adair irgendwie Dämonenblut in sich bekommen haben?

Die Igni-Kordel schlängelt sich fest um meine Hände, so dass meine Handflächen vor ätherischer Kälte erstarren. Ein mulmiges Gefühl macht sich in meinem

Bauch breit. Genau das habe ich erlebt, als Adair am Ende ihrer so genannten Inspektion" des Geisterturms Sechs meine Hände gehalten hat. Nur ist das Gefühl dieses Mal noch viel intensiver. Was genau tut sie da? Die Antwort auf meine Frage erscheint in meinem Kopf, denn die Igni haben angefangen zu schreien. Sowohl Licht als auch Dunkelheit heulen in meinem Kopf, ihre Stimmen sind eine Mischung aus Schmerz und Schrecken.

Das kann doch nicht wahr sein. Aber es ist so.

Irgendwie ist das Igni-Kabel zwischen Adair und mir zu einer Leitung geworden. Egal, wie sehr ich mich anstrenge, ich kann die Verbindung nicht unterbrechen. Ich versuche, den Energiefluss umzukehren und ihn von Adair zu mir zu leiten. Es geht nicht. Ich kann die Übertragung meines kostbaren Igni nur verlangsamen, aber bei der Anstrengung schmerzt jede Zelle in meinem Körper.

Das Licht spielt unter meiner Haut, während die Igni von meiner Seele über die Schnur zu Adair gezerrt werden. Ihre winzigen Stimmen schreien lauter. Meine Hände fühlen sich wie Eisblöcke an. Adairs Haut beginnt in einem jenseitigen Licht zu glühen.

Lincoln tritt an meine Seite. "Myla, was ist hier los?"

Ich spreche mit zusammengebissenen Zähnen. "Sie stiehlt meine Kräfte." Ich konzentriere all meine mentale

Kraft, um den Verlust meines Igni zu verlangsamen. Der Schmerz schießt mir durch die Schläfen. "Sie muss mich befreien. Ich kann die Verbindung von hier aus nicht unterbrechen. Ich kann die Übertragung nur verlangsamen."

Lincoln wendet sich an Adair. "Lass sie los."

"Ich kann nicht", sagt Adair mit weinerlicher Stimme. "Lincoln, meine Liebe, du musst die Wahrheit sehen. Dies sind meine Igni-Kräfte, nicht ihre. Ich bin die wahre Scala. Ich war die erste, die von Verus erweckt wurde. Du warst meine engelsgebundene Liebe, bevor diese Dämonenhure auftauchte. Sie hat mir mein Leben und meine Liebe gestohlen, und jetzt hole ich beides zurück. Das ist mein Recht, verstehst du nicht?"

Ich mag Schmerzen haben, aber diesen Mist lasse ich mir nicht gefallen. "Hey, Spinnerin. Ich habe dein so genanntes Leben nicht gestohlen und das weißt du auch."

Adair ignoriert mich und redet einfach weiter mit Lincoln. "Sie hat dich die ganze Zeit über getäuscht." Ihr Tonfall ist flehend und verzweifelt geworden. "Ich versuche, dich zu retten, und dazu muss die Dämonenhure sterben."

"Verdammt noch mal, Adair!" Lincoln stolziert zu ihr hinüber, sein Baculum als feuriges Breitschwert entfacht. Du gehst besser, Schatz.

Der Ghul Diplomat tritt vor und versperrt Lincoln den Weg. In jeder Hand hält der Ghul einen Wurfpfeil. "Wenn du dich meiner Herrin näherst, wirst du einen davon in deinem Bauch haben. Er grinst und zeigt einen Mund mit geschwärzten Zähnen. "Bedeckt mit Schlafserum."

Lincoln marschiert vorwärts, sein Gesicht in entschlossenen Zügen. Blitzschnell feuert der Ghul seinen Pfeil ab. Er zischt direkt auf Lincoln zu und verfehlt seinen Hals nur um den Bruchteil eines Zolls. Lincoln hält inne.

"Komm noch einen Schritt näher", knurrt der Ghul. "Ich fordere dich heraus. Egal wie schnell du dich bewegst, auf diese Entfernung werde ich nicht daneben schießen."

Lincoln nickt langsam. "Wie ich sehe, hast du dir das sehr gut überlegt."

Adair sieht ihn wehmütig an. "Nur, weil ich dich liebe."

Lincoln starrt die Ghule an. Wenn er sich ihnen noch weiter nähert, wird er mit einem Schlafpfeil in den Bauch getroffen... Und mein ganzes Igni gestohlen. Winzige Stimmen schreien in meinem Kopf, als mir meine Kräfte entrissen werden. Der Schmerz brennt hinter meinen Augen und macht es mir schwer, mich zu konzentrieren.

Wir befinden uns in einer Pattsituation. Und mit jeder Sekunde, die verstreicht, verliere ich mehr Igni.

Lincoln macht auf dem Absatz kehrt und rennt zur Eindämmungswand, weit außerhalb der Reichweite des Ghuls.

"Hier ist eine Sache, an die du nicht gedacht hast." Er hebt sein Breitschwert hoch.

Unheilige Moly. Lincoln wird die Eindämmungswand aufreißen. Und da ich von Adair gefangen gehalten werde, kann ich die entkommenen Geister nicht einmal in die Hölle schicken. Ich versuche zu begreifen, was das bedeutet und mir einen Plan auszudenken, aber alles, woran ich denken kann, sind die Schmerzen in meinem Körper und die heulenden Schreie meines Igni.

Lincoln spricht mit einer unheimlich tiefen Stimme. "Begleite mich in den Tod, Adair."

Was als Nächstes passiert, dauert nur Sekunden, aber mein Verstand verfolgt jedes Detail im Zeitlupentempo. Lincoln holt mit seinem Arm aus und schneidet direkt durch die Eindämmungswand. Der gesamte Träger zerspringt und die Geister stürzen auf den Boden des Turms. Der plötzliche Verlust des Nebels weckt sie auf. Einige weinen, andere lachen, wieder andere heulen vor Wut.

Adair schreit. Sofort löst sie das Igni-Band zwischen

uns, ergreift die Hände ihrer Ghule und springt in ihr geöffnetes Portal.

Die Welt um mich herum kehrt zur normalen Geschwindigkeit zurück. Der Schmerz sickert langsam aus meinen Gliedern. Die Igni werden still. Mein Geist klärt sich. Ich nehme die blinkenden roten Lichter wahr, als der Kontrollraum seine Notprozesse in Gang setzt. Ein dichter Nebel zieht über den Boden des Turms und macht das Atmen schwer. Lincoln rennt hinter mir her und schlingt seinen Arm fest um meine Taille. Er zieht mich wieder auf die Beine, über die dicksten Nebelschwaden hinweg.

"Bleib oben, Myla. Bleib oberhalb des Nebels."

Meine Augen weiten sich mit einer Erkenntnis. Das Durchbrechen der Eindämmungsmauer flutet den Turm mit Nebel. Das ist das Standardprotokoll, wenn ein Carrier durchbrochen wird. Lincoln würde das auch wissen, nach der Nacht, die wir im Geisterturm Eins verbracht haben. Aber Adair war immer mehr daran interessiert, mich zu besiegen, als zu lernen, wie Seelenbearbeitung wirklich funktioniert. Sie dachte wohl, wir würden alle sterben, also ist sie mit ihren Ghulen abgehauen.

Du denkst mit, Baby.

Der schwere Nebel steigt höher und höher. Um uns herum fallen alle Geister, die Lincoln von ihren Trägern befreit hat, in einen tiefen Schlaf. Meine Brust zieht sich zusammen, als ich nach Luft schnappe.

Walkers vertraute Hand gleitet in meine. Das nächste, was ich weiß, ist, dass ich durch den leeren Raum taumle, während sein Portal uns drei aus dem Geisterturm befördert. Es geht alles so schnell, dass ich kaum Zeit habe, zu registrieren, dass ich außer Gefahr bin, geschweige denn einen Seufzer der Erleichterung auszustoßen.

Walker, Lincoln und ich treten aus dem Portal und in das Hauptfoyer meines Hauses im Fegefeuer.

Ich klammere mich fest an Walkers Hand. Irgendwo im Hinterkopf weiß ich, dass ich mich bei ihm bedanken sollte, aber zuerst habe ich zu viele Fragen. "Was ist passiert? Sind die Seelen in Sicherheit?"

"Es geht ihnen gut. Keine von ihnen ist entkommen. Ich muss zurück und ihnen helfen, die Eindämmungsmauer wieder aufzubauen."

"Ich komme mit dir." Aus irgendeinem Grund fällt es mir sehr schwer, Walkers Hand loszulassen.

"Es wäre mir lieber, wenn du jetzt mit Xavier reden würdest. Was auch immer Adair vorhin getan hat, ich habe so etwas noch nie gesehen. Wenn jemand weiß, welche Tricks sie anwendet, dann ist es dein Vater."

Ich schaue auf meine Armbanduhr. Fast 20 Uhr. Papa braucht nicht viel Schlaf, also trainiert er wahrscheinlich gerade. "Also gut." Ich lasse Walker endlich los. "Danke."

"Jederzeit." Ein leises Summen ertönt, als Walker ein neues Portal erschafft. Er tritt hindurch und verschwindet.

Lincoln umarmt mich fest. "Geht es dir gut?"

"Jetzt geht es mir gut."

"Tut mir leid, dass ich das Eindämmungsfeld durchbrechen musste, aber mir fiel keine andere Möglichkeit ein, sie zum Anhalten zu bewegen. Sie sah so verängstigt aus, als ich das Langschwert hochhielt, dass ich dachte, sie würde in Panik geraten und weglaufen."

"Und du hattest Recht. Es war ein guter Plan."

Ich halte inne und reibe mir mit den Fingerspitzen die Schläfen. All die Ereignisse der letzten zwei Monate wirbeln durch meinen Kopf. Adair, die mir gefolgt ist... die Thrax-Diplomatin im Fegefeuer geworden ist... die Ärger mit meinen Turmwächtern verursacht hat... und jetzt auch noch mein Igni gestohlen hat. Hier gibt es ein Muster, einen systematischen Angriffsplan. Ich brauche einen Rat in Sachen Kampfstrategie.

Und Papa ist der beste General der Nachwelt.

9

Lincoln und ich gehen einen weiteren gruselig-dunklen Flur in meinem Mega-Villenhaus hinunter, unsere Schritte hallen auf dem schwarzen Marmor auf seltsame Weise wider. Nach dem Geisterturm-Igni-Diebstahl von Adair gehen wir in die Turnhalle, um mit meinem Vater zu reden.

Als wir uns der Turnhalle nähern, hallt der Korridor von vertrauten Geräuschen wider: die unverkennbaren Schläge, Risse und Hiebe eines Kampfes. So wie sich die Schläge anhören, wenn sie treffen, ist der Gegner einer der Dämonenpuppen, die Papa zum Kampftraining mitgebracht hat.

Lincoln zieht seine rechte Augenbraue hoch. "Xavier hat Pseudo-Dämonen hier drin?"

"Oh, sicher. Er hat seine beste Ausrüstung vom

Himmel mitgebracht. Du wirst nicht glauben, was er mit unserer Turnhalle angestellt hat. Er hat einen ganzen Flügel des Gebäudes entkernt, um sie so zu bauen."

Ein Gefühl von Stolz durchströmt mich. Es ist so cool, einen knallharten Erzengel, der Dämonen bekämpft, als Vater zu haben.

Wir erreichen die offene Tür der Sporthalle und bleiben stehen. Drinnen ist die Halle riesig, weiß und mit einer hohen Decke versehen. Gepolsterte Matten bedecken den Boden in vier Quadranten, in denen jeweils verschiedene Geräte stehen. Die Wände sind mit allen nur erdenklichen Waffen bestückt.

Ich blicke mich im Raum um, bereit, meine Begrüßung zu sagen. Doch was ich sehe, lässt mich kalt. Papa kämpft gegen eine der Dämonenattrappen, die für das Kampftraining scheinbar zum Leben erwacht sind.

Nur, dass es nicht irgendein Dämon ist. Es ist Armageddon.

Ich umklammere Lincolns Handfläche noch fester. Ein Teil von mir weiß, dass der König der Hölle im Moment nicht wirklich gegen meinen Vater kämpft. Papa kämpft gegen eine verzauberte Schaufensterpuppe, die nur zum Üben zum Leben erwacht. Aber verdammt, wer auch immer dieses Ding verzaubert hat, hat gute Arbeit geleistet. Es ist verdammt furchterregend. Armageddon ist zwei Meter groß, hat schlaksige, dünne

Gliedmaßen und eine schwarze Haut, die so glatt ist wie polierter Stein. Sein langes Gesicht wird von einer klingenartigen Nase geteilt und endet in einem spitzen Kinn. Er bewegt sich blitzschnell und versucht, seine Hände überall auf Papas entblößtes Fleisch zu legen. Armageddons bevorzugte Angriffsmethode ist es, deine Haut zu berühren und dir die Seele auszusaugen.

Meine Aufmerksamkeit wendet sich meinem Vater zu, und mir fällt vor Staunen die Kinnlade herunter. Papas Baculum ist wie zwei Kurzschwerter entzündet. Seine Bewegungen sind verschwommen, während er Armageddons Angriffe abwehrt. Mit jeder Salve und jedem Stoß zeichnen sich intensive Emotionen auf dem Gesicht meines Vaters ab: Wut, Angst und Furcht.

Eine schwere Traurigkeit macht sich in meinem Körper breit. Um Mamas Leben zu retten, hat Papa zwanzig Jahre in der Hölle verbracht, und Armageddon hat ihn die ganze Zeit über gequält. Papa hat die Kraft zu heilen, also riss Armageddon meinem Vater jeden Tag die Flügel ab, eine Qual, die nur noch schlimmer wurde, als sich seine Flügel regenerierten.

Als Papa unsere Anwesenheit bemerkt, hält er in seiner Salve inne. Er ruft ein Wort: "Halt!" Die Sparringspuppe erstarrt und verwandelt sich von einer lebensechten Version von Armageddon in ein kittfarbenes Modell von gleicher Form und Größe. Mein Vater wendet sich mir zu und schnappt nach Luft. "Hallo, na! Ich habe mich schon gefragt, wann du vorbeikommen würdest. Ich nehme an, deine Mutter hat dir von dem Blutsteinamulett erzählt."

Meine Gedanken schweifen für einen Moment ab. In der ganzen Aufregung um Adair im Geisterturm habe ich das Amulett ganz vergessen. Papa war gerade auf dem Weg zu Kaiser Tempest, um es sich auszuleihen.

"Nein, ich habe Mama den ganzen Tag nicht gesehen. Was ist los?"

"Ich habe das Amulett bei mir. Willst du es anprobieren? Um zu sehen, ob es funktioniert?"

Ein kalter Schauer der Vorahnung kriecht mir den Rücken hinauf. Diese Halskette wird mir sagen, ob ich etwas von meinem Igni verloren habe. Ich mache mich bereit, bin auf alles gefasst. "Sicher, sehen wir uns das mal an."

Papa geht zu einem Schrank in der Nähe und holt ein kleines Samtkästchen heraus. "Hier ist es."

Ich drehe den Gegenstand in meinen Händen um. Es ist eine glatte Scheibe aus rotem Stein, die an einer langen Silberkette hängt und auf keiner Seite beschriftet ist. Ich lege sie mir um den Hals.

Augenblicklich verändert sich die Vorderseite des Amuletts. Die Oberfläche blubbert und verwandelt sich in das Bild zweier Drachen, die sich gegenüberstehen, die Krallen ausgefahren und die Zähne gefletscht. Ihre Drachenschwänze schlingen sich auf die Rückseite der Scheibe, wo sie eine Spirale bilden, die in der Mitte des Amuletts endet. Entlang der verschlungenen Schwänze sind die römischen Ziffern eins bis zehn eingezeichnet, wobei sich die zehn am äußeren Rand und die eins genau in der Mitte befinden.

"Die Rückseite des Amuletts zeigt den Grad deiner Kräfte an", sagt Papa.

"Ich hab's." Ich beobachte die verschlungenen Schwänze auf der Rückseite des Amuletts. Nach und nach färben sie sich schwarz vor dem Hintergrund des roten Steins. Die Farbe reicht bis zur Zahl zehn und hält dann inne. "Es sieht so aus, als hätte ich alle meine Igni." Erleichtert atme ich aus. Vielleicht hat Adair eine Art ausgeklügeltes Psychospiel mit mir gespielt.

Uff. Mit Psychospielchen kann ich umgehen. Mein Igni zu verlieren, nicht so sehr.

Die Farbe in den Schwänzen beginnt zu verschwinden. Also kein Psychospielchen. Adair hat wirklich meine Kräfte gestohlen. Mein Brustkorb scheint mich zu erdrücken.

Die Stufe auf dem Amulett rutscht über neun, dann acht. Mein Atem stockt. Wie viele Igni hat sie genommen? Ich habe mich dagegen gewehrt, dass sie mir jedes einzelne davon stiehlt. Schließlich kommt die Anzeige bei sieben zum Stillstand. Ich umklammere das Amulett fest und spüre, wie meine Handflächen schweißnass werden. "Hier steht, dass meine Kräfte bei sieben von zehn liegen." Meine Kehle schnürt sich vor Kummer und Schock zusammen. "Ich habe Igni verloren."

Mit dieser Erkenntnis verschwindet alles aus meinem Kopf, bis auf einen einzigen Gedanken. Es ist eine Sache, jemanden zu verdächtigen, die kleinen übernatürlichen Kinder zu stehlen, die dein Leben bestimmen. Es ist eine andere, Beweise dafür zu sehen, dass es tatsächlich passiert ist. Und sie schrien so laut, als sie mir entrissen wurden. Schmerz und Schrecken.

Meine Stimme hat sich überschlagen. "Mein Igni." Ihr Verlust trifft mich wie ein Schlag in den Bauch, der Schmerz ist überwältigend und hart.

Lincoln tritt neben mich und legt mir sanft die Hand auf die Schulter. "Erzähl deinem Vater, was heute Nacht im Geisterturm passiert ist."

Ich begegne seinem Blick, meine eigenen Augen brennen vor Kummer. "Mein Igni."

"Ich weiß, das ist schwer, Myla. Aber wir haben nicht viel Zeit. Erzähl deinem Vater, was passiert ist. Vielleicht kann er dir helfen."

Nach und nach drehe ich mich zu meinem Vater um. "Gerade eben hatte ich einen Streit mit Adair im Geisterturm vier. Ich habe sie mit einer Igni-Kordel gefesselt. Es fühlte sich an, als würde sie diese Schnur als Verbindung benutzen. Sie hat mir meine Kräfte weggenommen." Ich lasse meine Finger über das Amulett gleiten. "Und das hier bestätigt es. Aber wie kann das möglich sein? Zu jedem Zeitpunkt kann es nur zwei Wesen mit dem Blut eines Engels, eines Menschen und eines Dämons geben. Die Scala und die Scala-Erbin."

Papa hält seine Stimme weich und beruhigend. "Das ist richtig."

"Wie konnte sie dann mein Igni nehmen? Adair hat doch nur das Blut eines Menschen und eines Engels in sich."

Papas Mund verzieht sich zu einem Grübeln. "Der Trick ist nicht, Dämonenblut in sich aufzunehmen. Das ist ziemlich leicht zu bewerkstelligen. Und fatal, denn das würde bedeuten, dass du alle drei Bluttypen auf einmal hast. Wenn ich Lincoln jetzt Dämonenblut injizieren würde, würde er einen langen und qualvollen Tod sterben."

Lincoln nickt traurig. "An einigen Stellen unserer Geschichte wurde es als eine Form der Hinrichtung verwendet. Eine grausame Art zu sterben."

"Dämonenblut zu bekommen, ist jedenfalls nicht das Problem", fährt Papa fort. "Das Schwierigste ist, die Hälfte der Einweihungszeremonie der Scala Erbin zu überstehen. Danach kann man alle drei Blutgruppen problemlos annehmen."

Ich stoße einen langen Seufzer aus. *Das erklärt alles.*

"Ja, natürlich. Adair hat die Einweihungszeremonie der Scala Erbin mit mir durchlaufen. Sie hat den speziellen Engelsstaub eingeatmet, die heiligen Worte über sich sprechen lassen und wurde von Verus zum Engel ernannt. Alles, was ihr noch fehlte, war das Dämonenblut."

Lincoln schüttelt den Kopf. "Aber diese Zeremonie war ein Schwindel. Verus hat das nur gemacht, um Myla heimlich einzuweihen. Adair hat ihre Igni-Kräfte mit Magie von Gianna aus dem Hause Striga vorgetäuscht. Es war nie echt."

"Damals war es nicht echt", korrigiert Papa. "Aber nur, weil Adair nicht das Blut eines Dämons in sich hatte. Sie bräuchte nur eine Injektion, und dann wäre die Zeremonie vollendet. Es tut mir leid, dir das zu sagen, aber im Moment ist Adair eine Art Scala."

Die Worte hallen in meinem Kopf nach, aber sie dürfen einfach nicht stimmen. *Adair ist eine Art Scala.*

Ich bin mir vage bewusst, dass mein Vater immer noch redet. "Ich frage mich, wer wohl genug Wissen über die Scala-Kunde hat, um ihr diesen Rat zu geben?" Papa reibt sich nachdenklich das Kinn. "Dämonenblut in einen

Thrax zu injizieren ist ein extremer Tod. Normalerweise würde das niemand auch nur in Erwägung ziehen. Und es ist ja nicht so, dass es noch viele Scala-Bücher gibt, nicht einmal im Himmel. Interessant. Vielleicht wollte sie die Kräfte so sehr, dass sie ein großes Risiko einging."

Ich weiß es zu schätzen, dass Papa so nachdenklich ist und so, aber ich brauche mehr Informationen, und zwar schnell. "Also, wie kommt Adair an mein Igni?"

"Nun, Adair weiß, dass du niemals dasselbe für sie tun würdest, also vermute ich, dass sie irgendwo auf ihrem Körper einen Zauberspruch hat. Etwas, das den Igni-Transfer erzwingt."

Eine Erinnerung taucht in meinem Kopf auf. Ich stehe im Cloud Tower Sechs, als Adair mir einen unheimlichen Händedruck gibt. Sie hatte gerade ihre offizielle Untersuchung angekündigt. "Würde der Zauber auf ihren Handflächen liegen?"

"Sicherlich", sagt Papa. "Das wäre ein guter Platz dafür."

"Adair hat meine Handflächen zum ersten Mal im Geisterturm sechs angefasst. Damals fühlte ich mich seltsam kalt und eklig. Sie muss den Zauber mit diesem Händedruck ausgelöst haben."

"Adair hat heute Abend die gleiche körperliche Verbindung zu dir hergestellt", fügt Lincoln hinzu. "Sie hat dafür gesorgt, dass sich das Igni-Kabel um deine Handflächen gewickelt hat."

Das ganze Ausmaß von Adairs Plan stürzt mit voller Wucht auf mich ein. Mein Zorndämon erwacht und erhitzt mein Blut vor Wut. "Lodernde Hölle! Sie versucht wirklich, mich als die Große Scala zu ersetzen. Sie will zurückkehren zu..."

Ich fange Lincolns Blick auf, und tiefe Traurigkeit füllt seine Augen. Keine Frage, zu was sie zurückkehren will. Die Zeit, bevor er sich in mich verliebte. Als Adair zur Scala-Erbin ernannt wurde und Lincoln sie heiraten wollte. Das ist es, was sie jetzt als ihr Geburtsrecht ansieht, und sie wird es sich nehmen.

Mein Kriegerinstinkt setzt ein, als ihr ganzer Plan klar wird. Die Große Scala kann jede unschuldige Seele in die Hölle schicken, aber auch jede rein böse Seele in den Himmel. Das ist eine ungeheuerliche Machtfülle. Die Igni wählten mich aus, weil sie dachten, ich würde sie weise einsetzen. Und nicht das halbe Jenseits in die Luft jagen, um einen alten Fantasie-Freund zurückzuerobern. Wenn Adair diese Macht bekommt, wird sie vor nichts Halt machen, bis sie bekommt, was sie will. Und ich kann mir nicht vorstellen, dass sich jemand gegen sie wehrt.

Papa zuckt mit den Schultern, so wie er es macht, wenn er seine Gedanken für ein anderes Mal beiseite schiebt. "Normalerweise gibt die Große Scala dem Erben etwas Igni. Oder alles, wenn sie es will. Der Alte Scala hat dir seins freiwillig gegeben, habe ich recht?"

"Er leuchtete blau und war schon tot, aber ja, es war freiwillig."

Noch mehr Wut pumpt durch meinen Blutkreislauf. Ich werde nicht zulassen, dass Adair mir meine Kräfte stiehlt, damit sie Lincoln zwingen kann, sie zu heiraten. Und ich weigere mich, zuzusehen, wie sie zu einer weiteren Marionetten-Scala wird, wie der letzte, Maxon Bane.

Meine Iris leuchtet dämonisch rot. "Das wird nicht passieren. Wir müssen Adair in die Falle locken. Sie entlarven. Ich will sie im Knast und aus dem Weg haben."

Selbst während ich das sage, weiß ich, dass dies eine Menge Schnickschnack im Zwischenreich bedeutet. Das Fegefeuer kann einen Thrax nicht länger als vierundzwanzig Stunden festhalten, ohne einen Krieg auszulösen. Lincolns Eltern müssten zustimmen, sie einzusperren, was nicht einfach sein wird, vor allem, wenn man bedenkt, wie sehr Lincolns Vater vor Acca kuscht, als wäre es sein Job.

Lincoln legt seine beiden Hände auf meine Schultern und zwingt unsere Blicke, sich zu treffen.

"Hör zu, ich bin auch nicht glücklicher über die Situation als du, aber Adair kann uns jetzt nicht ablenken. Du hast immer noch den Großteil deines Igni. Das sollte mehr als genug sein, um Seelen zu bewegen. Und was noch wichtiger ist, du hast das Vertrauen deines Volkes. Sie mögen, das was Adair über die Rückkehr zu den Ghul-Regeln sagt, aber sie folgen dir trotzdem. Wir müssen uns auf dieses Lagerhaus konzentrieren. Bring die Seelenbearbeitung wieder in Gang. Festige deine Rolle.

Solange Adair dich nicht berühren kann, kann sie dir nicht noch mehr deiner Kräfte nehmen. Wir werden dich zusätzlich bewachen und dafür sorgen, dass sie nie wieder in deine Nähe kommt."

Ich neige meinen Kopf zur Seite und denke über seine Worte nach. Meine glühende Wut auf Adair kühlt sich allmählich zu einer eisigen Entschlossenheit ab. "Ja, das eigentliche Problem ist, den Reichsapfel zu bekommen und die Seelen wieder zu bewegen. Wir können Walker einfach bitten, mir ein paar Leibwächter zu besorgen."

"Sei vorsichtig", warnt Papa. "Achte darauf, dass du Striga-Wachen dabei hast. Deine besten Zauberwirker. Wir wissen nicht, womit wir es hier zu tun haben."

Mir sinkt das Herz in die Hose. Das hört sich gar nicht gut an.

"Was meinst du, Papa?"

"Du bist eine großartige Kämpferin, Myla. Das liegt zum Teil daran, dass du die Kraft des Zorns hast, die von deinem Dämonenblut ausgeht. Das Gleiche gilt für Adair. Egal, welches Dämonenblut sie in sich aufgenommen hat, sie wird dieselben dämonischen Kräfte bekommen. Das kann Kämpfen, Magie oder etwas anderes sein. Mein Rat ist, sich von ihr fernzuhalten."

"Ich werde es versuchen", sage ich. "Sie folgt mir überall hin, es ist also nicht einfach."

"Tu, was du kannst, ich weiß, dass sie eine Diplomatin ist." Papa zieht sich seinen Kapuzenpulli vom Training an. "Lass mich dir einen letzten Rat geben. Nehmt euch den Rest der Nacht frei. Macht euren Kopf frei. Habt etwas Spaß. Ihr habt morgen einen großen Tag vor euch."

Gutes Argument. Ich kann mich nicht erinnern, wann ich das letzte Mal eine Nacht frei hatte.

"Der Rat gefällt mir, Papa."

Cissy erscheint in der Tür. "Hallo, alle zusammen." Sie hält ein paar kleine rosa Zettel hoch. "Checken Sie Ihre Nachrichten nicht, Xavier?"

Papa tätschelt seine Taschen. "Ich kann mir diese Dinge nie merken."

"Die Präsidentin will Sie in ihrem Büro sehen."

"Ich bin gleich da."

"Sie sagte, Sie würden das sagen, und ich soll Sie begleiten. Draußen steht gerade ein Auto."

Papa gluckst. "Camilla war immer die Einzige, die mich als General übertreffen konnte."

Cissy deutet mit dem Daumen in Richtung Eingangstür. "Können wir gehen? Wir können die Präsidentin nicht warten lassen."

"Natürlich." Papa schnippt mit den Fingern. "Hey, kommt ihr zwei eine Weile allein zurecht?"

Die Worte 'allein' klingen in meinem Kopf auf seltsame Weise nach. Wie in "Lincoln und ich." Allein. In diesem Haus.

Ooooooh, ja.

Plötzlich scheint mein kürzlicher Ignoranzschock eine Million Meilen entfernt zu sein. Mein Lustdämon erwacht und füllt meinen Geist mit all den leckeren Dingen, die Lincoln und ich in ein paar Minuten tun könnten. Als ich wieder spreche, kommt meine Stimme als hohes Piepsen heraus. "Klar."

"Tschüss dann." Papa und Cissy gehen weg.

Eine Weile stehen Lincoln und ich in einer Art Scheintod da. Schließlich ertönt ein Klicken, als sich die Haustür schließt. Papa und Cissy sind weg. Wir beide sind allein. Und wir haben gerade den Rat von Experten bekommen, uns die Nacht freizunehmen.

Aber allein in einem Haus mit Lincoln? Das bringt all

die Lust-Dämonen-Komfort-Probleme zum Vorschein, die ich in den letzten zwei Monaten vermeiden konnte, vor allem, weil Lincoln und ich nicht länger als fünf Minuten alleine waren.

Im Gegensatz zu dem, was jetzt passiert.

Plötzlich merke ich, dass ich schon eine ganze Weile herumstehe und nichts mehr sage. Ich spreche das Erste aus, was mir in den Sinn kommt. "Hey."

Lincoln wippt auf seinen Fersen, ein listiges Leuchten in seinen Augen. "Also, was willst du machen?"

Keine Frage, ich würde ihm am liebsten überall auf das Gesicht küssen, aber ich bin mir bei dieser ganzen Lust-Dämonen-Sache immer noch nicht sicher.

"Wie wäre es mit einer Tour durch das neue Haus?"

"Klingt nach einem Plan."

Lincoln und ich stehen an meinem Bett, die Arme umeinander geschlungen, unsere Münder treffen sich zu einem sanften Kuss. Mein Rundgang durch das Haus begann und endete im Grunde mit meinem Schlafzimmer. Ich habe es nicht bereut.

Unser Kuss wird langsam und aufreizend. Jedes Nervenende in meinem Körper ist auf Lincoln eingestimmt. Der Druck seiner Hände. Das süße Spiel seiner Zunge. Das Gefühl seiner festen Brust an meinen weichen Rundungen. Es fühlt sich alles echt, intensiv und perfekt an. Ich kann nicht anders als zu stöhnen.

Lincoln spürt mein steigendes Verlangen, und das steigert auch seine Erregung. Er stößt ein leckeres Knurren aus, sodass meine Beine weich werden.

Unser Kuss wird tief und leidenschaftlich. Wir sind zusammen, wir sind allein, wir sind verliebt. Wer weiß, was als nächstes in unserem verrückten Leben passieren wird? Warum sollten wir uns nicht das Vergnügen nehmen, das wir haben können, wenn wir Zeit dazu haben? Ich schließe die Augen und genieße das Gefühl von Lincolns festen Händen, die über meine Wirbelsäule wandern, die Wärme, die von seinen Handflächen ausgeht. Ich sauge einen zittrigen Atemzug ein.

Hinter meinen Augen sammelt sich Wärme, was nur eines bedeuten kann: Mein Lustdämon macht sich bereit, die Kontrolle zu übernehmen. Ich bin nur Sekunden davon entfernt, dass meine Iris mit dämonischer Kraft aufblitzt.

Im logischen Teil meines Gehirns gehen die Alarmglocken an. Als Lincoln und ich das letzte Mal so eng zusammen gewesen waren, ist genau das auch passiert. Nachdem meine Iris rot gefärbt war, hätte ich mich fast ausgezogen und mit ihm in einem Heckenlabyrinth wer-weiß-was gemacht.

Du begibst dich schon wieder auf gefährliches Terrain, Myla.

Ich will schon auf die Bremse treten, als Lincoln mir die Unterlippe zwischen seine Zähne klemmt.

Plötzlich erscheinen mir meine inneren Alarmglocken wie zu viel Unfug. Was können ein paar Küsse schon ausrichten? Und wenn ich schon dabei bin, wen kümmert es, wenn wir dabei zufällig waagerecht liegen? Ich balle meine Hände in Lincolns weißes Hemd und führe ihn zu meinem Bett hinüber. Ich gleite über die Matratze, lege mich auf den Rücken und warte.

Lincoln steht am Fußende meines Bettes, seine ungleichen Augen fixieren die meinen. Sein Gesicht ist das Bild von Macht und Kontrolle über das wachsende Verlangen. Unheilige Hölle, ist das heiß. Mein Herz klopft heftiger in meiner Brust. Ich wickle den Bezug der Bettdecke in meine Finger.

Komm schon, Lincoln. Sei bei mir.

Stück für Stück krabbelt er die Matratze hinauf, wobei er darauf achtet, dass sein Körper nur wenige Zentimeter über meinem liegt. Ich spüre, wie seine Wärme über meine Beine, meinen Bauch und schließlich über meinen Mund strömt. Mein Herz klopft so heftig, dass ich sicher bin, es würde aus meinem Brustkorb platzen. Lincoln senkt seine Hüften; die festen Muskeln in seiner Taille und seinen Schenkeln drücken sich schließlich gegen mich. Mein innerer Lustdämon beginnt zu randalieren, aber ich halte ihn im Zaum. Unsere Blicke treffen sich, und ich könnte mich den ganzen Tag an diesem Blick satt sehen. Felsenfeste Kontrolle über rohes Verlangen.

Schritte hallen auf dem Flur vor meinem Schlafzimmer wider. Ich erstarre.

Mist, jemand ist hier.

Mit dieser Erkenntnis erwacht mein logisches "Ich" mit einem lauten "Ich hab's dir ja gesagt" wieder zum Leben. Mein Lustdämon verblasst. Ich senke meine Stimme auf ein Flüstern. "Da draußen ist jemand."

"Ich bin's, Cissy. Ich erkenne die Schritte." Ein verschwörerisches Glitzern flackert in seinen unpassenden Augen. "Also, wir werden ganz leise sein."

Mein Atem geht tief und schnell. "Leise. Das kann ich auch." Ich schließe die Augen, als er meinen Hals küsst. "Vielleicht."

Eine weitere logische Erkenntnis taucht in meinem zerstreuten Geist auf. Ob leise oder nicht, es gibt nicht viel, was mich von unerwünschten Besuchern trennt. Ich werfe einen besorgten Blick auf die Tür. "Ist sie..."

"Verschlossen? Ja, natürlich."

Hitze, Lust und Vergnügen durchströmen mich. Mein Lustdämon erwacht wieder zum Leben und knurrt, dass es hier viel zu viel Kleidung gibt und nicht annähernd genug Stöhnen. Ich knirsche mit den Zähnen und versuche, sie unter Kontrolle zu bringen.

"Volle Offenlegung." Ich bin schon ganz außer Atem. "Ich habe ihn nie wirklich rausgelassen."

Lincoln beugt sich vor und beißt mit seinen Zähnen

in mein Ohrläppchen. Das ist nicht gerade hilfreich für meine Lust-Dämonen-Kontroll-Probleme. "Wen meinst du mit ihn?"

"Du weißt schon, ihn." Im Moment ist Beredsamkeit nicht meine Stärke.

Lincoln hält inne und stützt sich wieder auf seine Unterarme ab. Sein Blick trifft den meinen, und sein Gesicht macht diese unleserliche Sache. "Deinen Lustdämon?"

Ich nicke. "Selbst wenn ich allein bin, halte ich ihn irgendwie an der Leine. Es ist nicht leicht. Aber mit dir wird das unmöglich sein. Ich glaube, er könnte wirklich laut und, äh, körperlich werden."

Lincolns Mund verzieht sich langsam zu einem Grinsen wie eine Grinsekatze. "Oh, mit Lärm und Körpereinsatz kann ich umgehen. Keine Sorge." Er senkt seine Stimme auf ein sexy Flüstern. "Tu, was immer du tun willst. Ich folge deinem Beispiel. Keiner wird etwas merken, Myla."

Mein Schwanz schwebt an seinem Kragen, bereit, ihm das Hemd vom Leib zu reißen. Mann, es wäre so einfach. Die Nacktheit könnte uns gehören.

Lincoln lehnt sich dicht an mich heran, sein Mund ist knapp über meinem. "Falls du es dich fragst: Ich hasse dieses Hemd." Übersetzung: Wenn du das von mir runterreißen willst, kannst du das gerne tun.

Das pfeilförmige Ende meines Schwanzes spielt mit seinem Hemdkragen. Lincoln schließt die Augen und genießt das Gefühl meiner Drachenschuppenhaut an seinem Nacken. In mir wird der Instinkt des Lustdämons stärker. Der Drang, ihm alles vom Leib zu reißen, ist fast unwiderstehlich.

Und ich kann meinen Lustdämon kontrollieren. Möglicherweise.

Mein Schwanz gleitet zu Lincolns Kehle und zerrt direkt unter seinem Kinn. Wir sind da. Und all das fühlt sich fantastisch an. Außerdem gibt es keine Garantien für unsere verrückte Zukunft. Warum also warten? Meine Augen flackern rot vor Lust.

Lincoln lässt sich auf seine Unterarme sinken und hält inne, als sein Mund einen Hauch über meinem liegt. "Das ist es, Myla. Lass ihn los."

In Ordnung, mein Süßer. Du hast es so gewollt.

Ein Klopfen ertönt an meiner Zimmertür. Wir erstarren.

Das Klopfen wiederholt sich. Jemand ist hier.

Fuck fuck fuck fuck FUCK fuck.

Eine dumpfe Stimme ertönt durch die dicke Holztür. "Myla?"

Keine Frage, wer das ist. "Hi, Cissy."

"Deine Mama hat immer wieder angerufen. Draußen wartet eine Limousine auf dich. Wir müssen zu einer

Notfall-Pressekonferenz. Rate mal, wer sich über die Geistertürme beschwert hat?"

Ugh. Das war wohl Adair.

"Alles klar, Cis. Bin gleich da."

Lincoln gibt mir einen letzten Kuss, bevor er sich vom Bett rollt. "Ich fürchte, ich muss deinen Lustdämon ein anderes Mal treffen."

Ich öffne meinen Mund und weiß nicht, was ich sagen soll. Auf der einen Seite bin ich kolossal enttäuscht, dass Lincoln und ich uns nicht mehr küssen. Andererseits kann ich nicht sagen, dass ich mich zu sehr darüber ärgere, dass ich meinem inneren Lustdämon weiterhin aus dem Weg gehen kann. Welche Hand ist die richtige?

Schwere Entscheidung, wirklich.

Ich richte meine Scala-Robe und beschließe, mir später Gedanken über meinen Lustdämon zu machen. Jetzt ist es Zeit für meine erste ernsthafte Pressekonferenz.

Cissy, Lincoln und ich sitzen in einer Limousine auf dem Weg zu Adairs sogenannter Notfall-Pressekonferenz. Lincoln ist gut gelaunt, vor allem, weil er vor wenigen Minuten fast wieder meinem inneren Lustdämon begegnet wäre. Er fängt an, die Fenster hoch- und runter zu drehen, in der Mini-Bar zu wühlen und generell mit jedem Knopf, Hebel und Knauf in der Limousine zu spielen. Er rollt sogar die Dachluke auf und steht auf, während wir weiterfahren. Ich ziehe an seinem Hosenbein.

"Hier unten, Schatz."

Er hockt sich hin. "Wow. Nicht, dass ich nicht gerne mit Bastion reite, aber Limousinen sind phänomenal."

Cissy und ich tauschen einen ungläubigen Blick aus. Sicher, Lincoln lebt unter der Erde in einer abgeschotteten Version des Mittelalters, aber ich dachte mir, dass er zumindest schon einmal mit einer Limousine gefahren ist. Immerhin ist er königlich.

"Bist du schon einmal in einer Limousine gefahren?", fragt Cissy.

"Nein, warum sollte ich?" Er steht wieder im Oberlicht auf.

Ich ziehe wieder an seinem Hosenbein. "Geh nach unten, los."

Lincoln hockt sich wieder hin. "Ja?"

"Hier wird gerade eine Notfall-Pressekonferenz geplant. Ihr müsst daran teilnehmen."

"Jetzt gleich?" Er sieht so enttäuscht aus; ich hasse es, seine Seifenblase platzen zu lassen.

"Wie wäre es damit? Irgendwann fahren wir in einer Limousine herum, so lange du willst. Was hältst du von diesem Deal?"

"Gefällt mir." Lincoln lässt sich auf den Sitz neben mich plumpsen, ein albernes Lächeln im Gesicht. "Alles klar. Wir können uns jetzt auf die Notfall-Pressekonferenz konzentrieren."

Cissy reicht uns beiden Manila-Ordner. "Sie findet in der Thrax-Botschaft statt."

Lincolns Grinsen schmilzt dahin, ebenso wie jeder Anflug von Verspieltheit. "Ich wurde nicht darauf aufmerksam gemacht." Er blättert durch die Seiten in der Mappe. "Acca hat Vater aber informiert." Die Muskeln entlang seiner Kieferpartie spannen sich vor Wut an.

Ich scanne die Dokumente selbst. "Adair wird heute Abend offiziell die Ergebnisse ihrer Untersuchung der Geistertürme bekannt geben. Was für ein sehr, sehr verdächtiger Notfall, wenn man bedenkt, dass wir morgen früh Luzifers Reichsapfel finden sollen. Mich dünkt, sie versucht, uns die Show zu stehlen."

Die Limousine biegt von den Nebenstraßen ab und fährt in belebtere Gegenden. Fast sofort füllen Quasis die Straßenränder und halten Schilder hoch, auf denen "Quasi lebt zuerst" und "Ikonenwanderung jetzt" steht. Die Menge buht, schüttelt ihre Schilder und schreit Obszönitäten, während wir vorbeifahren.

Ich zeige auf das Fenster. "Was ist denn hier los? Ich dachte, wir würden mit den Risiken des Geisterturms unter dem Radar bleiben."

Cissy schüttelt den Kopf. "Adair hält seit Tagen Reden in der Umgebung der Thrax-Botschaft. In örtlichen Schulen, Kaffeehäusern und so weiter. Jetzt ist die Quasi-Bevölkerung hier in Panik geraten."

Meine Hände ballen sich vor Frustration. "Wir konzentrieren uns also zwei Tage lang auf das Lagerhaus, und dann passiert Folgendes: Adair geht auf die Straße."

"Das ist total ätzend", sagt Cissy. "Aber wir haben kaum genug Personal, um die reguläre diplomatische Arbeit abzudecken, geschweige denn Adair zu verfolgen."

"Ich weiß, Cissy." Ich lege meine Hande auf die Augen. Diese Situation nervt. So. Hart. "Die größte Frage ist, was wir jetzt tun sollen."

Cissys Mund verzieht sich zu einer entschlossenen Linie. "Wir müssen diese Pressekonferenz zum Erfolg führen, Myla. Sonst wird Adair die Berichterstattung im Fernsehen, im Radio und in den Zeitungen nutzen, um dieselbe Panik im ganzen Fegefeuer zu verbreiten. Hat einer von euch schon einmal Schadensbegrenzung in einer Pressekonferenz betrieben?"

"In Antrum gibt es keine unabhängige Presse", erklärt Lincoln. "Zumindest nicht, wenn es um das Königtum geht."

"Und ich hatte bisher nur Scala-freundliche Interviews. Alle waren so begeistert, dass ich aus dem Fegefeuer stamme, dass es eine Lobeshymne nach der anderen war." Ein Anflug von Sorge schnürt mir die Kehle zu. Wie soll diese Pressekonferenz denn genau ablaufen? Ich bin das Mädchen, das Schaden anrichtet, nicht derjenige, die ihn kontrolliert.

Wir biegen in eine Hauptstraße ein, und eine handvoll Quasis am Straßenrand verwandelt sich in eine lärmende Menschenmenge. Mehr Schilder. Noch mehr Geschrei, als meine Limousine vorbeifährt. Einige meiner Leute halten sogar Knüppel und Pistolen über ihren Köpfen. Ein neues Schild kommt hinzu: "Verfluchte Scala, verfluchtes Fegefeuer".

Hells Bells. Zum ersten Mal bin ich sehr, sehr froh, dass es im Fegefeuer keinen Handyempfang oder Internet gibt. Sonst wären wir jetzt schon im Stadium des Aufruhrs.

Die Limousine hält vor der Thrax-Botschaft, einer kleinen Steinburg, deren noch kleinerer Vorhof voller Menschen ist. Ich zähle allein drei TV-Vans aus dem Fegefeuer. Hunderte von Reportern und Fotografen drängeln sich um einen Platz. Ich sehe Leute aus Antrum, den Dunklen Landen und sogar aus dem Himmel. Tausende von Demonstranten säumen die Straßen. Mein Herz rutscht mir bis in die Hose. Die Situation gerät bereits jetzt schon gefährlich außer Kontrolle.

Cissy krümmt ihre Finger um den Türgriff. "So sieht es aus. Adair wird ihre Ankündigung machen. Danach wird Myla ein paar Worte sagen. Lincoln, Xavier, Camilla und ich werden als Verstärkung auf die Bühne kommen." Sie sieht mich an und runzelt die Stirn. "Vielleicht ist es besser, wenn Camilla stattdessen spricht. Du hast so etwas noch nie gemacht, Myla."

"Das stimmt." Ich reibe mein Kinn und denke nach. Cissy hat recht. Mama betreibt dauernd Schadensbegrenzung. Sie könnte auch diese Pressekonferenz problemlos leiten. Ich stelle mir vor, wie ich hinten auf der Bühne stehe und wie eine Göttin aussehe, während Mama die Menge bearbeitet. Ein Teil der Angst fällt von meinem Nacken und meinen Schultern ab. Das könnte durchaus funktionieren.

"Meinst du wirklich, Mama kann das?"

"Oh ja", antwortet Cissy. "Ich meine, sie kennt die Seelenbearbeitung genauso gut wie du, oder?"

Falsch. Die Spannung kehrt zurück.

"Nein, Mama hat schon genug zu tun, ohne auch noch meinen Job zu lernen." Die Sorge legt sich wieder auf meine Schultern, schwer wie Steine. "Nein, Cis. Ich bin die Große Scala und das ist meine Verantwortung."

"Bist du sicher?"

"Sicher, bin ich sicher." *Eine glatte Lüge.*

"Okay", sagt Cissy. "Wir sind dran." Sie stößt die Tür auf und tritt als Erste hinaus. Die Menge auf dem Rasen der Botschaft spielt verrückt. Zwei Reihen Fegefeuer-Polizisten in schwarzer Einsatzkleidung halten den Mob auf beiden Seiten von uns zurück und bilden einen behelfsmäßigen Durchgang zum Eingang. Dutzende von Blitzlichtern leuchten mir ins Gesicht. Alle schreien gleichzeitig Fragen. Es ist ein Angriff ohne Waffen, und das erweckt meinen inneren Zorndämon. Ich schalte in den Kampfmodus und gehe in Gedanken schnell alle möglichen Strategien durch. Mein nächster Schritt ist sofort klar.

Mach deine Göttin an, Myla.

Ich atme tief durch und stürze mich ins Getümmel. Lincoln geht neben mir und nimmt meine Hand in seine. Gemeinsam schlendern wir durch den schmalen Gang, den die Fegefeuerpolizei gebildet hat. Ich beobachte die Menge auf eine Weise, die besagt: *Ich kann euch im Handumdrehen in die Hölle schicken, also verpisst euch.*

Es funktioniert. Der Gang wird weniger überfüllt, weniger Blitzlichter gehen an und die Fragen verstummen.

So weit, so gut.

Lincoln und ich folgen Cissy durch die Thrax-Botschaft, bis wir ein kleines Auditorium im hinteren Teil des Schlosses erreichen. Cissy hat mir von diesem Ort erzählt. Hier veranstalten Würdenträger kostenlose Seminare für Quasis zu Themen wie "warum die Thrax farblich gekennzeichnet sind", "wie man sicherstellt, dass wir einen nicht sofort töten" und so weiter.

Heute ist der kleine Hörsaal voll mit Reportern, die sich alle um einen Platz drängeln. Vorne auf einer winzigen Bühne steht ein Podium, das mit dem Wappen von Rixa, dem Haus von Lincoln, verziert ist. An der

Rückseite des Podiums stehen Mama, Papa und Adair. Die Menge ist ein Meer von fremden Gesichtern, mit Ausnahme von Walker. Wenn ich sein aufmunterndes Lächeln sehe, fühle ich mich gleich besser. Es bedeutet mir viel, dass er so kurzfristig hierher geeilt ist.

Cissy, Lincoln und ich bahnen uns einen Weg durch die Menge. Als wir weitergehen, starrt Adair Lincoln auf eine Weise an, die irgendwo zwischen Bewunderung und Wut liegt. Sie ist so unheimlich, dass es nicht lustig ist.

Sobald wir die Bühne betreten, wendet sich Lincoln an mich. "Was dagegen, wenn ich den Anfang mache? Auf dem Podium prangt schließlich mein Wappen." Ich schaue zu Mama hinüber und schiebe meinen Zeigefinger schnell zwischen Lincoln und dem Podium hin und her. Sie nickt schnell.

Ausgezeichnet. Dieses Nicken bedeutet, dass Lincoln startklar ist.

"Mama sagt, es ist in Ordnung. Viel Spaß." Ich küsse Lincoln auf seine Wange. Mehrere Blitze aus Glühbirnen gehen los.

"Danke." Lincoln tritt an das Podium und tippt auf das Mikrofon. Ein elektronischer dumpfer Schlag hallt durch das Auditorium. Die Menge verstummt.

Lincoln lässt seinen Blick durch den Raum schweifen, das Kinn hoch erhoben und die Krone perfekt auf seinem Kopf zentriert. Er sieht sehr königlich und knallhart aus. "Guten Abend, alle zusammen. Ich bin Lincoln Vidar Osric Aquilus, Kronprinz des Hauses Rixa. Dies ist meine Botschaft und dies sind meine Diplomaten, die sie leiten. Für das Protokoll: Diese Notfall-Pressekonferenz wurde ohne meine Zustimmung einberufen. Alles, was heute Abend hier gesagt wird, gibt nicht den vollen Willen und die Meinung derer wieder, die Antrum regieren." Er schlendert zur hinteren Wand der Bühne und blickt Adair an, die schnell zum Podium eilt.

"Hallo, ich bin Adair, die Große Dame des Hauses Acca, das seit unzähligen Jahrtausenden über Antrum herrscht. Ich war auch die erste, die nach Maxon Bane in das Erbe der Scala eingeweiht wurde."

Frischer Zorn pulsiert durch mich. Die Erste, die eingeweiht wurde? Was zum...? Adairs gesamte Initiationszeremonie war ein Schwindel. Sie hat es selbst zugegeben. Und es war eine Sache, als Adair diesen Müll vor Lincoln und mir ausspuckte. Es ist eine andere Sache, es der Presse zu erzählen.

Adair gestikuliert zu Lincoln. "Ich danke meinem geschätzten Kollegen für seine Einführung, aber ich kann Ihnen versichern, dass die königliche Familie über diese Notfall- Pressekonferenz bestens informiert ist. Daher möchte ich ohne weiteres die ersten Ergebnisse

meiner Untersuchung über die Gefahren der Geistertürme offiziell bekannt geben."

Der Raum wird still und Adair sucht den Raum ab, um den Moment zu verlängern.

Mein Wutpegel schießt in die Höhe. Wenn es etwas gibt, das ich an Adair noch mehr hasse als ihre Lügen, dann ist es ihr Drama. Mein Schwanz wölbt sich über meine Schulter und ich gehe in Kampfstellung. Ich mache mir nicht einmal die Mühe, ihm zu sagen, dass er sich beeilen soll. Wenn ich so weitermache, werde ich sie auf der Bühne vor allen Leuten bekämpfen, von der Presse ganz zu schweigen.

"Ich habe Folgendes zu sagen", verkündet Adair. "Ihr glaubt, das sind Geistertürme? Das sind Schnellkoch-töpfe, die jeden Moment explodieren können!" Sie macht Jazzhände. Echte Jazzhände.

Jeder Muskel in meinem Körper schreit danach, Adair zu Fall zu bringen, jetzt sofort. Lincoln spürt meine Wut und lässt seine Hand in meine gleiten. Ich umklammere seine Finger so fest, dass ich mich wundere, dass er nicht vor Schmerz aufschreckt. Trotzdem bringt mich seine Berührung wieder ins Gleichgewicht. Irgendwie schaffe ich es, mich zusam-menzureißen, während die Presse auf Adairs Auftritt reagiert.

Und das tun sie. Die Reporter werden wild. Mehr

Blitzlichtgewitter. Mehr Rufe. Das Publikum beginnt sich wie ein wütender Mob zu bewegen und drängt in Wellen auf die Bühne zu.

"Wir stehen am Rande neuer Geisteraufstände, meine Freunde. Ich sage euch, jeder Quasi im Fegefeuer könnte jeden Moment ermordet werden. Das Fazit ist einfach. Ihr braucht jemanden, der diese Seelen jetzt bewegt. Ich bin die Scala-Erbin." Sie hebt ihre Arme hoch und Igni materialisieren sich um ihre Handflächen. "Sobald ich die Große Scala bin, werde ich diese Seelen für euch bewegen, das verspreche ich. Alles, was ich brauche, ist die Gelegenheit."

Gelegenheit, von wegen! Was Adair will, ist nichts weniger als meine Ermordung. Sobald ich tot bin, bekommt sie den Rest meines Igni, ein Kinderspiel. Die Wahrheit trifft mich wie ein Schlag in die Magengrube. Herumschleichen ... Ärger machen ... mein Igni stehlen ... alle Handlungen von Adair haben auf ein einziges Ziel hingearbeitet. Die Verursachung von Massenunruhen, Angst und Panik, die in meiner Ermordung und ihrem Aufstieg zur Großen Scala enden. Fazit: Sie glaubt, ich hätte ihr Leben gestohlen, und jetzt stiehlt sie es zurück. Unheilige Hölle.

"Und wenn Sie mir nicht glauben, habe ich die Turmaufseherin Celia Graham mitgebracht, um heute Abend mit Ihnen zu sprechen. Sie hat selbst in diesen tickenden Zeitbomben gearbeitet. Sie wird jedes Wort, das ich sage, bestätigen!"

Celia? Ist das wahr?

Das war's. Wut durchströmt jede Zelle meines Körpers. Meine Augen leuchten dämonisch hell. Ich marschiere zum Podium und blicke Adair todesmutig an. "Geh zur Seite." Mein Schwanz wölbt sich bedrohlich über meine Schulter. "Und wenn du versuchst, mich anzurühren, hast du einen Finger weniger. Verstanden?"

Der Raum wird gespenstisch still. Alle Augen richten sich auf Adair und mich.

"Ich sage die Wahrheit", zischt Adair. Aber ihre Stimme klingt eher wie eine Frage.

"Beweg dich, Adair. Sofort." Meine Augen färben sich noch röter, und Adair kehrt schnell an ihren Platz an der Wand zurück.

Sehr schön.

Ich schließe die Augen und rufe genug Igni herbei, um jeden Zentimeter des Luftraums zu füllen. Ihre kleinen silbernen Körper wirbeln herum, springen um die Füße der Reporter, wirbeln durch ihre Haare und ihre Ausrüstung und explodieren wie ein Feuerwerk über ihren Köpfen.

Leise "Oohs" und "Ahs" erfüllen die Luft, was ich sehr befriedigend finde.

Ich achte jedoch darauf, den Igni weit außerhalb von

Adairs Reichweite zu halten. Ich bin ein theatralischer Anführer, kein totaler Dummkopf.

Ich schnippe mit den Fingern; alle Igni verschwinden. Ich beuge mich vor und spreche in das Mikrofon. "Hallo, ich bin Myla Lewis, und ich bin die Große Scala. Damit das klar ist: Die Geistertürme sind sicher. Keiner im Fegefeuer ist in Gefahr." Eine Idee taucht in meinem Kopf auf. Eigentlich ist es Cissys Idee, aber ihre Zeit ist gekommen. "Morgen wird mein Team den Reichsapfel Luzifers finden und ihn aus dem Fegefeuer bringen. In ein paar Tagen werde ich meine erste Ikonenwanderung abhalten. Keine Unschuldigen werden mehr in die Hölle geschickt. Kommen Sie morgen um 6:17 Uhr zur großen Enthüllung des Reichsapfels ins Lagerhaus. Sehen Sie es live, mit eigenen Augen."

Adair tritt vor. Das muss man dem Mädchen lassen, sie gibt nicht auf. "Was ist mit dem Blutsteinfluch? Stimmt es nicht, dass du die Seelenverschiebung hinauszögerst, weil du nicht mehr genug Macht für eine Ikonenwanderung hast?" Sie dreht sich um und wendet sich dem Publikum zu. "Myla lügt euch seit Monaten an! Über ihre Kräfte. Über den Blutsteinfluch. Diese große Enthüllung wird eine weitere Lüge sein, ihr werdet schon sehen!"

Ich spreche weiter in das Mikrofon, als ob Adair nicht hinter mir stünde. "Ich weiß, ihr habt alle

Gerüchte gehört. Über Geister, die sich befreien. Darüber, dass ich eine Art Fluch hätte. Die Rede der Diplomatin könnte einige zu der Annahme verleiten, dass ihr mit einer anderen Scala besser dran wärt."

Ich halte mich an beiden Seiten des Podiums fest. "Ich sage Ihnen das von ganzem Herzen. Es wäre ein Leichtes für mich, diese Geister zu bewegen. Zu leicht. Und einfache Antworten sind nicht das, worum es im Fegefeuer geht. Wir existieren, um den Seelen eine faire Chance auf das richtige Leben nach dem Tod zu geben. Prozess durch Jury. Ein Prozess durch Kämpfen. Das ist harte Arbeit. Und nur durch eure gerechten Urteile sollten die Seelen beurteilt und bewegt werden. Kein Reichsapfel sollte euch das wegnehmen."

Alle Augen sind auf mich gerichtet. Das Gefühl erinnert mich daran, wie es ist, wenn ich mit einem Dämon kämpfe, ohne dass einer von uns einen Vorteil hat. Dann, endlich, wird ein tödlicher Schlag offensichtlich. Nur dass meine Arena hier das Auditorium ist. Der Dämon, gegen den ich kämpfe, ist die Angstmacherei von Adair. Jetzt, da ich die Aufmerksamkeit des Publikums habe, kenne ich genau die verbalen Schachzüge, die den Schrecken meines Volkes beenden werden.

Ich hebe meine Faust auf Schulterhöhe. "Genau hier, genau jetzt, in diesem Moment. Wir haben die Chance, die Dinge zu ändern. Wir können uns zurückholen, was uns bei der Invasion Armageddons vor zwanzig Jahren gestohlen wurde. Ihr müsst mit mir stark sein. Ihr müsst diese Seelen unterstützen und Geduld haben. Und wenn ihr in diesem Raum seid, müsst ihr noch etwas anderes haben. Enthaltsamkeit. Als Mitglieder der Presse haben Sie die Möglichkeit, Unruhen auszulösen, die das Fegefeuer auseinanderreißen könnten."

Ich zeige auf die Tür. "Sie haben alle den wütenden Mob auf dem Weg hierher gesehen. Ich bitte Sie dringend, verantwortungsbewusst zu sein. Warten Sie bis morgen früh. Ich versichere Ihnen, wir werden den Reichsapfel finden. Und wenn wir ihn gefunden haben, werden wir wieder zu dem Fegefeuer werden, das wir einst waren." Meine Augen leuchten in einem hellen, engelsgleichen Blau. "Ich bin die Große Scala, und das ist mein Versprechen."

Schnell eile ich zu Mama hinüber und spreche mit leiser Stimme. "Was soll ich jetzt tun?" Jetzt, wo ich nicht mehr am Mikrofon sitze, beginne ich, meine Entscheidung, in sieben Stunden eine große Presseveranstaltung abzuhalten, in Frage zu stellen. "Glaubst du, dass es eine gute Idee war, eine große Enthüllung zu veranstalten? Sollten wir sie absagen oder so?"

"Ganz und gar nicht. Die morgige Enthüllung für die Presse zu öffnen, ist eine brillante Idee, Myla. Du hast die Menge beruhigt und jeden Aufruhr heute Abend verhindert. Als Nächstes müssen wir in das Lagerhaus gehen und die Veranstaltung mit doppelter Geschwindigkeit planen." Sie gestikuliert in Richtung der Treppe, die von der Bühne wegführt. "Du und Lincoln sollten jetzt gehen. Ich werde hier alles abschließen." Mama tritt an das Podium und beginnt zu sprechen, aber ich höre ihre Worte nicht. Stattdessen konzentriere ich mich darauf, Lincolns Hand zu ergreifen und den Weg zurück zur Limousine zu finden. Als wir sicher drinnen sind, umarmt er mich fest.

"Ausgezeichnete Arbeit. Octavia hätte es nicht besser machen können."

Eine glückliche Röte krabbelt über meine Wangen. Mit Octavia verglichen zu werden? Das ist in der Tat ein großes Lob. "Danke."

Er nimmt mein Gesicht in seine Hände. "Was für eine Königin du eines Tages sein wirst."

Für ein paar glückliche Sekunden kann ich nur an Lincolns sanfte Hände und seine freundlichen Worte denken. Danach spielt das Adrenalin in meinem Körper verrückt und ich konzentriere mich auf all die Dinge, die morgen schief gehen könnten. "Da bin ich mir nicht so sicher. Wir haben nur noch sieben Stunden Zeit, um diese große Enthüllung zu planen. Und wir müssen Adair erlauben, daran teilzunehmen, da sie unsere Thrax-Diplomatin ist. Aber was ist, wenn sie weitere

Sabotageversuche unternimmt? Ich hoffe, ich habe ein Fiasko heute Abend nicht gegen etwas noch Schlimmeres am nächsten Morgen eingetauscht."

"Hey, du hast heute Abend die perfekte Entscheidung getroffen." Er gestikuliert zu den getönten Scheiben. Obwohl eine wütende Menschenmenge immer noch den Bürgersteig bedeckt, sind die Straßen jetzt frei. "Keine Unruhen, richtig?"

Ich nicke langsam und zwinge mich zu beruhigenden Atemzügen. "Stimmt."

"So wie ich das sehe, haben wir noch sieben Stunden Zeit, um zu planen. Sicherlich werden wir einige Dinge verpassen. Aber wir werden mehr richtig machen, als wir falsch machen. Ich glaube an dich, Myla."

Ich nehme ihn fest in die Arme. Ein Gefühl von Liebe und Wärme durchströmt meine Brust. "Danke."

"Jederzeit. Ich bin bekannt für eine gute Aufmunterung vor der Schlacht."

Ich küsse sanft seine Wange. "Ich verstehe, warum."

Der Fahrer der Limousine fährt die Trennwand zwischen dem Vordersitz und dem Fond herunter. "Wohin?"

Lincoln beugt sich vor, um mit dem Fahrer zu plaudern. Als wir vom Bordstein wegfahren, bin ich sehr zufrieden mit mir selbst. Es war wirklich eine gute Entscheidung, die morgige große Enthüllung für die

Presse zu öffnen. Die Straßen sind heute Abend wirklich sicher.

Und dann sehe ich ihn. Ein Thrax-Reporter mit glutroten Augen. Dämonen-hell.

Ich ergreife Lincolns Hand. "Komm, sieh mal!"

Er rutscht neben mich. "Was ist los?"

"Der Reporter in der lila Tunika. Siehst du seine Augen?"

Er lehnt sich näher an das Fenster. "Ja. Stimmt etwas nicht mit ihm?"

"Natürlich ist da etwas." Ich zeige auf das Fenster. "Sie sind ..."

Aber die Augen sind nicht mehr rot. Sie haben die uneinheitliche Farbe aller Thrax.

"Sie sind was, Myla?"

Ich lasse mich in meinen bequemen Sitz zurückfallen und stöhne laut auf. "Es war ein super langer Tag. Vielleicht bilde ich mir das nur ein." Ich schüttle den Kopf. "Mama hat gesagt, wir sollen uns im Lagerhaus treffen. Lass uns dorthin gehen."

"Wie wär's, wenn wir dir unterwegs etwas Kaffee holen?"

"Die Idee gefällt mir sehr gut." Sobald ich anfange, Dinge zu sehen, ist es definitiv Zeit für zusätzlichen Kaffee.

12

6:14 UHR.

Ich schreite über den Boden des Lagerhauses, ängstliche Energie zerrt an meinen Gliedern. In drei Minuten beginnt die große Enthüllung von Luzifers Reichsapfel. Jippie. Neben mir sitzen Reporter aus dem Jenseits dicht gedrängt an der Rückwand, auf Stufen, die vom Boden bis zur Decke reichen. Alle ihre Blicke sind auf die Bewegung eines kleinen Blechvogels gerichtet.

Auf der anderen Seite des Lagers fliegt der verzauberte Vogel über die Gänge, landet eine Kiste, dann eine andere und setzt seine Mission fort, um den Reichsapfel Luzifers um genau 6:17 Uhr zu finden. Die ganze letzte Nacht über haben Lincoln und ich dieses Lagerhaus mit allen nur erdenklichen Sicherheitsvorkehrungen ausgestattet: Alarmanlagen, Waffen, Geheimagenten, offensichtliche Wachen, was auch immer. Sobald der Reichsapfel gefunden ist, bleibt er in unserer Kontrolle, Ende der Geschichte.

Ich überprüfe schnell die Steigleitungen und mein Herz wird leichter. Noch zwei Minuten und immer noch keine Spur von Adair. Vielleicht waren die zusätzlichen Vorsichtsmaßnahmen doch nicht nötig. Die Knoten der Sorge in meinem Nacken lösen sich und ich fühle mich ruhiger und optimistischer. Allerdings nicht so gelassen, dass ich aufhöre, vor den Treppenstufen auf und ab zu laufen.

Lincoln winkt mich zu sich. Er steht auf der linken Seite der Sitzreihen, neben meinen Eltern, Cissy, Walker und den Alchemisten. Ich fühle mich jetzt so gut, dass es mich Mühe kostet, nicht zu ihm hinüberzuspringen.

"Was gibt's?"

"Du solltest vielleicht aufhören, vor den Reportern auf und ab zu laufen."

"Warum, ich störe doch niemanden, oder?"

"Weit gefehlt. Die männlichen Zuschauer schätzen deine Parade in höchstem Maße. Ich weiß, wie ich in dieser Hinsicht bin." Ein schelmisches Glitzern tanzt in seinen Augen. "Es ist sehr, sehr kalt hier drin, Myla."

"Oooooooh." Ich vergaß, dass meine Scala-Kleidung nichts der Fantasie überlässt. "Weißt du, das ist eine ziemlich perverse Sache, die du da anmerkst."

Er deutet auf sein Gesicht. "Äh, Mann."

"Na gut. Dann bleibe ich eben hier bei dir stehen."

"Dachte ich mir, dass du das vielleicht willst."

Jetzt, wo ich nicht mehr schlendern kann, schaue ich wie besessen auf die Wanduhr und schaue immer wieder nach. Es ist genau 6:16 Uhr. Noch eine Minute und wir werden den Reichsapfel finden und ihn aus dem Fegefeuer schaffen. Verflixt und zugenäht. Mein Körper füllt sich mit einer Mischung aus Aufregung und Erleichterung. Wir werden es schaffen, wirklich. Wir können die Seelenbearbeitung reparieren, ohne Millionen von Unschuldigen zur Hölle zu verurteilen... oder das Fegefeuer in einer neuen Runde von Geister-aufständen niederzubrennen.

Ich fühle mich in der Tat mächtig großartig, als Adair durch die Tür des Lagerhauses tritt.

Buh.

Ja, ich wusste, dass sie wahrscheinlich auftauchen würde, aber ich hatte wirklich, wirklich, wirklich gehofft, dass sie heute jemand anderen zum Stalken finden würde. Adair steht auf der rechten Seite der Stufen, direkt gegenüber meiner Familie und meinen Freunden. Sie hat auch noch einen Gast mitgebracht: Gianna, dieselbe Striga-Hexe, die Adairs Igni-Kräfte bei ihrer vorgetäuschten Einweihung zur Scala-Erbin vorgetäuscht hat.

Die Angst steigt mir in den Nacken. Gianna ist hier? Das ist gar nicht gut.

Ich wende mich an Lincoln. "Sieh mal, wer da ist."

"Hab ich gesehen."

"Praktizieren die Alchemisten Hexerei?"

"Nicht auf die Art wie Gianna, falls du das denkst. Sie sind eher Wissenschaftler als Schnellzauberer."

"Können wir uns dann unsere eigene Hexe aus Striga herholen? Jemanden, der Gianna etwas entgegensetzen kann?" Ich bin so aufgeregt, dass ich diese Person selbst von der Kanzel zurücktragen könnte.

"Nicht in den nächsten sechzig Sekunden", erklärt Lincoln. "Das ist zweifellos der Grund, warum Adair zu spät gekommen ist."

"Verdammt." Ich bin so frustriert, dass ich mir die Faust ins Gesicht schlagen oder etwas umbringen möchte. Wir haben jede erdenkliche Sicherheitsmaßnahme in dieses blöde Lagerhaus eingebaut, bis auf einen zusätzlichen Hexenmeister oder eine Hexe. Hat Papa das nicht auch schon vor Jahren vorgeschlagen? Wie konnte ich das nur vergessen?

"Ich kann nicht glauben, dass ich das übersehen habe. Gianna hat Adair schon mal geholfen."

"Es ist so, wie ich gestern Abend sagte, Myla. Bei sieben Stunden Planungszeit werden wir einige Dinge verpassen. Sogar große Dinge. Ich bin sicher, ich spreche im Namen von uns allen, wenn ich sage, dass es jetzt deine Entscheidung ist, was wir als nächstes tun. Willst du weitermachen oder die Sache abblasen?"

Ich reibe mir den Nacken und überlege. Adair ist eine hinterhältige Art des Bösen, was nicht unbedingt meine Stärke ist. Ich bin eher ein geradliniges Kampf-Zerstörungs-Tötungs-Mädchen. Ich gehe die Auswirkungen jeder Entscheidung durch, ob ich weitermache oder es abblase. Beides scheint ziemlich ätzend zu sein. Entweder warte ich darauf, dass Adair abtaucht, oder ich ziehe mich zurück und stehe wie ein verfluchter Lügner da. So oder so könnten meine Leute immer noch ihren Verstand verlieren. Geisteraufruhr Teil zwei.

Ein kollektives Aufatmen der Menge auf den Treppenstufen unterbricht meine Gedanken. Ich scanne das Lagerhaus und stelle fest, dass unser Blechvogel endlich aufgehört hat, von Kiste zu Kiste zu hüpfen. Jetzt ist er auf einer großen Kiste mit der Aufschrift Maxon Bane gelandet. Dort hüpft er hin und her und hält ab und zu an, um an dem Holz zu picken.

Alle Augen richten sich auf mich. Der Vogel fliegt nicht mehr herum. Der Reichsapfel könnte entdeckt worden sein. Ich sollte eine Entscheidung treffen und etwas tun. Und zwar jetzt sofort. Mein Herz pumpt so stark, dass ich das Blut in meinen Ohren rauschen höre.

Das Energieniveau im Raum schießt in die Höhe.

Der Reichsapfel Luzifers war zwei Jahrtausende lang verborgen; ihn enthüllt zu sehen, ist eine einmalige Sache im Leben. Die Begeisterung der Menge pulsiert in mir und plötzlich bin ich wieder in der Arena und stehe meinem ersten Dämon gegenüber, als ich zwölf Jahre alt war. Die Empfindungen dieses Moments kehren zurück, heftig und aufregend. Der staubige Geruch der Arena-Luft. Die elektrische Angst, die an meinen Nerven zerrt. Die Energie der Menge, die mich anspornt. Mein kriegerischer Sinn, der durch mein Gehirn dröhnt.

Diese Presseveranstaltung ist das Gleiche. Das muss es auch sein.

Ich hatte kein Kampftraining, als ich zwölf war, genauso wenig wie ich jetzt Schadensbegrenzung in einer Pressekonferenz betreiben kann. Trotzdem bin ich die Art von Mädchen, die in die Arena rennt, jetzt tötet und später Fragen stellt, und auf lange Sicht geht alles gut aus. Eine kleine Stimme in meinem Hinterkopf sagt mir, dass ich in diesen Tagen weit von der Arena entfernt bin, aber ich beschließe, dass diese Stimme ein Mega-Feigling ist.

Es ist an der Zeit, mein Gehirn auszuschalten und in den Kriegermodus zu wechseln. Vergiss Adair und ihre Pläne. Scheiß auf das, was Gianna vorhat. Ich ziehe unseren Plan durch, und irgendwie werde ich es schon hinkriegen.

Nachdem ich tief durchgeatmet habe, trete ich vor die Ränge und wende mich an das Publikum. Blitzlichter leuchten mir ins Gesicht. "Meine Damen und Herren, ich danke Ihnen, dass Sie heute bei der großen Enthüllung von Luzifers Reichsapfel dabei sind." Die Ränge wackeln, und die Reporter winken mit den Armen, um Fragen zu stellen. Ich hebe meine Hände auf Schulterhöhe, die Handflächen nach vorne, was das internationale Zeichen für Ruhe ist. "Seien Sie jetzt alle ruhig. Ich werde mich Ihren Fragen widmen, nachdem wir Ihnen den Reichsapfel gezeigt haben." Die Pressevertreter nehmen wieder ihre Plätze ein.

Mit einer dramatischen Geste zeige ich auf die letzte Kiste auf der Reise des Blechvogels. "Wie Sie wissen, ist der verzauberte Vogel hinter mir einer Reihe von miteinander verbundenen magischen Objekten gefolgt. Es ist eine Schatzsuche, wenn Sie so wollen. Am Ende dieser Suche - dem letzten Glied in der Kette - befindet sich Luzifers Reichsapfel." Die Menge stößt einen erfreuten Chor von Oohs und Ahs aus. "Schauen wir es uns an."

Ich trete auf halbem Weg über den Boden des Lagerhauses und halte inne. Irgendetwas ist hier nicht in Ordnung.

Dann wird mir klar, was nicht stimmt. Mit mir.

Ich bin nicht mehr in der Arena. Ich bin die Große Scala. Ich kann nicht erst kämpfen und dann nachdenken. Ich drehe mich um und scanne die Gesichter meiner Freunde und Familie. Mama, Papa, Lincoln, Walker, Cissy, und die Alchemisten. Sie alle vertrauen meiner Entscheidung für diese große Enthüllung. Das darf ich nicht auf die leichte Schulter nehmen. Ich drehe mich auf dem Absatz um, gehe zurück zu den Teppenstufen und der Presse.

Kotz. So ungern ich das auch tue, ich sage es ab.

Ich setze mein selbstbewusstest Halbgöttin-Gesicht auf. "Ich weiß es zu schätzen, dass Sie heute gekommen sind, und es tut mir aufrichtig leid, dass ich Ihre Zeit verschwendet habe. Aber..."

Adair stürmt nach vorne und zeigt mit dem Arm auf mich, während sie der Presse etwas zuruft. "Seht ihr, ich habe es euch allen gesagt. Sie ist eine Lügnerin. Sie hat den Reichsapfel nicht. Alles, was sie hat, ist den Blutsteinfluch. Ich bin die wahre Scala. Ich bin die Einzige, die euch retten kann. Zeigen Sie es ihnen, Myla. Zeigen Sie ihnen den Reichsapfel!"

"Ich wollte gerade sagen, dass wir heute niemandem etwas zeigen werden."

"Sie haben es versprochen. Das Kästchen steht da."

Ihre Augen leuchten rot auf. "Zeigen Sie ihnen den Reichsapfel. Wir werden zusammen gehen."

Ich beobachte sie vorsichtig. Sie setzt mich zu sehr unter Druck und wird zu schnell emotional. Das ist alles ziemlich verdächtig. "Nein, Adair."

Mit einer fast übernatürlichen Geschwindigkeit rennt Adair zu der Kiste und reißt den Deckel ab. Eine riesige lila Rauchwolke steigt aus dem Inneren auf. Adair winkt sie mit ihren Händen weg.

Ich rufe Walker zu. "Die Wachen sollen das Gebiet räumen. Fangt mit ihr an."

Als Adair diese Worte hört, greift sie in die Kiste, wobei ihre Hände im Rauch herumfuchteln. Die Kiste ist schulterhoch, so dass sie hineinfallen könnte, wenn sie nicht aufpasst.

Adairs gedämpfte Stimme ertönt aus dem Inneren der Holzkiste. "Er ist nicht hier. Der Reichsapfel ist nicht hier. Ich werde es beweisen."

Mein Verstand friert ein und hält den Moment fest. Wenn sie so sicher ist, dass der Reichsapfel nicht hier ist, warum macht sie sich dann zum Affen? Das Mädchen ist kurz davor, vor den Augen aller großen Reporter in den Jenseitswelten kopfüber in die Kiste hineinzufallen.

Ich trete hinter Adair, packe sie an der Taille und ziehe sie aus der Kiste. Sobald sie wieder in der Senkrechten steht, wickle ich meinen Schwanz um ihre Handgelenke und verhindere so jegliche Ignoranz. "Beruhigen Sie sich, Adair. Wenn Sie so weitermachen, tun Sie sich noch weh."

Ihre Augen werden wild vor Angst. "Ich muss es ihnen zeigen. Jedem von ihnen. Diese Kiste ist leer. Lassen Sie mich noch etwas herumschauen. Ich werde es Ihnen zeigen." Sie windet sich unter meinem Schwanz.

"Und warum in aller Welt sollte ich Sie das tun lassen?" Ein Trio von Wachen schleicht sich hinter Adair.

"Weil ich nachsehen muss. Ich muss es ihnen allen zeigen."

"Der Rauch verzieht sich von selbst, Adair. Sie werden schnell genug sehen, ob sie leer ist."

Und als ich sie dabei beobachte, wie sie versucht, sich von meinem Schwanz zu befreien und in die Kiste zu springen, wird mir Adairs Plan für das heutige Ereignis kristallklar. Gianna muss den Reichsapfel in der Kiste versteckt haben. Jetzt will Adair ihn selbst an sich nehmen. Sie muss den Reichsapfel nur für ein paar Tage verstecken, und die Geistertürme werden in die Luft fliegen. Mein Volk wird in Panik geraten. Adair wird zur Großen Scala ausgerufen werden. Die Quasis werden mich zwingen, ihr mein Igni zu geben, oder noch schlimmer, mich umzubringen. Sie wird gewonnen haben.

Eine Wache legt seine Hand auf Adairs Arm, und sie rastet völlig aus. "Lassen Sie mich los! Ich bin eine Diplomatin!"

Oh ja, sie will den Reichsapfel, ganz genau. Unbedingt.

Hunderte von Blitzlichtern knallen, als drei Wachen Adair aus dem Lagerhaus schleppen. Die ganze Zeit über schreit sie, dass sie die verdammte Kiste inspizieren will. "Es ist mein Recht, sie euch zu zeigen! Sie lügt! Es gibt keinen Reichsapfel!"

Kein Reichsapfel, von wegen.

Sobald sie weg ist, beginnen die Wachen, die Presse zu evakuieren. Den Reportern gefällt es genauso wenig wie Adair, abgeführt zu werden. Während sie zur Tür geführt werden, stellen sie eine Frage nach der anderen, von "Wann wussten Sie, dass Sie verflucht sind?" über "Warum haben Sie über den Reichsapfel gelogen?" bis hin zu "Was werden Sie gegen die bevorstehenden Unruhen unternehmen?

Ich nehme an, all die fiesen Fragen und blendenden Blitzlichter sollten mich ausflippen lassen und/oder wütend machen. Ich bin weder noch. Alles, woran ich denken kann, ist dieser Reichsapfel.

Bitte, bitte, biiiiiiiiiitteeeeeee, lass ihn in der Kiste sein.

Mein Herz hämmert gegen meinen Brustkorb, sein

Schlag wird mit jeder Sekunde kräftiger. Mir kommt eine Idee in den Sinn, und wenn der Reichsapfel noch da ist, habe ich vielleicht tatsächlich eine Chance, Adair zu besiegen.

Ich bleibe stehen und schaue wie eine Göttin, bis sie alle verschwunden sind, auch Walkers Wachen.

Jetzt sind hier nur noch meine Freunde und meine Familie. Zeit zu überprüfen, ob meine Vermutungen über Adair und den Reichsapfel richtig sind.

Ich eile hinüber zu der Holzkiste mit der Aufschrift Maxon Bane. Der Rauch hat sich verzogen, so dass ich mich leicht hinüberbeugen und hineinschauen kann.

Aber nichts. Nada. Leer.

Meine Freunde und meine Familie treten ebenfalls an die Kiste heran. Walker ergreift als Erster das Wort. "Die kann nicht leer sein. Ich sage euch, meine Berechnungen waren richtig. Der Reichsapfel ist in diesem Lagerhaus. Und der Blechvogel war perfekt verzaubert. Der Reichsapfel muss einfach in dieser Kiste sein."

"Dann ist er es, Walker." Ich wende mich an die Alchemisten. "Gianna hat den Reichsapfel mit einer Art Tarnzauber belegt. Findet ihn."

"Seid ihr sicher?", fragt Erik. "Sie könnte ihn auch woanders hingeschickt haben."

"Nein, hast du gesehen, wie Adair versucht hat, etwas

aus dieser Kiste zu holen? Der Reichsapfel ist hier drin, keine Frage. Tut euer magisches Ding und holt ihn raus."

"Ja, Große Scala." Erik und seine Freunde fangen an, die Kiste zu untersuchen und zu überlegen, welchen Zauber Gianna benutzt haben könnte. Minuten vergehen, während sie verschiedene Gegenzauber und Verzauberungen ausprobieren. Schließlich steigt eine rote Rauchwolke aus dem Inneren der Kiste auf.

"Heureka!" Erik greift in die Kiste und holt eine kleine goldene Kugel heraus, die mit einem Muster aus Engelsflügeln bedeckt ist.

Das ist er. Luzifers Reichsapfel.

Ich starre auf die glitzernde Oberfläche. Nach so vielen Tagen, in denen ich mir vorgestellt habe, dieses Ding zu finden, kann ich nicht glauben, dass es wirklich in Eriks Händen ist. Andererseits kann Erik manchmal ein gerissener kleiner Bastard sein.

"Das ist doch nicht einer deiner Streiche, oder?"

"Nuh-uh." Erik bietet mir den Reichsapfel an. "Wollen Sie ihn haben?"

"Nein, gib ihn Walker. Er muss ein paar Fotos machen und ein paar Tests durchführen." Wir haben das schon mal besprochen; wir brauchen schließlich Beweise für die Papiere, dass der Reichsapfel gefunden wurde. Und was die Tests angeht? Walker versuchte, sie mir zu erklären, aber meine Augen wurden nach etwa zehn Sekunden glasig.

Erik übergibt den Reichsapfel an Walker, der ihn in seinen Handflächen umdreht. "Die Energiesignatur von diesem Ding ist unglaublich. Ich kann sie sogar auf meiner Haut spüren. Ich kann es erst mit Sicherheit sagen, wenn ich ein paar Tests gemacht habe, aber es könnte eine Weile dauern, bis die Wirkung des Reichsapfels auf das Fegefeuer nachlässt."

Ich atme nervös ein. "Und wie lange?" Wenn er sagt, dass er es nicht weiß, kriege ich einen Herzinfarkt.

"Nicht länger als ein paar Tage, höchstens."

Erleichterung macht sich in mir breit. "Das ist gut. Wir brauchen sowieso etwas Zeit, um die Ikonenwanderungszeremonie vorzubereiten."

"Ich bleibe bei Walker und dem Reichsapfel", sagt Papa. "Sobald die Tests abgeschlossen sind, bringe ich ihn in den Himmel. Wir haben einen speziellen Tresor, in dem der Reichsapfel sicher sein wird."

Mama steckt die Hände in die Taschen ihrer Anzugjacke. Sie ist jetzt ganz bei der Sache. "Ich werde sofort eine Notfall-Pressekonferenz einberufen. Adairs Anschuldigungen sollten innerhalb einer Stunde überall in den Nachrichten sein - Mylas angeblicher Fluch, dass Adair die wahre Scala wäre, dass die Geistertürme kurz vor der Explosion stünden und dass meine Leute ermordet werden sollen. Ich werde jeden wissen lassen, dass der Reichsapfel wiedergefunden wurde und wir in ein paar Tagen die Seelen in Sicherheit bringen können. Das sollte die schlimmsten Ängste besänftigen."

Mamas Worte bringen die Räder in meinem Kopf zum Drehen. Der Reichsapfel ist gefunden worden... oder doch nicht? Die Idee, die ich schon vorher hatte, verfestigt sich jetzt klein, fies in meinem Kopf. Es ist ein total abgefahrenes, großartiges Konzept.

"Wartet mal kurz, Leute. Ich glaube, wir können diese Situation zu unserem Vorteil nutzen. Mama, kannst du eine Notfall-Pressekonferenz abhalten, um zu bestätigen, dass es keinen Reichsapfel im Lagerhaus gab? Du weißt schon, allen sagen, dass es noch in Ordnung ist und sie nicht den Verstand verlieren sollen."

"Sicherlich", antwortet Mama. "Aber warum sollte ich das jemals tun? Unsere Leute werden es als ein Zeichen verstehen, dass Adair recht hat. Sie werden sich nur noch mehr aufregen."

"Ich weiß, aber ich habe eine Idee, wie wir Adair besiegen können. Und damit das klappt, muss sie glauben, dass wir nicht wissen, dass der Reichsapfel noch im Lagerhaus ist."

Mamas Augen verengen sich. "Ich bin ganz Ohr."

"Seit Monaten ist Adair mir immer einen Schritt voraus. Aber ich glaube, dass sie es heute Abend vermasselt hat, als sie versuchte, den Reichsapfel zu holen. Jetzt können wir diese Information nutzen, um sie zu bekämpfen. Ich möchte eine verdeckte Operation hier in diesem Lagerhaus durchführen. Sie soll zugeben, was sie wirklich getan hat, damit wir sie in den Knast stecken können. Du weißt schon, bevor sie noch mehr Ärger verursacht. Aber um das zu tun, muss sie glauben, dass wir nicht wissen, dass der Reichsapfel hier ist. Sie wird zurückkommen, um ihn zu holen, ich werde hier sein und - zack - dann bekommen wir ihr Geständnis."

"Ich weiß es nicht, Schatz", sagt Mama. "Selbst wenn du die Beweise bekommst, können wir sie nicht länger als vierundzwanzig Stunden im Fegefeuer festhalten. Das ist ein interreales Gesetz. Lincolns Eltern müssen zustimmen, dass sie in Antrum eingesperrt wird."

"Ich kann ihr Einverständnis einholen", sagt Lincoln schnell. "Beruft die Pressekonferenz für zwei Stunden ab jetzt ein. Myla und ich werden nach Arx Hall fahren und das Einverständnis meiner Eltern einholen. Wenn wir dir das vor Beginn der Pressekonferenz mitteilen, wirst du dann sagen, dass der Reichsapfel heute nicht gefunden wurde?"

Mama fährt sich mit den Fingerspitzen unter das Kinn, was sich wie mindestens ein Jahrzehnt anfühlt. "In Ordnung, abgemacht. Nur zwei Stunden."

Lincoln küsst mich sanft auf die Wange. "Das gefällt mir, Myla. Ihr den Weg zu weisen."

Etwas in Lincolns Worten schwingt in meinem tiefsten Inneren mit. Das ist nicht die alte Myla Lewis, die kopfüber in die Gefahr rennt, ohne nachzudenken. Das ist die Große Scala, die ihr Kriegerhirn nutzt, um auf intelligente Weise in die Offensive zu gehen. Und wie Papa immer sagt: "Wenn es zum Kampf kommt, geh in die Offensive und lass nie wieder los".

13

*L*incoln und ich überqueren den riesigen Kopfsteinpflaster-Hof, der das Pulpitum VII, die offizielle Transferstation des Fegefeuers nach Antrum, umschließt. Ich bin schon ein paar Mal mit Lincoln auf einer Thrax-Umsteigeplattform gefahren, und es macht verdammt viel Spaß. Doch sobald wir heute Antrum erreichen, ist es mit dem Spaß vorbei. Wir müssen Lincolns Eltern überzeugen, uns dabei zu helfen, Adair auszuschalten. Kein Kinderspiel.

Wir nähern uns dem Pulpitum, einem tempelähnlichen Bauwerk aus der Römerzeit. Es hat eine runde Form und ist von hohen Steinsäulen umgeben. Die Einheimischen nennen es "die Büchse", weil das Innere hoch und zylinderförmig ist und aus massivem Fels besteht. Eine kleine schlitzförmige Öffnung ist der einzige Ein- und Ausweg. Eine unerträgliche Anzahl von Thrax-Wachen umgibt den Ort, alle tragen schwarze Schutzwesten mit dem Rixa-Wappen.

Als wir näher kommen, erkennen die Wachen Lincoln und salutieren im Gleichschritt. Er winkt ihnen auf freundliche, aber dennoch majestätische Weise zu. Sie sollen alle geradeaus schauen, aber die meisten von ihnen werfen einen oder zwei Blicke in meine Richtung. Als die Große Scala und Lincolns engelsgebundene Liebe haben alle von mir gehört, aber nur wenige sind mir tatsächlich begegnet. Mein Schwanz winkt den Wachen abwechselnd zu und macht Karateschläge. Das Ding kann manchmal ein echter Klugscheißer sein.

Im Inneren der Kanzel knistert das Feuer in einer Reihe von schalenartigen Leuchtern, die auf hohen Metallschalen stehen. In der Mitte des Bodens befindet sich eine glatte Metallscheibe, die etwa drei Meter breit ist. Das ist die Transferplattform. Aufregung pulsiert durch meine Adern. Thrax-Transfer-Reisen sind ein Riesenspaß.

Lincoln hält kurz vor dem Eingang inne. "Aktiviere Standardstation. Lincoln Vidar Osric Aquilus." Ein Gitter aus weißen Laserstrahlen überquert den Boden der Kanzel und führt einen Körperscan von uns beiden durch. Der einzige Ort, an dem die Thrax Hightech einsetzen, ist alles, was mit Sicherheit oder Dämonenpatrouille zu tun hat. Das Pulpitum deckt beide Bereiche ab.

Eine Frauenstimme hallt durch die Kammer. "Identität bestätigt. Schön, dass Ihr nach Hause zurückkehrt, Eure Hoheit."

"Ich weiß die guten Wünsche zu schätzen, Cassandra. Wie geht es dem Team in der Transferzentrale? Ich habe gehört, dass ein anderer Agent einen Unfall hatte."

"Julian hat einen bösen Sturz erlitten. Er erholt sich auf der Krankenstation."

"Noch ein Sturz?" Lincoln runzelt die Stirn und überlegt. "Halten Sie mich auf dem Laufenden."

"Das werde ich, Eure Hoheit. Wir haben Sie heute nicht für eine Verlegung vorgesehen. Ist das für die Dämonenpatrouille?"

"Wir bringen Nachrichten über den Reichsapfel Luzifers, der Dämonenmagie ist, also ist er dafür geeignet. Königin Octavia wird die eilige Versetzung genehmigt haben, ebenso wie mein Gast."

Es folgt eine lange Pause. "Ja, beide sind genehmigt. Zielort?"

"Arx Hall Pulpitum."

"Bestätigt und bereit auf Ihr Signal."

Wir betreten die Metallscheibe. Auf einer Thrax-Plattform reist man am besten im Schneidersitz, wobei man die Arme um die Schultern des Nebenmannes schlingt. Lincoln und ich gehen in Position.

Sobald wir uns niedergelassen haben, spricht Lincoln wieder. "Startübertragung auf mein Zeichen. 3, 2, 1."

Mit einer ruckartigen Bewegung peitscht die runde Plattform nach unten und rast durch den Boden. Die kreisförmigen Wände des Tempels werden durch einen Fleck aus Erde, Wasser und Stein ersetzt, während wir durch die Erde rasen. Von Zeit zu Zeit schlingert die Scheibe von einer Seite zur anderen, wenn sie einem Hindernis ausweicht, meist Diamanten und Lavaströme. Deren glitzernde Präsenz blinkt auf einer Seite der Plattform auf, während wir uns in eine neue Richtung neigen, aber immer in einer abwärts gerichteten Flugbahn bleiben.

Ein weiterer Ruck, und dann kommt die Plattform abrupt zum Stehen. Wir sind am Ende eines vergoldeten Korridors stehen geblieben. Der Bahnsteig der Arx-Hall.

Octavia und Connor warten schon auf uns.

"Myla, schön, Sie zu sehen." Octavia ist zierlich und hat langes braunes Haar, das zu einem ordentlichen Dutt gebunden ist. Sie trägt ein einfaches, mittelalterlich

anmutendes schwarzes Kleid von Rixa mit Rundhals-
ausschnitt und langen, ausladenden Ärmeln.

"Lincoln, mein Junge!" Connor hat eine breite Brust
und steckt voller Energie. Er umarmt Lincoln wie einen
Bären, bevor er in meine Richtung nickt. "Myla."

"Connor."

Octavia stützt ihre Hände in die Taille. "Warum
besuchen wir nicht die Festhalle?" Ohne auf eine
Antwort zu warten, führt sie uns alle in eine hölzerne
Kammer mit verputzten Wänden und einer gewölbten
Decke. Lange Tische mit passenden Bänken füllen den
Boden.

Connor deutet mit einer Geste auf eine der Bänke.
"Sollen wir uns setzen?"

"Ich würde lieber stehen", sagt Lincoln kühl. Das ist
seine Art zu sagen, dass es ihm heute nur ums Geschäft-
liche geht.

"Also, was wollen wir hier besprechen?", fragt Octavia. "Eure Nachricht war sehr kryptisch."

Ich ziehe ein Dokument aus meiner Scala-Robe und
reiche es ihr. "Adair benutzt die Magie auf eine Weise,
die gegen die Gesetze zwischen den Reichen verstößt.
Sie stiehlt meine Kräfte. Dieses Pergament beschreibt
meine Anklage."

Octavia spitzt die Lippen und liest die Seite schnell
durch. "Wurde das bei der Thrax-Botschaft eingereicht?"

"Noch nicht", antworte ich.

Connor lehnt sich an eine nahe gelegene Wand und legt den linken Knöchel auf den rechten. "Wie könnten Sie das denn einreichen? Hier geht es um Macht. Das ist nicht wie Diebstahl von Immobilien."

Lincoln holt seinen eigenen Satz Papiere heraus und reicht sie Connor. "Ich dachte mir, dass es in diesem Punkt vielleicht Verwirrung gibt. Die illegale Aneignung von Befugnissen ist genau wie jeder andere Diebstahl - der Diebstahl von Eigentum. In der Tat werden für den Diebstahl von Magie, die den ordnungsgemäßen Betrieb der Jenseitsreiche gewährleistet, Todesstrafen empfohlen. Mylas Igni fällt sicherlich in diese Kategorie."

Das mildeste Lächeln umspielt Octavias Lippen. Sie genießt das hier so sehr. Adair und das Haus Acca stehen schon seit Ewigkeiten auf ihrer Hass-Liste. "Diese Anschuldigungen bedürfen einiger Beweise", fügt Octavia hinzu. "Welche haben Sie denn?"

Ich setze mein selbstbewusstes Halbgöttin-Gesicht auf. Ich habe Lincolns Eltern nur eine Handvoll Mal getroffen. Und jetzt soll ich sie bitten, eine ihrer so genannten Großen Damen einzusperren. Sicher, sie ist eine Verrückte, aber selbst ich weiß, dass dies ein mutiger Schritt für eine neue Freundin ist.

"Die Sache ist die", erkläre ich. "Wir bereiten eine verdeckte Operation im Fegefeuer vor. Ich gehe davon aus, dass Adair vor Zeugen gestehen wird. Wenn nicht, dann lasse ich die ganze Sache fallen."

Octavia gibt mir meine Papiere zurück. "Sie scheinen von ihrer Schuld überzeugt zu sein."

"Felsenfest."

"Warum sind Sie dann hier?", fragt Connor. "Sie brauchen unsere Erlaubnis für eine verdeckte Ermittlung nicht."

"Stimmt", antworte ich. "Aber wir brauchen Sie, um sie zu verhaften, sobald wir ihre Schuld bewiesen haben."

Connors Gesicht nimmt den Ausdruck eines in die Enge getriebenen Tieres an. "Das setzt voraus, dass sie schuldig ist. Und was höre ich da von einem Fluch? Ich habe Berichte erhalten, dass auch im Fegefeuer mörderische Geister ihr Unwesen treiben sollen. Das ist eine Sauerei, die wir Thrax nicht aufräumen wollen."

Wow. Überraschend versucht Connor, das Gespräch von Adair-Schrägstrich-Accas Schuldgefühlen weg auf meine Probleme zu lenken. Notiz an mich selbst: Eines Tages sollte ich Connor wegen seines Acca-Liebesprogramms auf die Finger klopfen. Es ist lächerlich.

"Ich bin vollkommen gesund und unsere Geistertürme sind sicher. All das ist Adairs Tarnung, um mein Igni zu stehlen. Bis sie hinter Gittern ist, wird sie uns weiterhin Ärger bereiten. Sie ist diejenige, die das Fegefeuer wirklich in Gefahr bringt."

"Wie sieht diese Falle im Einzelnen aus?", fragt Connor. "Das muss ja ein toller Plan sein."

Riiiiiiiiichtig. Es kostet mich alles, was ich habe, um nicht mit den Augen zu rollen. Als ob wir Connor irgendetwas erzählen würden.

"Ich bin sicher, die Kinder wollen die Details für sich behalten", sagt Octavia schlicht. Es folgt eine lange Pause, während sie Connor anschaut. In diesem Blick verbergen sich ganze Gespräche.

Während das Starren weitergeht, schaue ich mir Lincolns Eltern noch einmal genau an. Was läuft da eigentlich zwischen ihnen und Acca? Sie scheinen sich sehr nahe zu stehen, außer in diesem einen Bereich. Es ist offensichtlich, dass Octavia dieses Haus leidenschaftlich hasst, während Connor Acca nicht unbedingt mag, aber er gibt diesen Accas immer wieder nach.

Schließlich wendet Connor den Blick ab. "Ihr müsst nicht ins Detail gehen. Wir verstehen das Wesentliche der Operation."

"Ausgezeichnet", sagt Lincoln. "Also, was sagt ihr dazu?"

"Ich sehe keinen Grund, diese nicht zu unterstützen", erklärt Octavia. "Wenn ihr die Beweise bekommt, werden wir die Gesetze zwischen den Reichen einhalten und Adair in unsere Gefängnisse stecken. Stimmst du nicht zu, Connor?"

"Ja, ja, natürlich. Inter-Reichs-Gesetz und so weiter."

Okay, das ist so ziemlich die lahmste Befürwortung, die ich je gehört habe.

Ich schlage meinen höhnischsten Ton an. "Nun, danke für die Unterstützung und so weiter."

Connor schaut eine ganze Minute lang verblüfft.

Lincoln und ich tauschen einen Blick aus, und ich weiß, dass er gegen den Drang ankämpft, in Gelächter auszubrechen. Thrax werden dazu erzogen, niemals "Buh" zu ihrem König zu sagen. Für mich ist es ganz natürlich, dem Herrschenden mal das Maul zu stopfen.

Octavia wechselt schnell das Thema. "Ich hoffe, ihr werdet diesen Unsinn sofort in Ordnung bringen. Wir veranstalten morgen Abend Mylas Willkommensball. Wenn Adair alles sabotiert, möchte ich auf keinen Fall, dass meine Veranstaltung beeinträchtigt wird."

Oh, verdammt. Ich habe diesen Willkommensball völlig vergessen.

Bilder schießen mir durch den Kopf. Kleider. Schuhe. Smalltalk. Walzer. Arrrgh. Keine Frage. Ich muss mich aus der Sache rausreden.

"Da fällt mir ein, dass diese Woche viel los ist, mit der verdeckten Operation und allem. Vielleicht sollten wir den Ball für eine Weile aufschieben und-"

Octavia starrt mich mit einem Blick an, der Blei schmelzen könnte. Ich kämpfe gegen den überwältigenden Drang an, in die Knie zu gehen und aus voller Kehle 'yipe-yipe-yipe' zu schreien. Verdammt, aber wenn sie will, kann Octavia beängstigend sein. Und ich weiß, was Furcht einflößend ist.

"Oder, wenn ich es mir recht überlege", füge ich schnell hinzu. "Wir könnten morgen Abend immer noch den Ball veranstalten."

"Wie ich gehofft hatte", antwortet Octavia. "Meine Näherinnen arbeiten an einem schönen Überkleid für Ihre Scala-Robe. Auf diese Weise können Sie sie anbehalten und sehen trotzdem sehr traditionell aus."

"Danke, Octavia, das klingt..." *Was soll ich zu diesem Überkleid sagen?* Ich meine, wenn sie mir Nonnenchucks besorgt hätte, hätte ich eine Menge Kommentare. Mir fällt nichts mehr ein, als mir ein einziges Wort über die Lippen kommt. "Schick."

Schick? Wirklich, Myla? Ja, es war ein langer Tag.

"Gern geschehen", erwidert Octavia. "Ich habe auch andere interessante Pläne für den Ball gemacht." Damit beginnt sie mit einer langen Erklärung all ihrer Ballvorbereitungen. Ich tue mein Bestes, um zuzuhören, aber ich kann nicht umhin zu bemerken, dass Lincoln seinen Vater für eine hitzige Diskussion zur Seite zieht. Ich habe Lincoln noch nie so wütend gesehen.

Ein Schauer der Vorahnung kriecht über meine Haut und lässt mich frösteln. So wie sich mein Leben in letzter Zeit entwickelt, würde ich eine Million Dollar darauf wetten, dass ihr Gespräch etwas mit Adair zu tun hat.

Und zwar etwas sehr Unangenehmes.

Lincoln und ich eilen zum Umsteigebahnsteig in Arx Hall. Während der ganzen Rückfahrt sagt er kein Wort. Jedes Mal, wenn ich versuche, ihn anzusehen, blickt er weg. Wann immer ich eine Frage stelle, bekomme ich eine Antwort mit nur einem Wort. Wenn ich seine Hand in meine nehme, drückt er kurz meine Handfläche, bevor er sie loslässt.

Das ist keine Frage. Lincolns Streit mit seinem Vater hat ihn mega-verärgert.

Als wir die Kanzel im Fegefeuer erreichen, suche ich uns eine ruhige Bank auf dem nahe gelegenen gepflasterten Hof. Ein paar schweigende Minuten vergehen, während wir den grauen Tag im Fegefeuer in uns aufsaugen. Schließlich begegnet Lincoln meinem Blick. Ein trauriges Lächeln umspielt seine Lippen.

Das ist mein Stichwort. Er ist bereit zu reden.

"Was ist da vorhin passiert?" frage ich.

Er atmet tief ein und aus. "Was ist dort nicht passiert?"

"Ich meine mit deinem Vater. Ich habe gesehen, wie ihr euch unterhalten habt, nachdem deine Eltern zugestimmt hatten, Adair ins Gefängnis zu bringen. Ihr saht nicht allzu glücklich aus."

"Nun, es ist offensichtlich, wohin das führt, jedenfalls aus Adairs Sicht. Wenn ihr Plan funktioniert, wird sie sich den Rest deiner Kräfte aneignen. Und wird selbst zur Großen Scala."

Jeder Muskel in meinem Körper verkrampft sich vor Abscheu. *Adair nimmt meinen Platz ein? Auf keinen Fall.*

"Du weißt, dass ich das nicht zulassen werde. Niemals." Noch während ich die Worte ausspreche, sagt mir eine kleine Stimme in meinem Hinterkopf, dass ich vielleicht eine vorschnelle Antwort gebe.

Ich halte inne, halte mich an der Kante der Holzbank fest und zwinge mich, über meine erste Reaktion hinauszudenken. Wenn Adair meine Kräfte bekommt, wird sie jeden einzelnen Thrax mit der Hölle bedrohen, bis sie hat, was sie will - und was sie will, ist Lincoln.

Plötzlich fühle ich mich sehr klein, allein und machtlos, eine winzige Fliege in einem komplexen Netz von Kräften, die alles zerstören wollen, was ich habe und schätze. "Was ist, wenn Adair Erfolg hat? Ich kann den Gedanken nicht ertragen, dass wir auseinandergerissen werden."

Lincoln dreht sich zu mir um und nimmt mein Gesicht in seine Hände. "Hör mir zu, Myla. Du wirst eines Tages meine Königin sein, merke dir meine Worte. Adair wird sich niemals zwischen uns drängen."

Seine Augen sind wild und entschlossen. Doch ich kann die nagenden Zweifel in meinem Hinterkopf nicht ignorieren. "Ich möchte dir gerne glauben, aber seien wir mal ehrlich. Unsere verdeckte Operation hat bestenfalls eine fifty-fifty Chance. Vielleicht wird Adair den Köder nicht schlucken und zum Lagerhaus gehen. Und selbst wenn sie es tut, gesteht sie vielleicht nicht ihre Verbrechen."

"Wenn die Stacheloperation fehlschlägt, werden wir etwas anderes versuchen. Er lehnt seine Stirn an meine. "Ich werde dich niemals aufgeben. Das kannst du mir glauben."

Die Kraft seiner Entschlossenheit umhüllt mich, warm und stark. Ich habe mich noch nie so geliebt und beschützt gefühlt. "Ich glaube dir, Lincoln."

Als er wieder spricht, ist seine Stimme voller Emotionen. "Gut."

Ich lehne mich zurück und betrachte sorgfältig Lincolns Gesicht. Irgendetwas bedrückt ihn definitiv immer noch. Wenn Adair nicht das Problem ist, dann ist es sein Vater. Dessen bin ich mir sicher.

"Also, worüber hast du mit Connor gesprochen?"

"Das ist alles falsch. Ich wollte, dass es etwas Besonderes wird, Myla."

"Was?"

"Ich habe meinen Vater um die königlichen Verlobungsjuwelen gebeten." Er nimmt meine Hände in seine. "Ich möchte unsere Verlobung offiziell machen."

Mein Herz wird leicht. "Das ist großartig." Ich stelle mir vor, wie Lincoln und ich verheiratet sind und unsere ganze Zeit miteinander verbringen. Dämonen töten, kuscheln, herumalbern und noch mehr Dämonen töten.

Die Vorstellung ist so fantastisch, dass ich nicht einmal klar denken kann.

Ich wippe ein wenig auf der Parkbank. "Ich meine, wir haben neulich bei der Pizza darüber gesprochen, aber ich wusste nicht, dass du wirklich hinter den Juwelen her bist." Mein Schwanz streichelt Lincolns Haare. "Zu wissen, dass du wirklich darüber nachdenkst? Du hast mich super-glücklich gemacht."

"Trotzdem, das erste Mal, dass wir ernsthaft über eine Verlobung sprechen, sollte es nicht auf einer zufälligen Parkbank im Fegefeuer sein."

Darüber macht er sich also Sorgen? Ich brauche keinen

Champagner und Rosen, um den Moment besonders zu machen. Okay, das wäre ehrlich gesagt nicht schlecht, aber hey. Heiraten wird der Knaller, und ich bin froh, dass es passiert, Ende der Geschichte.

"Sieh mal, meiner Meinung nach fand unsere Verlobung statt, als wir uns verliebt haben und engelsgebunden wurden."

Lincoln schaut immer wieder weg, was so gar nicht zu der typischen fröhlichen 'wir verloben uns bald'-Stimmung passt. Ich lege meine Finger auf seine Wange und führe ihn langsam dazu, meinen Blick zu erwidern. Seine Augen sind voller Kummer und Zweifel. Die Unbeschwertheit, die mich zu Beginn unseres Verlobungsgesprächs überkam, verwandelt sich in etwas Bleiernes.

"Das sollte doch eine tolle Sache sein, und du siehst so traurig aus. Was ist denn los?"

"Vater kann die Juwelen nicht finden. Sie sind in den königlichen Gewölben verloren gegangen."

"Okay, das klingt nicht sehr glaubwürdig. Wie kann man Verlobungsjuwelen verlieren?"

"Man verliert sie nicht. Vater wird sie mir nicht geben, bis die Sache mit Adair geklärt ist, so oder so."

Meine Brust spannt sich an. Jetzt erkenne ich das Problem. Verlobungsjuwelen sind eine uralte Tradition der Thrax, die bis in ihre frühesten Zeiten zurückreicht.

Bevor es schriftliche Eheverträge gab, gab es Verlobungsjuwelen. Es gibt nur ein Set pro Haus, keine Kopien. Wenn du sie einem anderen Haus gibst, musst du jemanden aus diesem Haus heiraten, sonst nicht. Aber diese Tradition ist Tausende von Jahren alt. Sicherlich haben sie sich inzwischen davon gelöst.

"Sicher, ich habe von Verlobungsjuwelen gehört, aber ich dachte, ihr würdet nicht wirklich..."

"Oh, wir schon."

Ich neige den Kopf zur Seite und versuche immer noch, das Ganze zu begreifen. "Solange du die Juwelen nicht hast, können wir uns also nicht verloben."

"Ich werde sie finden, Myla. Mach keinen Fehler." Er reibt sich mit der Hand den Nacken. "Die Situation mit meinem Vater und Acca ist extrem frustrierend, das ist alles."

Ein Funke der Inspiration erscheint in meinem Kopf. Ich weiß genau, was zu tun ist. Jemand hier braucht ein paar aufmunternde Worte, und ich weiß genau, was ich sagen muss.

Ich ziehe Lincoln auf die Beine. "Weißt du noch, als wir mit meinem Vater in der Turnhalle waren und ich total ausgeflippt bin, weil ich gerade mein Igni verloren hatte?"

"Klar."

"Du hast gesagt, ich muss Papa erzählen, was passiert

ist. Damit die Dinge weitergehen. Nun, das ist genau das, was wir jetzt tun müssen. Konzentriere dich darauf, die beste verdeckte Operation in der Geschichte der Nachwelt auf die Beine zu stellen. Kümmern wir uns um Adair, und ich bin sicher, dass dein Vater die Juwelen finden wird."

"Diese Idee hat etwas für sich." Er verschränkt seine Finger mit meinen und verschränkt die Arme zwischen uns. "Was schlägst du also vor?"

"Wie wäre es, wenn wir zu mir fahren, uns mit Mama über die Pressekonferenz absprechen und dann ein paar Szenarien für die Operation "Adair ausschalten" durchspielen? Ich habe sogar ein paar, bei denen sie umgebracht wird." Ich wippe mit den Augenbrauen auf und ab. "Dann wirst du dich besser fühlen."

Er lächelt, endlich ein echtes Lächeln. "Und dabei dachte ich, ich wäre der Meister der Aufmunterungsge-spräche."

"Ich habe das Gefühl, dass wir uns noch lange mit Aufmunterungsreden abwechseln werden. Das gehört dazu, wenn wir ein Team sind."

Er umarmt mich fest. "Bei dir ist das so."

"Verdammt richtig." Ich schmiege mich an seine Schulter, und meine Brust füllt sich mit Wärme, Liebe und vor allem mit Hoffnung.

Es ist schon spät in der Nacht, als ich mich der Hintertür des Lagerhauses nähere. Heute war ein verdammt langer Tag, angefangen bei der großen Enthüllung bis hin zu einem kurzen Ausflug nach Antrum.

Und es ist noch nicht vorbei. In dem Moment, in dem ich durch diese Tür gehe, beginnt die Operation "Adair ausschalten".

Ich scanne die dunkle Gasse, die in das Lagerhaus führt, und die Nervosität lässt mich mein Gewicht von einem Fuß auf den anderen verlagern. Alle Wachen von Walker sind vor ein paar Minuten gegangen. Die Gasse sieht wirklich leer aus, aber ich bin ja auch kein Jäger wie Lincoln. Mit etwas Glück folgt mir Adair immer noch, so wie sie es in den letzten zwei Monaten getan hat. Ich will, dass sie das Lagerhaus betritt, etwas Belastendes sagt und im Gefängnis landet.

Ich drehe an der rostigen Klinke der Tür; sie öffnet sich mit einem langen Knarren. Ich trete ein, meine Schritte hallen unheimlich durch das dunkle Lagerhaus. Ich schalte die Taschenlampe in meiner Hand ein und scanne die leeren Gänge um mich herum. Alles sieht verlassen aus, obwohl das in Wahrheit gar nicht der Fall ist. Lincoln und Co. sind vor etwa einer Stunde hier eingetroffen. Jetzt warten sie in Position, falls Adair den Köder schluckt.

Und dieser Köder wären der Reichsapfel und ich. Alleine. Ungeschützt.

Dann komm und hol uns.

Ich navigiere durch das Netzwerk von Gängen und Holzkisten, bis ich eine Kiste mit der Aufschrift Maxon Bane erreiche. Ich rutsche vom hölzernen Deckel ab und lande mit einem dumpfen Schlag auf dem Betonboden. Das Innere ist leer. Ich taste an den Holzwänden der Kiste herum, als ob ich den Reichsapfel suchen würde. Ich will, dass Adair denkt, ich käme zurück, um nachzusehen, ob die Kiste wirklich leer ist, denn hey, das war sie nicht. Jetzt muss nur noch Adair auftauchen.

Mein Herz klopft schneller in meiner Brust. Komm schon, Adair. Zeig dich endlich.

Es stellt sich heraus, dass ich nicht lange warten muss.

Plötzlich schlingt sich ein Igni-Seil um meine Taille und hebt mich vom Boden auf. Einen Moment lang werde ich in der Luft gehalten, während meine Beine baumeln. Dann schleudert mich das Seil gegen den Stapel hinter meinem Rücken. Dort kippt der zwei Meter hohe Kistenstapel um und verursacht einen Dominoeffekt in den benachbarten Reihen. Mit einem ohrenbetäubenden Bumm-Bumm-Bumm kippen drei weitere Stapel nacheinander um.

Ich liege einen Moment auf dem Rücken und spüre das Ziehen an der Igni-Kordel um meine Taille. Es ist Adair, die versucht, mir über das Kabel Energie zu entziehen. Jetzt weiß ich, wie die Übertragung funktioniert. Unsere Handflächen müssen miteinander verbunden sein. Ich achte darauf, meine Hände weit von der Schnur entfernt zu halten. Trotzdem windet sich das Igni-Seil meine Brust hinauf und beginnt, wie eine Ranke meine Unterarme hinunterzukriechen.

Die Schnur windet sich näher zu meinen Händen, und Panik steigt in mir auf. Sobald das Seil meine Handflächen berührt, wird es das Gleiche sein wie im Geisterturm. Ich kann die Übertragung nicht verhindern. Ich kann sie auch nicht rückgängig machen. Meine einzige Möglichkeit ist es, zu verlangsamen, wie schnell Adair mein Igni nehmen kann.

Das ist keine gute Option.

Ich beschwöre meine eigenen Igni. Sie schießen aus meinen Armen wie Kolbenstangen und peitschen durch die umgestürzten Stapel. Die Igni-Schäfte schlagen in Adairs Magen ein und ziehen sich dann wieder zurück. Adair wird gegen die Kistenstapel hinter ihr geschleudert. Mit einem weiteren ohrenbetäubenden Knall kippen vier weitere Stapel in Domino-Manier um.

Um mich herum dehnen sich Adairs Schnüre, flackern und lösen sich. Das ist im Geisterturm nicht passiert. Was könnte die Ursache dafür sein, dass Adairs Igni-Bindungen jetzt schwächer werden?

Die Antwort erscheint in meinem Kopf, einfach und perfekt.

"Du musst mit meinen Handflächen verbunden sein, um einen wirklich starken Einfluss zu haben, Adair." Ich beschwöre eine riesige Igni-Schere und zerschneide die Fesseln zwischen uns. Adairs Schnur verschwindet. "Also, rate mal, wer nie wieder in die Nähe meiner Hände kommen wird?"

Ich hüpfe auf meine Füße. Jetzt, wo ich im Kampfmodus bin, hat sich mein Scala-Gewand in eine Rüstung verwandelt. Ich streiche mit den Fingern über das Baculum-Holster an meinem Oberschenkel. Ich würde die Dinger gerne anzünden, aber Engelsfeuer taugt nicht gegen Igni. Es ist besser, wenn ich meine Hände frei habe, damit ich Adairs nächsten Igni-Angriff abwehren kann.

Gegenüber von mir erhebt sich Adair unverletzt auf ihre Füße. Wow. Sie muss etwas fieses Dämonenblut abbekommen haben. Mein letzter Igni-Schlag hätte ihr zumindest den Atem rauben müssen. Adair rückt den Rock ihres gelben Kleides zurecht. "Machen Sie es doch nicht noch schwerer", sagt sie hochnäsig. "Ich will mein Igni."

Das heißt, sie will mir meine Scala-Kräfte stehlen. Wenn sie das nur im Klartext sagen würde, könnte ich es als Geständnis verwenden.

"Ich schulde Ihnen nichts. Sie sind hier, um meine Kräfte zu stehlen." Ich bin versucht, am Ende dieses Satzes ein „riiiiiiichtig?" hinzuzufügen, aber das fällt in die Kategorie "nicht zu subtil" der verdeckten Operation. Ich gehe jetzt schon an die Grenzen.

Adair hebt erneut ihre Arme. Eine weitere Igni-Schnur schießt auf mich zu, wieder direkt auf meine Taille zu. Ich springe hoch in die Luft, mache einen Purzelbaum und lande sicher ohne körperlichen Schaden. Daraufhin beschwöre ich eine Igni-Abrissbirne herauf, die über den Boden des Lagerhauses schwingt und Adair sowie fünf weitere Stapel von Kisten ausschaltet.

Das macht zwar Spaß und so, aber keiner von uns hat die Oberhand. Und wenn wir so weitermachen, werden wir alles in dem Bereich umstoßen, in dem sich Lincoln und die anderen verstecken. Ich brauche eine neue Strategie, und zwar schnell. Mein kriegerischer Verstand schaltet sich ein und prüft alle Ansätze und Möglichkeiten. Eine Idee taucht in meinem Kopf auf. Ich nicke einmal zu mir selbst. Es ist einen Versuch wert.

Der nächsten Igni-Schnur, die Adair in meine Richtung schickt, weiche ich aus und mache ein Angebot. "Wie wäre es mit einem kurzen Waffenstillstand? Mal sehen, ob wir das ausdiskutieren können, bevor wir uns gegenseitig umbringen."

"Eher, bevor ich Euch umbringe. Warum schickt Ihr mich nicht in die Hölle?"

"Damit Sie mein Igni stehlen können? Das wird nicht passieren." Ich senke meine Arme. "Lassen Sie uns die Optionen besprechen. Kurzer Waffenstillstand?"

Sie muss nicht antworten, wirklich nicht. Ich weiß, dass ich meinen Waffenstillstand habe, denn sie hat aufgehört, mir zum x-ten Mal denselben Igni-Schnur-Angriff zu schicken.

Ich gehe langsam auf Adair zu, die Arme nach unten und die Handflächen nach vorne gerichtet.

"Hier sind meine Bedingungen. Sie wollen mein Igni? Kommen Sie und holen Sie es sich wie eine Kriegerin. Wir kämpfen von Angesicht zu Angesicht und benutzen die Igni nicht als Schutzschilde. Sie haben jetzt das Blut eines Dämons in sich. Zeigen Sie mir, wie stark Sie sind. Nehmen Sie sich, was Ihnen gehört, auch wenn Sie denken, dass das meine Kräfte sind."

Wir sind nur einen Meter voneinander entfernt, als ich stehen bleibe.

Adairs ungleiche Augen verengen sich. "Ihr seid eine Arenakriegerin."

"Ich dachte, Sie wären die Große Dame des größten Hauses, Acca. Die erste Scala-Erbin. Die erste Engelsgebundene an Lincoln. Wollen Sie mir jetzt sagen, dass Sie zu viel Angst haben, zu kämpfen?" Ich setze das höhnischste Grinsen auf, das ich zustande bringe. "Lassen Sie mich raten, welche Art von Dämonenblut Sie in sich haben. Schneckenklasse? Ein Insekt, vielleicht? Zweifellos ist es etwas Kleines und Schleimiges, das sich im Schatten versteckt. Das Niedrigste vom Niedrigen."

Es ist der Teil mit dem "Niedrigen vom Niedrigsten", der sie anspricht.

Bei diesen Worten flackern Adairs Augen dämonenrot auf. Das ist Gold wert. Ich habe Jahre gebraucht, um zu lernen, meinen inneren Zorndämon zu kontrollieren. Wie Adair gleich feststellen wird, kann dieser innere Kämpfer einem dazu bringen, alle möglichen Dummheiten zu machen, wenn man nicht aufpasst. Ich will nicht voreilig schadenfroh sein, aber ich kann nicht anders als zu lächeln, nur ein wenig.

Adair beugt sich über die Taille und rennt auf mich zu, bereit, mir mit dem Kopf in den Magen zu stoßen. Als sie nach vorne stürmt, muss ich mich anstrengen, um nicht mit den Augen zu rollen. Das ist genau die Art von dummen Aktionen, zu denen ich sie anstacheln wollte. Eine Kopfnuss in den Magen? Wirklich jetzt?

Adairs Schädel stößt gegen meinen Bauch und wirft mich auf den Rücken. Ich tue so, als würde ich nach Luft schnappen, als hätte man mir den Wind aus den Segeln genommen. Adair spreizt meinen Brustkorb und drückt meine Hände auf den Boden, wobei sie darauf achtet, dass unsere Handflächen bündig aneinander liegen.

Die Vorbereitungen sind getroffen. Zeit für ein Geständnis.

"Was machen Sie da..." Keuchen, keuchen, keuchen. "Was wollen Sie jetzt tun?"

"Eure Kräfte stehlen, natürlich."

Bingo. Ein gewaltiger Freudensprung durchfährt mich.

Das entzündete Ende eines Baculum-Schwerts taucht an Adairs Wange auf, der Rest ist an einem sehr verärgerten Lincoln befestigt. Er spricht zwei Worte in seiner bedrohlichsten und doch fürstlichsten Art: "Steht auf."

Adair sieht Lincoln in die Augen. "Nein, meine Liebe. Ich muss..." Doch dann ruht ihr Blick auf der Gruppe von Leuten, die hinter Lincoln stehen. "Wie kommt es, dass alle hier sind?"

Ich stehe wieder auf, und ich muss zugeben, es ist eine ziemlich beeindruckende Gruppe, die wir in letzter Minute zusammengetrommelt haben. Da sind meine Eltern, Octavia, Connor, Cissy und etwa ein Dutzend Rixa-Ritter in blutroter Rüstung. Diese Jungs leiten das Gefängnis mit der höchsten Priorität für besonders böse Thrax.

Mein Schwanz und ich klatschen uns ab. Wir haben es geschafft. Wir haben Adair tatsächlich gefangen.

Plötzlich fühlt sich mein Herz so leicht an, dass ich aus diesem Lagerhaus herausschweben könnte. Wahrscheinlich ist es unhöflich, jetzt einen Freudentanz aufzuführen, aber das heißt nicht, dass ich es nicht will. Nur schlecht im Moment.

Mama tritt vor, holt ein Pergament hervor und liest die offizielle Anklage gegen Adair vor. Da steht eine Menge toller Sachen drin, warum der Diebstahl von

Igni-Energie eines der schlimmsten Verbrechen in den Nachtwelten ist. Papa schlug vor, das einzubauen. Netter Zug.

Sobald Mama fertig ist, nimmt Octavia ihr das Blatt aus der Hand. "Wir akzeptieren die Verlegung der Gefangenen." Sie deutet auf die Ritter. "Bringt sie in den Kerker."

Es war Connors Idee, Adair in den Kerkern von Arx Hall unterzubringen. Sie sind nicht gerade ein Fünf-Sterne-Hotel, aber sie sind ziemlich nah dran. Ich habe darauf gedrängt, dass der Schauplatz mehr an ein Verlies erinnert, aber ich kann nur so weit gehen, wie es möglich ist.

Das ganze Blut fließt aus Adairs Gesicht. "Das können Sie nicht tun. Nicht nach dem Preis, den ich bezahlt habe."

Das ist nicht das erste Mal, dass sie diesen Satz sagt. "Von welchem Preis sprecht Ihr, Adair?"

"Du hast keine Ahnung von solchen Dingen", schnauzt sie. "Sie ist eine Hochstaplerin. Ich bin die wahre Scala."

Ich bin versucht, etwas Bissiges darüber zu sagen, was eine Wahre Scala ausmacht, aber ich will keine schlechte Gewinnerin sein.

Die Kerker-Ritter beenden den Moment, indem sie mit Adair zur Hintertür des Lagerhauses marschieren.

Die schwere Last, die seit Wochen auf mir lag, ist wie weggeblasen. Das war's; Adair ist gefangen.

Oooooooh, ja.

Adair versucht sich loszureißen und plappert, dass sie es verdient hat, ihr Leben zurückzubekommen, aber die Ritter sind trotz ihrer Rüstung ein ziemlich flinker Haufen. Sie fangen sie mit Leichtigkeit wieder ein und schieben sie zur Tür. Das ist ein so schöner Anblick, dass ich weinen könnte.

Was für ein Tag.

Heute Morgen hat Adair meine große Enthüllung sabotiert. Zwölf Stunden später macht sie sich auf den Weg ins Gefängnis, angeführt von Thrax-Wachen, nicht zu vergessen.

Octavia tritt an meine Seite.

"Sehr gute Arbeit, meine Liebe."

"Danke, Octavia. Ohne Ihre Unterstützung hätte ich es nicht geschafft. Jetzt kann ich mich darauf konzentrieren, mich auf meine erste große Ikonenwanderung vorzubereiten." Es sind nur noch achtundvierzig Stunden. Juhuuu.

"Natürlich hat die Ikonenwanderung oberste Priorität", antwortet Octavia sanft. "Aber vergesst nicht. Euer Willkommensball ist morgen Abend."

Ach ja, ups. "Das auch."

Octavia neigt ihren Kopf zur Seite. "Ich hoffe, Sie freuen sich schon darauf."

Ich richte mich auf und warte darauf, dass sich das typische Gefühl von Verkleidungsparty-Ärger in meinem Bauch festsetzt. Das tut es aber nicht. Ich fühle mich sogar richtig heiß auf den Ball. Adair loszuwerden, lässt alles viel besser erscheinen, denke ich.

"Wissen Sie, Octavia? Ich freue mich schon darauf." Ich atme zufrieden aus. "Ganz gewiss."

Ich sitze an einem winzigen Schminktisch in einer Kammer in Arx Hall. Meine Zofe, Clover, steht hinter mir und fummelt an meinem Haar herum. Clover ist eher klein und hat einen schlanken Körper, der von einem großen, mondförmigen Gesicht gekrönt wird. Wie alle Thrax hat sie ungleiche Augen in Braun und Blau. Ihre Uniform ist ein einfaches Bauernkleid aus schwarzer Baumwolle mit einer langen weißen Schürze.

"Wie möchten Sie Ihre Frisur für den heutigen Ball haben?", fragt sie.

"Hinten runter ist gut. So wie Sie es machen."

"Wir könnten auch etwas Förmlicheres ausprobieren. Es ist ja schließlich ein Willkommensball zu Euren Ehren. Ich habe hier ein paar Diamant-Haarspangen. Ich zeige sie Ihnen." Sie entfernt sich und beginnt, die Tische in der Nähe abzusuchen.

Ich runzle die Stirn. Der Ball beginnt bald und ich will nicht zu spät kommen. Dieser Raum ist so unordentlich, dass es Stunden dauern könnte, etwas in den Stapeln von Statuen, Vasen, Teesets und Spieldosen zu finden.

"Ah, da sind sie ja!", ruft Clover aus.

"Tolle Neuigkeiten." Sieht so aus, als würde ich doch nicht zu spät kommen.

Clover tritt hinter mich und zeigt mir einige Haarspangen, die mit diamantenen Adlerkrallen verziert sind. Ich schaue sie mir kurz an. Das Design ist schön, aber die Ausführung ist riesig. Ich bräuchte eine Bienenstockfrisur, um sie zu tragen, und das ist nur der Anfang.

"Sie sind sehr hübsch, Clover. Aber ich glaube nicht, dass sie zu mir passen. Trotzdem danke."

"Wie Sie wünschen." Sie streicht mir mit dem Pinsel über den Hinterkopf. "Ich bin so aufgeregt, von der Ikonenwanderung zu hören, wenn ich das sagen darf."

Ich richte mich in meinem Stuhl auf, und ein Gefühl von Stolz macht sich in mir breit. "Nein, es stört mich überhaupt nicht, dass Sie das sagen." Die Ikonenwanderung ist für morgen früh angesetzt. In meinem Herzen pulsieren meine Igni vor Aufregung bei der bloßen Vorstellung.

"Konnten Sie Lady Adair dazu bringen, Ihnen diese..." Sie schnalzt mit der Zunge. "Wie heißen die noch mal?"

"Igni."

"Stimmt." Ihre Augen werden groß vor Sorge. "Oder gehört es sich nicht, eine solche Frage zu stellen?"

"Nein, Sie können fragen. Es ist schon in Ordnung. Adair hat mir einige meiner Igni weggenommen. Wir haben versucht, sie zurückzubekommen, aber bisher ohne Erfolg." Ich habe versucht, zu drängeln, zu ziehen, zu schmeicheln und zu bestechen. Aber nichts. Seitdem hat das Haus Striga alle möglichen Zaubersprüche und Verzauberungen angewandt. Mein Igni rührt sich immer noch nicht. Was auch immer für eine Kombination aus Zauberspruch und dämonischem Blut Adair anwendet, es wird einige Zeit dauern, den Code zu knacken. Aber ich werde ihn knacken.

"Das ist eine Schande", sagt Clover.

"Aber ich habe genug Igni für meine erste Ikonenwanderung. Das ist die Hauptsache."

"Na, das freut mich zu hören."

Ein Klopfen ertönt an meiner Tür.

Clover neigt den Kopf und lässt ihren langen braunen Haarschopf zur Seite rauschen. "Wer ruft nach der Großen Scala?"

"Ich bin es, Liebes." Das ist die Stimme von Octavia.

Ich zapple auf meinem bequemen kleinen Sitz, nervöse Energie durchströmt mich. Ich hatte nicht erwartet, dass Lincolns Mutter vorbeikommt, und ich bin noch nicht bereit. Normalerweise bin ich nicht die Art von Mädchen, die sich Sorgen macht, ob sie perfekt aussieht, aber im Moment? Ich mache mir total Sorgen, ob ich perfekt aussehe.

Clover dreht sich zu mir um. "Soll ich sie hereinbitten?" Die Thrax haben alle möglichen lustigen Rituale; alles, was mit dem König und der Königin zu tun hat, ist geradezu urkomisch.

Fast hätte ich gesagt: "Sollen wir aufhören zu reden, als wären wir Klone von Shakespeare? Aber ich halte mich zurück. "Eine Sekunde." Ich streiche meine Scala-Robe glatt. "Okay, jetzt bin ich bereit."

Clover reißt die schwere Tür auf und enthüllt Lincolns Mutter, die im Flur dahinter steht. Octavia sieht in einem schwarzen, mit Silberfäden bestickten Samtgewand hinreißend aus.

Ich kann mich nie an das Thrax-Ritual zur Begrüßung von Königen erinnern, also tue ich, was ich immer tue. Ich denke es mir aus. "Hallo, Octavia. Wie geht es Ihnen heute?"

Octavia macht Clover einen Wink mit dem Zaunpfahl. "Mach dich irgendwo nützlich."

"Ja, Eure Hoheit." Clover macht einen Knicks. "Ich beziehe das Bett der Großen Scala mit frischer Wäsche."

Octavia stellt sich hinter mich und legt ihre zierlichen Hände fest auf meine Schultern. Sie begegnet meinem Blick durch den kleinen Spiegel an meinem Schminktisch. "Ich bin vorbeigekommen, weil ich einfach nicht warten konnte. Ich habe hervorragende Neuigkeiten für Euch."

Mein Gesicht erhellt sich. "Und die wären?"

"Ich habe mich über den Zustand des königlichen Gewölbes erkundigt."

Schmetterlinge fangen an, in meinem Bauch zu trommeln. Königliche Gewölbe? Sie kann nur von einer Sache reden. Lincolns Suche nach den Rixa-Verlobungsjuwelen.

"Es tut mir leid, dass es so lange gedauert hat, meine Liebe", sagt Octavia und schüttelt den Kopf. "Wir sind nicht in der Lage, die Juwelen zu finden? Das ist doch unglaublich. Es hat sich herausgestellt, dass alle Wachen und das Personal in den Gewölben aus demselben Haus stammen."

"Lasst mich raten. Acca?" Wut schießt durch meine Arme; ich möchte so gerne etwas schlagen. Stattdessen schnappe ich mir eine Bürste, um mein Haar zu striegeln. Kaum hebe ich das Ding von der Tischplatte, bricht der Griff entzwei.

"Ups." Meine Wangen erröten vor Peinlichkeit. "Ich wusste nicht, dass das so zierlich ist."

"Machen Sie sich nichts draus, meine Liebe. Ich habe ständig ähnliche Reaktionen auf Acca. Um Ihre Frage zu beantworten: Ja, sie stecken hinter den Problemen in den Gewölben. Ich habe sie alle in die Kerker geworfen, aber sie haben ein schreckliches Chaos hinterlassen. Die Katalogkarten waren falsch, die Tresore wurden umge-stellt und dergleichen mehr. Offensichtlich ist das eine Art Trick, um Eure Verlobung hinauszuzögern. Meine Leute räumen jetzt alles auf. Sie werden die Juwelen bald finden." Sie drückt mir die Schultern. "Ich freue mich sehr für euch beide."

Acca, schon wieder. Unglaublich. Ich krümme meine Finger, meine Hände jucken danach, etwas anderes auf dem Tisch zu zerbrechen.

"Octavia, kann ich ehrlich zu Ihnen sein?"

"Immer, meine Liebe."

"Warum gibt es keine Untersuchung über diese Dinge? Acca sollte aufgelöst werden oder so."

"Das versuche ich schon seit zwanzig Jahren, aber der König..." Sie stößt einen langen Seufzer aus. "Er bevorzugt Acca, dabei wollen wir es belassen. Vielleicht könnt Ihr, gemeinsam mit Lincoln, ihm die Kraft geben, sich gegen sie zu behaupten. Vielleicht wird er wieder der Mann, der er einst war, als ich ihn heiratete."

Ein Bild blitzt in meinem Kopf auf. Der Gesichtsausdruck von Octavia, als sie mich zum ersten Mal auf dem Kampftrainingsgelände im Fegefeuer erblickte. "Ich und Lincoln verbünden uns gegen Acca. Das hatten Sie die ganze Zeit geplant, nicht wahr?"

"Natürlich, Kind. Das hätte ich mir denken können."

Ich stieß ein nervöses Lachen aus. "So offensichtlich auch wieder nicht."

"Mit der Zeit werdet ihr das Schachspiel, das die Staatskunst in Antrum ist, lernen. Außerdem passt ihr beide so gut zusammen. Ich kann mir keine bessere Partie für meinen Sohn vorstellen."

"Wow. Danke." Ich werde wieder rot, dieses Mal etwas tiefer. Octavia hat noch nie so etwas Süßes gesagt. Dadurch fühle ich mich innerlich ganz weich.

"Übrigens", fügt Octavia hinzu. "Hatten Sie Glück mit der Wiedererlangung Ihrer Kräfte?"

"Noch nicht, aber ich bin nicht besorgt. Es sieht so aus, als müsste Adair zustimmen, mir meine Igni zurückzugeben, aber ich werde sie ihr schon entlocken. Ich habe noch genug übrig, um morgen die Ikonenwanderung zu machen, und das ist das Wichtigste."

"Solange Sie zuversichtlich sind, bin ich zufrieden." Sie küsst mich auf die Wange. "Wir sehen uns im Ballsaal."

Ein nervöses Stechen macht sich in meinem Bauch

breit. *Ja, das ist richtig. Der Ballsaal.* Ich muss mich fertig machen und wie.

"Ich sehe euch dann dort, Octavia. Und danke, dass ihr den Ball für mich organisiert habt."

Ein Lachen versteckt sich in ihren ungleichen Augen. "Lügnerin. Ihr hasst formelle Veranstaltungen. Aber ich weiß einen gut gemeinten Schwindel zu schätzen, genau wie jede andere Frau. Du kannst jetzt rauskommen, Clover." Octavia flitzt durch die Tür, die sich mit einem leisen Klicken hinter ihr schließt.

Meine Zofe streckt ihren Kopf aus dem Schlafzimmer herein. "Eure Hoheit?"

"Sie ist weg."

Clover stößt einen sichtbaren Seufzer der Erleichterung aus. "Unsere Königin ist kein bisschen furchterregend."

"Oh, sie ist ziemlich cool, wenn man sie näher kennenlernt."

"Meine Güte. Ich habe das Zeitgefühl verloren. Wir wollen doch nicht, dass ihr euch verspätet." Clover stellt sich schnell wieder hinter mich. "Wo waren wir? Ich fürchte, der königliche Besuch hat mich ein wenig aus der Fassung gebracht."

"Das ist schon in Ordnung, Clover." Ich scanne den Schminktisch vor mir und seine überwältigende Landschaft von Flaschen. Da kann es nicht mehr viel zu tun geben. Ich hake meine Beauty-Errungenschaften auf meinen Fingerspitzen ab. "Erstens: Das Make-up ist fertig. Zweitens, die Haare sind fertig. Drittens, meine Scala-Robe ist angezogen. Jetzt fehlt nur noch mein Überkleid, stimmt's?"

Weitere Klopfgeräusche. Clover runzelt die Stirn. "Wer kann das denn sein?" Sie eilt hinüber zur Tür. "Wer ruft nach der Großen Scala?"

Keine Antwort.

"Ich sagte, wer ruft die Große Scala an?"

Immer noch keine Antwort.

Ein unheimliches Gefühl lässt die Härchen an meinen Armen zu Berge stehen. Irgendetwas an dieser Sache ist nicht in Ordnung.

Clover hält noch einen Moment inne und zuckt dann mit den Schultern. "Ah, nun ja. Es gibt immer einen neuen Diener, der sich in der Arx verirrt. Wo waren wir?" Clover klatscht die Hände in die Hüften. "Ah, jetzt habe ich es. Euer Obergewand. Ich werde es holen." Sie verschwindet im begehbaren Kleiderschrank, gefolgt von viel Rascheln von Stoff. "Ich weiß, dass es heute Morgen geliefert wurde. Eine Minute, bitte."

"Kein Problem."

Um die Zeit totzuschlagen, gehe ich zum Fenster und schaue auf das Land von Rixa hinaus. Nichts weniger als wunderschön. Ich hatte mir Antrum als eine

Reihe von winzigen, dunklen Höhlen vorgestellt, aber das stimmt nicht, wenn es um das Rixa-Gebiet geht. Die Höhlen hier sind riesig und von weißem Licht erfüllt. Säulen aus undurchsichtigen Kristallen ziehen sich in seltsamen Winkeln die Wände hinauf. Die Decke ist mit den sechseckigen Enden derselben glasigen weißen Steine ausgekleidet, die ein kunstvolles, unregelmäßiges Muster bilden. Unter meinem Fenster erstreckt sich ein lockerer Wald aus weißen Kristallbäumen.

Ich betrachte die Szenerie noch eine Minute, bevor ich mich langweile. Aus dem Fenster zu schauen, ist eigentlich nicht mein Ding. Außerdem muss ich mich fertig machen. Ich konzentriere mich nicht mehr auf die Außenwelt von Rixa, sondern auf das Spiegelbild im Inneren meines Zimmers.

Was sich in der Fensterscheibe spiegelt, überrascht mich zutiefst.

Dort, in der Glasscheibe, sehe ich Clover immer noch an der Schranktür stehen. Aber das ist es nicht, was mich wirklich erstaunt. Es sind ihre Augen. Vor wenigen Augenblicken waren sie noch das klassische Thrax-Ungleichgewicht von Braun und Blau. Jetzt leuchten sie hellrot. Dämonenaugen.

Eine Mischung aus Schrecken und Schock drückt auf meine Lunge und macht mir das Atmen schwer. Das kann doch nicht wahr sein. Unmöglich.

Clover spricht zu mir mit einer unheimlichen, monotonen Stimme. "Sehen sie nicht hübsch aus?" Mit jedem leblosen Wort, das sie spricht, läuft mir ein neuer Schauer über den Rücken.

Ich drehe mich um und schaue ihr noch einmal ins Gesicht, aber ihre Iris ist wieder in den alten Zustand zurückgekehrt. Überhaupt kein dämonisches Licht. Der Schock drückt mir erneut die Luft aus der Brust.

Ich zwinge mich zu sprechen, trotz meiner keuchenden Atemzüge. "Was haben Sie gerade zu mir gesagt?"

"Habe ich etwas gesagt?" Clovers Gesicht sieht so rund und unschuldig aus, dass es schwer ist, sich die dämonenroten Augen vorzustellen, die ich noch vor einem Moment gesehen habe. Ich wünschte, ich könnte das tröstlich finden, aber die Erkenntnis lässt meine Angst nur noch größer werden.

"Es tut mir so leid", schwärmt Clover. "Ich habe wohl einen Moment lang geträumt. Der Besuch der Königin hat mich in Aufregung versetzt. Wo war ich noch mal?"

Vergiss nicht zu atmen, Myla. Bleib ruhig.

Ich beobachte sie genau, als ob sie jeden Moment in Dämonengestalt ausbrechen würde. "Das Überkleid."

"Richtig, richtig. Dauert nur einen Moment." Sie verschwindet in der Garderobe.

Ich gehe vor dem Fenster auf und ab, während ich

versuche, die jüngsten Ereignisse zu verarbeiten. Clovers Augen wurden rot, während sie in einem seltsamen monotonen Tonfall sprach. Das erinnert mich an etwas - vielleicht an mehr als eine Sache -, aber bei so viel Trubel kann ich die Erinnerung nicht einordnen. Mein Kriegersinn durchfährt mich, stark wie ein elektrischer Strom.

Gefahr, Myla.

Ein erneutes Klopfen ertönt von der anderen Seite des Raumes, gefolgt von einer vertrauten, aber gedämpften Stimme. "Sie sind spät dran, meine Liebe."

Ich eile hinüber, öffne die Tür und entdecke eine korpulente Frau in einem einfachen schwarzen Kleid. Es ist Bera, Octavias Dienstmädchen. Ich habe sie seit dem letzten Thrax-Turnier nicht mehr gesehen, als sie mir mit meiner Rüstung half.

"Bera. Es ist so schön, Sie zu sehen." Eigentlich ist es gar nicht so schön. Ich hätte lieber ein paar Minuten Ruhe, um die Dinge zu klären, aber der Blick in Beras ungleichen Augen sagt mir, dass das nicht möglich sein wird. Meine Hände ballen sich zu frustrierten Fäusten. Nach dem, was ich gerade gesehen habe, kann ich nicht einfach zum Ball rennen. "Ich brauche ein paar Minuten."

"Sie müssen gehen. Befehl der Königin. Sie dürfen nicht zu spät kommen." Bera streicht sich durch ihr graues Haar und überprüft, ob alles an seinem Platz ist. "Sie spielen die Fanfare nur einmal, und heute Abend ist sie für euch. Wenn Sie die Trompetenmusik verpassen, werde ich nie das Ende davon hören."

"Stimmt." Octavia hat mich nur schon hundertmal vor der Fanfare gewarnt. Ich stehe auf und gehe auf die Tür zu. "Wir sollten besser gehen."

"Tragen Sie heute Abend Ihre Roben? Ich dachte, die Königin hätte Ihnen ein Obergewand gemacht."

Ein mulmiges Gefühl macht sich in meinem Magen breit. Clovers Augen und die fehlenden Verlobungsjuwelen bedeuten Ärger. Irgendwie ist Antrum unsicher. Und wenn ich mich dem Ärger stellen muss, dann will ich das nicht in einem schicken Überkleid tun. Nein, ich will nur meine Scala-Robe, damit ich sie im Handumdrehen in eine Rüstung verwandeln kann. Entschlossenheit durchströmt mich, ich richte meinen Rücken und meine Schultern auf.

"Nein, ich gehe heute Abend traditionell als Scala."

Bera sieht mich einen langen Moment lang an. "Na gut. Es wird genug andere Bälle für euch geben." Sie streckt mir ihre pralle Hand entgegen. "Lassen Sie uns gehen."

Ich nehme ihre Hand und lächle, aber innerlich schreit mein kriegerischer Sinn immer noch.

Gefahr, Myla. Gefahr, Gefahr.

Ich stehe auf einer hohen Plattform und blicke hinunter in den Kristallballsaal von Arx Hall. Tausend Thrax-Festbesucher füllen den Boden unter mir. Und der Rest des Saals? Wenn sie Kristall sagen, machen sie keine Witze. Dieser Ballsaal ist eine riesige Geode aus leuchtend weißem Stein. Kristallbüschel ragen von der Decke herab und dienen als Kronleuchter. Subtile Lichtstrahlen tanzen durch alles hindurch.

Ich verlagere mein Gewicht von einem Fuß auf den anderen, und die Angst steigt in mir hoch. Jeden Moment werde ich als Ehrengast für den heutigen Willkommensball angekündigt. Leider schießen mir ständig andere Gedanken als der Ball durch den Kopf. Zum

Beispiel die seltsamen Vorfälle mit Clover in meiner Umkleidekammer. Was war das überhaupt? Warum lösen ihre roten Augen und ihre seltsame Stimme immer wieder etwas in meinem Kopf aus?

Auf der Suche nach einer Ablenkung scanne ich die Thrax unter mir. Die Männer tragen Samttuniken und ihre Damen lange, passende Kleider. Sie sind alle so prüde, korrekt und nach Häusern farblich geordnet. Wenn ich gegen sie kämpfen würde, wäre ich ganz ruhig. Aber hierher zu kommen, um zu tanzen und Smalltalk zu machen? Das ist einfach überwältigend.

Ich treffe eine schnelle Entscheidung. Ich habe einen riesigen Bammel, weshalb ich ständig an Clover denke. Das Rätsel ist gelöst.

Ein schmetternder Trompetenton unterbricht meine Gedanken. Ein paar Meter entfernt spielt ein Herold in einer schwarzen Rixa-Tunika auf seinem silbernen Instrument. Keine Frage, was das bedeutet. Der Ball hat offiziell begonnen.

Hells Bells.

Mein Magen und mein Herz beschließen, dass jetzt ein guter Zeitpunkt ist, die Plätze zu tauschen. Deshalb kann ich mich nicht entscheiden, ob ich kotzen oder einen Herzinfarkt bekommen soll.

Der Herold senkt seine Trompete und beginnt mit

einer Menge zeremoniellem Blabla, bevor er endet mit: "Bitte begrüßen Sie mit mir unseren Ehrengast, Myla Lewis, die größte Kriegerin von Antrum, und die Große Scala des Fegefeuers."

Vorsichtig steige ich die glatten Kristallstufen hinunter und versuche, königlich und cool auszusehen. Vom Boden des Ballsaals ertönt ein Chor von Flüstern. Ich höre die Worte Seelenbearbeitung, Fegefeuer, Kronprinz und Engelsgebunden. Es gibt auch eine Menge Wiederholungen, nämlich Dämon, Dämon, Dämon und Dämon.

Das ist kein Schock.

Als wir uns das erste Mal trafen, hatte Lincoln einige ernsthafte Probleme mit meiner quasi-dämonischen Herkunft. Die meisten Thrax sind darauf trainiert, jeden zu töten, der auch nur einen Tropfen Dämonenblut in sich trägt. Es hat eine Weile gedauert, bis wir meine Quasi-Seite hinter uns gelassen haben. Sieht so aus, als hätten seine Leute noch eine Menge vor sich.

Die Treppe ist nicht annähernd so knifflig, wie sie aussieht, und ich schaffe es bis zum Boden, ohne zu stolpern. Dort steht Lincoln in seiner traditionellen Rixa-Tunika, dem Kettenhemd und der Krone. Einen Moment lang sauge ich jeden Aspekt seines Gesichts in mich auf. Starker Knochenbau, voller Mund, feste

Kieferpartie und ungleiche Augen, die vor Erregung glitzern. Noch nie hat mich jemand so angesehen wie Lincoln. Als wäre ich die schönste, intelligenteste, sexyste, knallharte Kriegerin der Nachwelt. Mein Bauch wird ganz flatterig.

Ich kreuze die Finger meiner rechten Hand. Dämonenphobiker hin oder her, ich kann nur hoffen, dass seine Leute mich mögen, wenigstens ein bisschen.

"Sollen wir uns vorstellen?", fragt Lincoln. Es ist so offensichtlich, dass er es kaum erwarten kann, mich der Runde vorzustellen. Mein Bauchflattern wird noch intensiver.

"Klar doch."

Er schlingt meine Hand um seinen Unterarm. "Die Grafen und Herzoginnen sind gespannt darauf, dich kennenzulernen."

Ich entsinne mich vage, dass ich vorhin wegen etwas besorgt war, aber ich kann mich beim besten Willen nicht erinnern, was es war.

Während wir weitergehen, schaue ich mich unter den Zuschauern nach Mama und Papa um. Aber nichts. Octavia hat sie damit genervt, wann sie auftauchen und was sie anziehen sollen. Eigentlich war ich ziemlich überrascht, als sie nicht am Fuß der Treppe standen und Fotos machten, während sie zufälligen Passanten peinliche Geschichten über mich erzählten.

Wo sind eigentlich meine Eltern? Sie leben für so einen Quatsch, wie diesen.

Ich beobachte die Menschenmenge und hoffe, Mama und Papa zu entdecken. Aber sie sind überhaupt nicht da. Ein düsteres Gewicht setzt sich in meinen Knochen fest. Vielleicht kommen sie ja gar nicht.

"Hast du meine Eltern gesehen?"

"Noch nicht. Vielleicht sind sie aufgehalten worden."

"Könnte sein." Da ich weiß, dass meine Eltern verschwunden sind, suche ich nach den anderen wichtigen Personen in meinem Leben. "Cissy und Walker sehe ich auch nicht."

Lincolns Schritt gerät etwas ins Stocken. Ich kenne meinen Freund gut genug, um zu wissen, dass er besorgt ist. "Ich sehe ihn auch nicht."

Eine Gruppe von Ghulen kommt vorbei, alle tragen lange schwarze Gewänder, die Kutten tief über die Gesichter gezogen. Ich erkenne, dass einer von ihnen Adairs Diplomatenkumpel ist, weil er so stark hinkt. Ich wünschte so sehr, dieser Widerling wäre im Lagerhaus gewesen, als wir Adair verhaftet haben. Es wäre toll gewesen, ihn auch einzusperren.

Einer der Ghule geht in unsere Richtung. Nach Größe und Statur zu urteilen, könnte es Walker sein, nur dass er seine Kutte nie abnimmt.

Der mysteriöse Ghul tritt an unsere Seite heran. "Schön, dass ich euch noch erwische."

Ich atme einen Seufzer der Erleichterung aus. Diese Stimme ist unverwechselbar. "Walker, du bist es. Warum machst du nicht deine Kutte auf?"

"Sag nicht meinen Namen, niemand weiß, dass ich hier bin." Walker spricht in einem dringenden Flüsterton. "Hör gut zu, wir haben nicht viel Zeit. Die Übergabestationen sind abgeriegelt."

Der ganze Sauerstoff scheint aus dem Ballsaal gesaugt zu werden. Die Umsteigestationen sind gesperrt? Das bedeutet, dass Antrum nicht betreten und verlassen werden kann.

"Wie konnten die Stationen gesperrt werden?" Lincoln achtet darauf, seine Stimme leise zu halten. "Das habe ich nicht bewilligt."

"Das dachte ich mir schon", sagt Walker.

"Haben deine Mutter oder dein Vater das abgesegnet?"

"Nein, ich weiß nicht, wie das passiert ist", erklärt Walker. "Das ist ja das Problem. Die Ghule, denen ich folge, plappern ständig von einem geheimen Plan, der heute Abend in die Tat umgesetzt wird. Ich versuche, herauszufinden, was es ist. Solange sie denken, dass ich ein durchschnittlicher Ghul bin, werden sie sich vielleicht öffnen."

Jeder weiß, dass Walker und Lincoln Freunde sind. Er kann nicht weiter mit uns reden, oder die Ghuls werden misstrauisch... und wir verpassen jede Chance, etwas über diesen geheimen Plan zu erfahren.

"Geht es Mama, Papa und Cissy gut?"

"Es geht ihnen gut, aber sie werden in der Umladestation von Purgatory an der Nase herumgeführt. Camilla ist kurz davor, das Militär zu rufen. Ich habe mich weggeschlichen und bin durch die Hintertür reingekommen."

Nach und nach sickert Walkers Nachricht in mein Gehirn. Meine Eltern und Cissy kommen wirklich nicht, und das ist alles Teil eines geheimen Plans, um meinen großen Abend zu ruinieren. Meine düstere Stimmung vertieft sich.

Lincoln berührt leicht Walkers Arm. "Du gehst besser."

Walker geht weg und mischt sich unter die Menge.

"Nun, diese Nachricht ist ganz und gar schrecklich", sage ich.

"Irgendein Plan, um meine Familie fernzuhalten. Wirklich nett."

"Ich hatte den Verdacht, dass etwas nicht stimmt, als wir gestern nach Arx Hall umzogen. Alle Nicht-Akka-Agenten in der Transferzentrale scheinen immer wieder krank zu werden. Zweifellos versuchen sie, dir den

Abend zu verderben. Ich bitte um Entschuldigung, Myla."

"Hey, es ist nicht deine Schuld." Ich beschließe, dass jetzt ein wirklich guter Zeitpunkt ist, um auf meine Sandalen zu starren.

Plötzlich fühle ich mich sehr allein, verloren in einem Meer von Gesichtern, die mich hier nicht haben wollen. Traurigkeit drängt sich um mich herum auf. Ich hoffe, die Umsteigebahnhöfe machen bald auf, denn jetzt würde ich am liebsten nach Hause gehen.

"Was ist los?", fragt Lincoln.

"Nichts."

"Es ist ein großes Etwas, dein Nichts." Er streicht mit dem Daumen über meine Kieferpartie. "Haben die Umsteigebahnhöfe dich fertig gemacht?"

"Vielleicht."

"Komm her, du." Lincoln schließt mich in seine Arme und küsst mich auf eine Art, die langsam, sanft und rundum perfekt ist. Ich öffne die Augen und spüre, wie mir die Röte in die Wangen kriecht. Der halbe Ballsaal starrt uns an.

"Wofür war das?"

"Weil du wunderbar bist." Er nimmt mein Gesicht in seine Hände, und in seinen Augen liegt die ganze Liebe der Welt. "Es ist mir egal, was die anderen denken oder tun. Du lernst heute Abend meinen Adel kennen, und eines Tages werde ich dich zu meiner Königin machen. Das kannst du mir glauben, Myla."

"Weißt du was? Das hast du schon einmal gesagt, und ja, ich glaube es wirklich." Ein prickelndes Gefühl der Freude schiebt sich über meine Haut. Was kümmert mich der Rest der Welt? Scheiß auf Acca. Da ist Lincoln. Er ist das Wichtigste an diesem Abend, und er ist direkt neben mir.

"Hey, ich habe eine Idee." Lincoln lehnt sich nah an mich heran und flüstert mir ins Ohr. "Wie wäre es, wenn wir im Ballsaal so tun, als hätten wir die beste Zeit unseres Lebens? Das wird Acca wirklich frustrieren."

"Oooooooh, das Konzept gefällt mir. Und zwar sehr."

In diesem Moment spielt der Rixa Herold eine weitere Melodie von seinem Posten auf der Treppe. Lincoln und ich tauschen einen verwirrten Blick aus. Als Ehrengast bin ich der Einzige, der eine Fanfare bekommen sollte. Octavia hat es mir nur tausendmal in den Kopf gebrannt.

Der Herold senkt seine Trompete, und für eine Sekunde sehe ich seine Iris rot glühen. Ich atme erschrocken ein. *Das kann doch nicht wahr sein.* Ich umklammere Lincolns Arm noch fester. "Hast du das gesehen?"

Seine Stimme nimmt einen bedrohlichen Klang an. "Ja, das habe ich."

Oben auf der Plattform werden die Augen des Herolds wieder zu einem Mischmasch aus Braun und Blau. Er starrt auf die Trompete an seinen Lippen, die Falten in seinem Gesicht sind vor Verwirrung schlaff. Eine ganze Minute lang starrt er das Instrument an, als wüsste er nicht, wie es in seinen Mund gekommen ist.

Unheilige Hölle. Das ist dasselbe, was mit Clover passiert ist. Rote Augen, seltsames Verhalten, und schließlich Verwirrung.

Die Sekunden vergehen, während alle auf die oberste Plattform starren und darauf warten, dass jemand oder etwas auftaucht.

Vorher fiel es mir schwer, ein Muster in Clovers roten Augen und seltsamen Handlungen zu erkennen. Jetzt sind diese gedanklichen Verbindungen schnell hergestellt. Da ist der Thrax-Reporter, dessen Augen dämonenrot aufblitzten... Erik, der im Lagerhaus in einem unheimlichen Monoton spricht... der Durus, der rote Augen bekommt und sich von einer Tötungsmaschine in einen schwerfälligen Dodo verwandelt... und sowohl Clover als auch der Herold haben rote Augen, unheimliche Stimmen und später keine Erinnerung mehr an beides.

Jedes Mal, wenn sich diese merkwürdigen Dinge

ereigneten, war Adair entweder dabei oder hatte sich in der Nähe aufhalten können. Außerdem hat Papa einmal gesagt, dass Dämonenblut zusätzliche Fähigkeiten verleiht. Was, wenn Adair die dämonische Macht der Besessenheit erlangt hat? Wenn das so ist, darf sie nur Dämonen und Thrax besitzen. Andernfalls hätte sie sich aus unserem Zugriff befreien und fliehen können.

Eine kalte Erkenntnis macht sich in meinem Magen breit. Angenommen, das alles ist wahr, was hält Adair dann noch im Gefängnis? Sie könnte leicht von ihren Thrax-Kerkermeistern Besitz ergreifen.

Meine Hände zittern, als ich Lincolns Arm noch fester umklammere. "Ich weiß, wer hinter all dem steckt. Es ist — "

"Adair", beendet Lincoln. Er deutet mit einer Geste auf das obere Ende der Treppe. Was ich sehe, lässt mir vor Schreck die Kinnlade herunterfallen.

Auf der obersten Plattform steht Adair mit einem selbstgefälligen Grinsen und einer gefälschten Scala-Robe. Zwei Gefängniswärter flankieren sie, die Visiere ihrer purpurnen Rüstungen sind heruntergezogen, um ihre Gesichter zu verbergen. Zweifellos sind die Augen der Wachen unter diesen Helmen leuchtend rot. Besessen. Hinterher erinnern sich die armen Kerle an nichts mehr, was Adair sie hat machen lassen.

Ich wünschte, ich könnte dasselbe von mir behaupten.

Keine Frage. Das ist die geheime Mission, von der Adairs Ghul-Freunde vorhin gesprochen haben. Sie stört meinen Willkommensball, um... was genau zu tun?

Ich gehe automatisch in Kampfstellung. Die Füße weit gespreizt, der Schwanz hochgewölbt. Was auch immer da kommt, es kann nichts Gutes sein.

Adair hebt die Arme hoch über ihren Kopf. "Mein Volk! Ich bin von allen Anschuldigungen freigesprochen worden!" Sie schreitet langsam die Treppe hinunter. "Ich komme heute zu euch als die Wahre Scala."

Ein kollektives Aufatmen ertönt aus der Menge. Ich gebe ein leises Stöhnen von mir. Wie kann ich mich nur fragen, was sie vorhat? Es ist dasselbe, was sie die ganze Zeit wollte: die Große Scala, Lincolns Braut und Königin der Thrax sein. Ich lasse die Schultern hängen, bereit, ihr in den Arsch zu treten. Schließlich ist es das, was ich am besten kann.

Octavia kommt mir zuvor. In Windeseile drängt sie sich durch die Menge und steht am Fuße der Treppe. "Ritter! Bringt sie zurück ins Gefängnis, sofort."

Die rot gepanzerten Ritter zucken nicht einmal mit der Wimper.

Meine Oberlippe kräuselt sich mit einer Mischung aus Abscheu und Entsetzen. Die Ritter erkennen

Octavia nicht an? Das ist so gar nicht gut für unsere Seite.

Unbeirrt tritt Octavia näher an Adair heran. "Was hat das zu bedeuten? Du solltest im Gefängnis sitzen und nicht in den Willkommensball einer anderen Person reinplatzen."

Das muss man Octavia lassen. Sie lässt nichts anbrennen.

Ich spreche zu Lincoln mit leiser Stimme. "Soll ich da rüber gehen?"

"Nein, gib Mutter eine Chance. Es ist besser, wenn das von einem von uns kommt."

"Verstanden." Wenn jemand in Antrum Respekt verdient, dann ist es Octavia.

"Meine arme, süße Königin", gurrt Adair. "Mein Geständnis wurde durch Dämonenmagie erzwungen. Deshalb haben mich die Kerkerritter freigelassen. Bitte, glaubt nicht, was dieses Dämonenmädchen euch erzählt hat. Ich bin die wahre Scala. Ich kann es beweisen." Mit einem Fingerschnippen lässt Adair eine Handvoll Igni erscheinen, deren winzige Körper wie Glühwürmchen umherschweben. Die Menge schnappt wieder nach Luft, aber diesmal mit Ehrfurcht.

Octavia scannt schnell das Publikum, die Räder ihres Geistes drehen sich mit Höchstgeschwindigkeit. Sie lässt ihre Haltung ein wenig sinken, und ich weiß, dass sie zu demselben Schluss gekommen ist wie ich. Es wird nicht einfach sein, Adair loszuwerden. Ich mag die Große Scala sein, aber ich bin auch ein Quasi-Dämon. Adair ist Thrax. Die Menschen wollen ihr glauben.

Aus Frustration balle ich meine Fäuste so fest, dass sich meine Fingernägel in meine Handflächen bohren. Es sollte mich nicht stören, dass die Thrax mich aufgrund meines Schwanzes beurteilen, aber verdammt noch mal, es stört mich wirklich.

Adair geht durch den Ballsaal und nimmt Kurs auf Lincoln und mich. Die Kerkerritter marschieren steif auf beiden Seiten von ihr. Ich weiß noch, wie knallhart und beweglich die Ritter waren, als wir Adair gefangen genommen haben. Jetzt bewegen sie sich mit denselben klobigen Bewegungen wie die Durus.

Aha.

Adair muss Puppenspieler sein, aber es sieht so aus, als wären ihre Steuerungsfähigkeiten eher unbeholfen. Ein wohliges Gefühl macht sich in meinem Bauch breit, wie an dem Tag, als ich zwei meiner Ghul-Lehrer beim heimlichen Knutschen erwischt habe und dachte... Dieses kleine Stückchen Information könnte sich eines Tages als nützlich erweisen.

Während Adair näher schlendert, treten immer mehr Thrax vor sie hin. Einige verbeugen sich sogar. Andere flüstern Wahre Scala in ehrfürchtigem Ton.

Mein Gefühl der Frustration kocht über zu offener Wut. Hitze sammelt sich hinter meinen Augen; meine Iris flackert dämonisch rot. Es gibt nur eine Wahre Scala, Leute, und die hat einen Schwanz. Findet euch damit ab.

Adair hält vor mir inne, mit einem schmierigen Blick auf ihrem Gesicht. "Ich bin die Wahre Scala. Ihr habt meine Liebe, meine Macht und meinen Thron gestohlen. Ich will alles zurück."

Kommentare ertönen aus der nahen Menge. Ich höre Worte wie anmutig, königlich, damenhaft und Thrax. Mir fällt auf, dass die meisten der Redner gelb tragen, die Farbe des Hauses Acca.

Notiz an mich selbst: Wenn du das hier lebend überstehst, lass sie dafür bezahlen. Die Meisten jedenfalls.

Adairs Blick wandert zu Lincoln. "Du musst dafür sorgen, dass das vorbei ist. Ich bin die Wahre Scala. Sie ist ein Nichts."

"Nein", sagt Lincoln kühl. "Sie ist alles." Blitzschnell reißt er dem nächstbesten Ritter einen Helm vom Kopf. Die Gesichtszüge des Mannes sind leer und leer, bis auf seine Augen, die dämonenrot glühen.

Aus dem Publikum ertönt erneutes Keuchen. Diesmal ist der Tonfall nicht von Ehrfurcht geprägt, sondern von haaresträubendem Entsetzen.

Mein Herz schlägt schneller, alle Arten von Glück

pumpen durch meinen Blutkreislauf. Der Thrax-Hass der Dämonenart hat die ganze Nacht gegen mich gearbeitet. Jetzt spielt er mir in die Hände. Anscheinend fürchten Dämonenjäger nicht viel mehr, als selbst in Dämonen verwandelt zu werden. Die Partygäste fangen an, in ihren kollektiven Stiefeln zu zittern.

Auf der anderen Seite des Ballsaals bahnt sich Octavia ihren Weg durch die Menge und kommt auf uns zu. Es sieht gut aus. Mein Schwanz gibt Lincoln einen beglückwünschenden Klaps auf den Arm. Das war ein ziemlich cleverer Schachzug von meinem Schatz.

Lincoln wirft den Helm auf den Boden; er landet mit einem wütenden Klirren. „Ihr seid eine eine Lügnerin, Adair. Das war schon immer so. Und jetzt bringt Ihr dämonische Kräfte in mein Land? Nehmt mein Volk in Besitz und zwingst es, als Marionetten Eures Willens zu handeln? Beenden Sie das, sofort." Er hebt die Hand und deutet auf eine Gruppe von Männern in schwarzen Schutzwesten. "Wachen! Nehmt sie mit."

Jetzt geht ein ehrfürchtig klingendes Gemurmel durch die Menge. Ich höre neue Worte, die wie Musik in meinen Ohren klingen, wie Verräterin, Lügnerin und Betrügerin. Einige der Acca-Leute beginnen, sich unauffällig in Richtung der Ausgänge zu bewegen. Als ob ich mir nicht alle ihre Gesichter merken und sie später verhaften würde. Ihr werdet so was von untergehen, meine Freunde.

Als die Wachen sich Adair nähern, stürmt Octavia durch die Menge und stellt sich an unsere Seite.

"Legt ihr die Fesseln an", befiehlt Octavia. "Und dann..."

Die Königin hält mitten im Satz inne. Ihr Körper erstarrt auf der Stelle. Überall im Ballsaal geschieht das Gleiche. Die Thrax werden unbeweglich, bleiben mitten in der Bewegung stehen, wie ein lebendes Foto. Mir tut es in der Brust weh, den Grund dafür zu sehen.

Fast alle von ihnen haben dämonenrote Augen. Adair hat ihren Verstand übernommen. Nur einige wenige Thrax stehen am oberen Ende der Kristalltreppe, ihre Augen sind immer noch ungleich. Diese Ausreißer müssen außerhalb der Reichweite von Adairs Macht liegen. Die entfernten Thrax rennen aus dem Ballsaal, und alle Ghule Adairs folgen dicht dahinter. Ein mulmiges Gefühl durchströmt mich. Ich bezweifle, dass sie weit kommen werden.

Ich drehe mich zu Lincoln um, mein Herz klopft heftig in meiner Brust. Ich umfasse sein Gesicht mit den Fingerspitzen und scanne seine Augen. Die Iris ist immer noch ungleichfarbig. Er ist nicht besessen. Ich weiß nicht, ob ich lachen oder weinen soll, also tue ich am Ende wohl beides. "Du bist in Ordnung."

"Mir geht's gut, Myla."

Wir scannen beide die Menge, und ich weiß, dass wir nach derselben Person suchen. Walker.

Ich sehe ihn ein paar Meter entfernt stehen, die Kapuze immer noch tief gezogen.

Ausgezeichnet. Unsere Geheimwaffe ist immer noch in Position. Lincoln und ich teilen uns ein Nicken. Keine Frage, was wir als nächstes tun werden.

Ich gehe in Kampfstellung, den Schwanz über die Schulter gekrümmt. "Schnappen wir sie uns."

"Genau." Lincoln holt sein Baculum aus seiner Tunika und verwandelt es in ein Langschwert. Blitzschnell führt er die Klinge auf Adairs Hals zu. Die Klinge des Engelsfeuers ist nur wenige Zentimeter von ihrer Kehle entfernt.

Und dann hält sie inne.

Lincolns Augen leuchten dämonisch hell. Er löscht sein Baculum, steckt es wieder in die Taschen seiner Tunika und steht still wie eine Statue.

Besessenheit von Lincoln? Jetzt hat sie es geschafft.

In meinem Herzen entfessle ich mein inneres Zornmonster. Ein Adrenalinstoß durchfährt mich; mein Verstand schaltet auf Kampfmodus. Ich sehe Köpfe und Körper, Angriffsvektoren und Waffenoptionen.

Ich springe hoch in die Luft, mache einen Salto und lande in der Hocke vor Adairs Füßen. Als ich auf dem

Boden aufkomme, hat sich meine Scala-Robe in eine beeindruckende weiße Kampfrüstung verwandelt. Ich bewege mein Bein in einer schwungvollen Bewegung über den Boden und reiße Adair an den Knöcheln zu Boden. Ihr Schädel schlägt mit einem befriedigenden Knall auf dem Kristallboden auf.

Dutzende von Händen zerren gleichzeitig an mir und reißen mich von Adair weg. Glücklicherweise sind alle meine Angreifer ungeschickte Thrax-Marionetten, die von Adair kontrolliert werden. Sie greifen und krallen sich an meinen Gliedern fest und versuchen, mich niederzuhalten.

Das wird nicht gelingen.

Mein Schwanz trifft einen in die Eingeweide. Danach kippt er einen anderen um, indem er ihm die Füße wegzieht. Ich will keinen von Lincolns Leuten umbringen, aber es macht mir nichts aus, wenn sie morgen mit Kopfschmerzen aufwachen, vor allem, wenn sie Acca-Gelb tragen. Innerhalb von Sekunden sind aus den Händen, die mich zurückhielten, ein Dutzend Körper geworden, die auf dem Boden liegen.

Adair erhebt sich, ihr Gesicht ist der Inbegriff von Selbstgefälligkeit. "Und was sollte diese kleine Vorführung, Myla? Glaubt Ihr wirklich, dass du all diese Thrax im Alleingang besiegen kannst? Nicht einmal Ihr seid so gut."

Bei diesen Worten dreht sich das gesamte Thrax-Publikum, etwa tausend an der Zahl, zu mir um, und ihre Augen leuchten dämonisch auf. Die Besessenen bewegen sich als eine einzige Einheit und stürmen auf mich zu.

Normalerweise würde so eine Situation eine Katastrophe bedeuten, aber ich weiß etwas, was Adair nicht weiß, und dieses Wissen macht mich sehr glücklich.

Walker steht direkt hinter ihr.

"Hey, Adair!" Ich fuchtle wild mit den Armen und versuche, ihre Aufmerksamkeit auf mich und weg von Walker zu lenken.

"Was?", knurrt sie.

Mit einer Reihe von schnellen Tritten in die Knie schaltet Walker Adair von hinten aus. Oh, ich wünschte, ich hätte eine Kamera. Adair kippt um.

"Das!"

Adair springt wieder auf die Beine und sofort stürzt sich eine Horde besessener Thrax auf Walker. Ihre Reflexe und ihre Strategie sind miserabel, aber was ihnen an Verstand fehlt, machen sie durch ihre Anzahl mehr als wett.

Ich eile, um Walker zu helfen, sich zu befreien, als ich unter meinem eigenen Haufen Besessener stecken bleibe.

Ich mache ein paar schnelle Berechnungen, und es

sieht nicht gut für uns aus. Bis jetzt haben Walker und ich etwa vier Dutzend Thrax erledigt. Es bleiben also noch etwa 950 übrig.

All das lässt nur einen Schluss zu. Wir müssen uns Lincoln schnappen und von hier verschwinden, und zwar schnell.

Ich schalte den letzten Haufen Thrax-Angreifer aus und schnappe nach Luft. Adair steht auf der anderen Seite der Tanzfläche, ihre Augen leuchtend rot, während sie die Szene abtastet, ihre Lippen flüstern ihnen ihre besessenen schrägen Befehle zu. Walker und ich kämpfen an den gegenüberliegenden Enden des Raums. Wir kämpfen weiter, aber neue Angreifer stürmen auf uns zu.

Wir können nicht ewig so weitermachen.

Walker ruft mir vom anderen Ende des Ballsaals zu. "Lincoln, jetzt!"

Ich schlage einen weiteren Acca Thrax mit einer Kombination aus Oberschnitt und Tritt in den Bauch nieder. "Verstanden."

Da ich Walker mein ganzes Leben lang kenne, weiß ich, was diese beiden Worte bedeuten. Er will hinter Lincoln ein Portal bilden, in das wir drei dann hineinlaufen und entkommen.

Glücklicherweise hat Adair nicht verstanden, was Walker meint. Sie fängt an, in Lincolns Richtung zu flüstern, und er schlurft in eine verlassene Ecke der Tanzfläche. Wahrscheinlich will sie nicht, dass er bei dem Kampf verletzt wird. Erleichtert atme ich aus. Endlich läuft heute Abend etwas nach meinen Vorstellungen.

Walker befreit sich von seiner letzten Horde und schreit ein Wort heraus. "Los!"

Hinter Lincoln erscheint die dunkle Gestalt eines Ghul-Portals. Von entgegengesetzten Enden des Raumes rennen Walker und ich auf Lincoln zu und entkommen. Wir brauchen nur seine Hand zu halten und in das geöffnete Portal zu springen, und unsere Sorgen sind vorbei.

Adair sieht, was passiert, und beginnt in doppelter Geschwindigkeit zu flüstern. Lincoln fängt an, in eine andere Richtung zu taumeln, aber ich habe erwartet, dass das passieren würde.

"Walker! Schieb das Portal hinter ihn!"

Ich renne auf Lincolns neue Flugbahn zu. Walker tut dasselbe. In dem Moment, in dem wir drei uns treffen, öffnet Walker ein neues Portal direkt in unserem Weg. Walker ergreift Lincolns rechte Hand; ich schlinge meinen Schwanz um Walkers linkes Handgelenk. Gemeinsam gleiten wir drei durch das Portal. Die Dunkelheit beginnt sich um uns herum zu schließen.

Mein Adrenalinschub im Kampf verwandelt sich von Zorn in Freude.

Wir haben es geschafft. Wir haben Lincoln gerettet und sind lebend rausgekommen.

Plötzlich explodiert ein Lichtstrahl in das verdunkelte Portal. Etwas hält mich zurück; ich falle nicht mehr durch den leeren Raum. Ich sehe auf und erblicke Adair am Rande des Portals. Sie hat eine Igni-Kordel von ihren Händen zu meinen gelegt, und sie lässt nicht mehr los. Schlimmer noch, die Schnüre sind bereits fest um meine Handflächen gewickelt und stellen eine unlösbare Verbindung zwischen uns her.

Unheilige Hölle.

Hinter Adair stellen sich die dämonenäugigen Thrax auf und helfen ihr, uns drei aus dem Portal zu ziehen. Adair zieht nicht so sehr an meinem Gewicht - diese Arbeit überlässt sie ihren Thrax-Helfern -, sondern sie zieht etwas anderes von mir.

Igni.

Panik schießt durch alle meine Nervenenden. Das ist genau wie im Geisterturm. Ich kann die Verbindung nicht unterbrechen. Ich kann die Verbindung nicht nutzen, um mein Igni zurückzuholen. Ich kann die Übertragung nur verlangsamen, während sie mir meine Kräfte raubt.

Winzige Stimmen beginnen in meinem Kopf zu heulen. Es ist das Igni. Sie nimmt es sich wieder.

Adair lehnt sich in das geöffnete Portal, ihre Augen sind rot vor Wut. "Keiner von euch wird entkommen. Nicht nach dem Preis, den ich bezahlt habe."

Welcher Preis? Diese Schlampe ist verrückt.

Ein Grund mehr, warum ich nicht zulassen kann, dass sie uns mitnimmt.

Blitzschnell weiß ich, wie ich entkommen kann. Er ist einfach, perfekt, schrecklich. Ich muss so viel Igni wie möglich auf Adair hetzen. So hat mir der alte Scala seine Kräfte gegeben, und das hat mich umgehauen. Das ist das Einzige, was Adair nicht erwarten wird, aber schon der Gedanke daran zerreißt mir das Herz.

Dennoch habe ich keine andere Wahl.

Ich befehle dem Igni, meinen Körper zu verlassen, sich über das Seil zu bewegen und in einem großen Energiestoß in Adair einzudringen. Der Befehl zerrt an meinem Herzen, Schmerz und Verlust zerren an meinem Brustkorb.

Ihr müsst gehen. Es tut mir so leid, meine Kleinen.

Sie verstehen meine Bitte und tun augenblicklich, was ich verlange. Eine große Welle aus Licht stürzt über meine Arme, bewegt sich über das Igni-Kabel und trifft Adair. Sie fällt erschrocken zurück. Das Portal schließt sich, und wir taumeln erneut durch den leeren Raum.

Wenige Augenblicke später treten wir drei aus Walkers Portal und in meine Turnhalle zu Hause. Ich ergreife Lincolns Unterarme und sehe ihm in die Augen. Unverwandt. Kein Zeichen von Dämonenlicht. Es ist, wie ich vermutet hatte. Adair braucht die Nähe ihrer Opfer, um deren Verstand zu übernehmen.

Lincoln schüttelt den Kopf, seine Augen sind unkonzentriert. "Was ist passiert?"

Frische Panik schießt durch mein Nervensystem. Wie viele Igni habe ich verloren? "Das erkläre ich dir gleich." Ich eile zu dem Schrank meines Vaters, in dem er das Blutsteinamulett aufbewahrt. Ich öffne die Schublade, ziehe die rote Scheibe heraus und lege mir die Kette um den Hals.

Nach und nach verwandelt sich die Vorderseite des Amuletts in das Bild zweier Drachen, genau wie zuvor. Ich drehe die Scheibe um und betrachte die Rückseite. Wieder bilden die ineinander verschlungenen Schwänze eine Spirale, die mit Ziffern von eins bis zehn versehen ist. Die Stufe beginnt bei zehn, hält einen Moment inne und beginnt dann zu sinken. Neun, acht, sieben, sechs...

Bitte lass einige davon stehen bleiben.

Fünf, vier, drei, zwei. Der Pegel wird schließlich gleichmäßig. Eins.

Ich bin hin- und hergerissen, ob ich jubeln oder weinen soll. Ich habe kaum noch Igni. Sicherlich nicht genug, um eine Ikonenwanderung durchzuführen. Aber in meinem Kopf hat sich ein neuer Plan gebildet. Diese Menge an Igni mag nicht viel sein, aber sie könnte ausreichen, um den Job zu erledigen. Trotzdem ist es eine letzte Option, nur wenn alles andere versagt.

Aber so wie sich mein Glück entwickelt hat, wird alles andere scheitern.

Connor, Octavia, Lincoln, meine Eltern und ich sitzen alle an unserem Küchentisch. Walker und Cissy sind unterwegs und planen die große Ikonenwanderung morgen, vorausgesetzt, ich bekomme meine Kräfte dafür zurück. Nach meinem Kampf mit Adair habe ich nicht annähernd genug Igni. Ich habe es auch versucht. Ich kann kaum ein paar Dutzend um meine Arme herum erscheinen lassen.

Ich versuche, diese Wendung der Ereignisse zu begreifen, aber mein Verstand ist wie betäubt vor Schock. Noch vor zwei Stunden war ich die Große Scala auf meinem eigenen Willkommensball in der Arx Hall. Lincoln war dabei, mich seinem Adel als zukünftige Königin vorzustellen. Jetzt, einhundertzwanzig Minuten später, habe ich kaum noch Kräfte.

Es ist ein absolutes Desaster.

Ich schaue mir die Gesichter am Küchentisch an, und in meiner Brust leuchtet ein Funken Hoffnung auf. Meine Eltern, Lincoln und ich haben die letzten zwei Stunden damit verbracht, einen genialen Plan für eine Sondermission in Antrum auszuarbeiten, bei der wir Adair ausschalten und meine Kräfte zurückbekommen werden. Hoffentlich können wir die Zeit mit Lincolns Eltern nutzen, um sie davon zu überzeugen, uns zu helfen, dass es klappt. Ein Schauer läuft mir über den Rücken. Ich will gar nicht daran denken, was passiert, wenn die Idee mit der Spezialeinheit in die Hose geht. Mein geheimer Plan für den Notfall ist unheimlich unerfreulich.

Lincoln mustert seinen Vater eine Zeit lang aufmerksam. "Wie seid ihr beide so schnell ins Fegefeuer gekommen?"

Connor lächelt, als ob es jede Woche vorkommt, dass Adair von seinen Untertanen Besitz ergreift.

"Oh, Adair hat sich beruhigt, als du weg warst. Sie ist ein übermütiges Mädchen."

Was zum was? Temperamentvoll? Wie wär's mit geisteskrank? Ich balle meine Hände zu wütenden Fäusten und schlage sie auf die Tischplatte, bereit, Connor genau zu sagen, was ich von seiner lässigen Art über Adair halte.

"Myla." Mama wirft mir einen warnenden Blick zu.

Sie und ich haben das schon mal besprochen. Solange wir nicht wissen, ob Lincolns Eltern uns helfen können, muss ich mein Temperament zügeln, besonders wenn es um Connor geht. Trotzdem ist es alles, was ich tun kann, um ihm nicht auf den Kopf zu schlagen.

Wenn Connor meine Wut bemerkt, macht er nichts dergleichen. "Adair geht es gut. Wir hatten keine Probleme, eine Transferplattform zu bekommen."

"Und was ist mit unserem Adel?", fragt Lincoln.

Ich weiß, worüber er sich Sorgen macht. Vor zwei Stunden hat Adair den Geist aller Thrax auf dem Willkommensball in Besitz genommen und sie in Dämonenaugen verwandelt. Angenommen, sie hat sie freigelassen, werden sie sich an nichts erinnern, was passiert ist.

Aber was vorher war? Nicht so sehr.

"Lincoln hat einem Kerkerritter den Helm vom Kopf geschlagen", erkläre ich. "Die ganze Menge hat die Dämonenaugen des Kerls gesehen und ist total ausgeflippt. Wie kommen die Leute damit klar?" Inzwischen könnte in Antrum eine Massenpanik ausgebrochen sein.

"Die Leute erinnern sich an die dämonenroten Augen des Ritters, ganz sicher", sagt Octavia. "Aber ich fürchte, Adair sagt, dass das dein Werk war, Myla. Die Leute scheinen ihrer Erklärung zu glauben."

Ich schlage frustriert auf mein Bein. Blöde Thrax. "Warum bin ich nicht überrascht?"

Connor lacht ein wenig zu laut über meinen Sarkasmus. "Stimmt, stimmt. Adair ist ein schlüpfriger Typ."

Lincoln starrt ihn mit einem eisigen Blick an. "Das ist kein Grund zum Lachen, Vater. Was Adair heute Abend getan hat, ist Hochverrat auf höchstem Niveau. Und die Beleidigung von Myla? Ungeheuerlich."

"Ja, mein Sohn", sagt Connor schnell. "Sehr ernst." Er wendet seine Aufmerksamkeit mir zu. "Ich entschuldige mich aufrichtig dafür, wie die Dinge heute Abend gelaufen sind. Das Haus Acca erschafft furchtbare Feinde."

Ich wähle meine Worte sorgfältig. "Ich habe keine Angst vor ihnen." *Im Gegensatz zu einigen Leuten, die ich kenne.*

"Ihr habt jedes Recht, verärgert zu sein," sagt Octavia. "Wir haben euren Willkommensball schließlich abgesagt, sehr zu meinem Leidwesen. Alle sind wohlbehalten nach Hause gegangen, und das ist das einzig Gute an dieser traurigen Geschichte." Ihre Worte sind eindeutig an Connor gerichtet. Also hör auf, so zu tun, als wäre das keine große Sache.

"Was ist mit den Thrax, die weggelaufen sind?", fragt Lincoln. "Sie waren oben auf der Treppe, als Adair den

Rest des Ballsaals in Besitz nahm. Die Ghule verfolgten sie. Was geschah dann?"

Ich ergreife Lincolns Hand und drücke sie. *Gut mitgedacht, Baby.* Alle anderen mögen die Geschichte abkaufen, dass ich die Ritter besessen gemacht habe, aber die Thrax, die aus dem Ballsaal entkommen sind, hatten die ganze Wahrheit gesehen. Vielleicht sind sie jetzt gerade in Antrum, um meinen Namen reinzuwaschen.

"Ich weiß alles über diese Thrax aus dem Treppenhaus", sagt Connor. "Leider scheint es so, als wären sie schwer gestürzt, als sie den Kristallballsaal verließen. Sie sind jetzt alle in Sicherheit und erholen sich in der Krankenstation des Palastes."

Lincolns Augen verengen sich. "Sie wurden also von den Ghulen angegriffen, aber jetzt sagen sie, dass sie alle von alleine gefallen sind?"

"Das ist ihre Geschichte", sagt Connor. "Ein Haufen Lügen, natürlich. Sie haben Angst vor Accas Zorn. Es tut mir so leid, mein Junge."

Mein Kiefer krampft sich vor unterdrückter Wut zusammen. Vielleicht waschen sie meinen Namen rein? Vielleicht benehmen sie sich in Antrum wie ein Haufen Weicheier. Mein innerer Zorndämon erwacht in mir zum Leben. Ich klatsche mit den Handflächen auf die Tischplatte.

"Wie lange wollen wir noch so tun, als wäre das keine Katastrophe?" frage ich. "Einige Verrückte haben sich mein Igni gegriffen. Ich will alle meine Kräfte zurück, pronto. Wir müssen in weniger als vierundzwanzig Stunden Seelen bewegen."

"Sie haben also nicht genug Igni für eine Ikonenwanderung?", fragt Connor.

Wie ich es hasse, das zuzugeben. "Nein, habe ich nicht."

"Es gibt Neuigkeiten an dieser Front", sagt Octavia. "Der Graf von Acca hat uns besucht, nachdem ihr gegangen seid. Er sagt, er spricht für Adair."

"Und das glaubt Ihr ihm?" Adair scheint nicht der Typ zu sein, der jemanden für sich sprechen lässt.

"Niemals", erwidert Octavia. "Aber in diesem Fall sehe ich keinen Grund, warum Adair ihren Vater nicht als Vermittler benutzen sollte. Der Graf hat eine Nachricht für Euch. Er sagt, dass Adair morgen alle eure Seelen bewegen kann."

"Hey, hey, hey", mahne ich. "Lass uns nicht hysterisch werden. Sicher, ich kann in dieser Sekunde keine Ikonenwanderung durchführen. Aber wenn ich mich nach Antrum schleichen, Adair herausholen und meine Kräfte zurückbekommen kann, dann wird alles gut."

"Ich habe auch ein paar tolle Engelstruppen, die wir reinschicken können", fügt Papa hinzu. "Sie sind

Experten darin, Verbrecher aus brenzligen Situationen zu befreien. Wir müssen noch herausfinden, wie wir Mylas Igni wiederherstellen können, aber darauf können wir uns konzentrieren, sobald wir Adair wieder in Gewahrsam haben."

Mein Schwanz gibt Papa ein High-Five. *So unterstützt du deine Tochter!*

In den letzten zwei Stunden hat Papa die Planungen für unsere Sondermission geleitet. Im Moment brauchen wir nur ein paar Informationen über den Aufenthaltsort von Adair. Das ist der Punkt, an dem Lincolns Eltern ins Spiel kommen. Wenn sie uns sagen können, wo sich Miss Psychotante versteckt, können wir den Rest von dort aus erledigen.

"Das ist ein felsenfester Plan", erkläre ich. "Ich erkläre ihn euch gerne."

Octavias Gesicht schmilzt vor Sympathie. "Welche Operation Sie auch immer im Sinn haben, ich sehe vier Probleme. Erstens hat Acca die Kontrolle über alle Pulpitum, also können wir Sie nicht ohne ihr Wissen nach Antrum bringen. Zweitens, selbst wenn wir es könnten, haben wir keine Ahnung, wo Adair ist. Antrum ist riesig; es könnte Wochen dauern, Adair ausfindig zu machen, vorausgesetzt, sie ist nicht in ein anderes Reich entkommen."

Ich runzle die Stirn. Okay, das Fehlen von Informationen über Adair ist ein Riesenärgernis. Das macht definitiv einen Strich durch die Rechnung bei unserer Spezialmission.

"Drittens", fährt Octavia fort. "Angenommen, Sie finden sie und bringen sie zurück ins Fegefeuer, dann ist es immer noch schwer. Sie hatten ja auch nicht so viel Glück damit, Ihre Kräfte aus Adair herauszuholen, als sie im Gefängnis war. Warum glauben Sie, dass Sie jetzt Erfolg haben werden? Und viertens, wenn Ihre Mission entdeckt wird, wird der Graf von seinem Angebot zurücktreten, Adair die Ikonenwanderung machen zu lassen."

"Vorausgesetzt, das Angebot ist echt", gebe ich zu bedenken.

"Ich gebe ihm eine fünfzig-fünfzig Chance. Aber das sind die besten Chancen, die Sie haben, um morgen früh Seelen zu bewegen. Ich sehe keinen Vorteil darin, diese Chance zu gefährden, solange wir nicht wissen, ob Vater und Tochter Acca ihr Wort halten."

Die winzigen Härchen in meinem Nacken kribbeln. Ich kann sehen, worauf Octavia hinaus will, und das ist kein schöner Gedanke. "Was wollen Sie also damit sagen? Wir sollten es gar nicht erst versuchen?"

Connor fängt an zu sprechen, aber Octavia hebt die Hand. "Nein, ich denke, es ist besser, wenn das von mir kommt."

"Wenn was von dir kommt?", fragt Lincoln langsam.

Octavia faltet ihre Hand ordentlich auf der Tischplatte. "Glaubt mir, ich habe keine Freude daran, euch diese Nachricht mitzuteilen, aber der Graf von Acca ist bereit, euch zu garantieren, dass Adair gefügig sein wird, und zwar schriftlich, wenn ihr wollt. Sie wird die Seelen, die ihr wollt, wann und wohin ihr sie wollt, bewegen, solange sie lebt. Aber das hat seinen Preis."

Plötzlich wird klar, warum Connor und Octavia so schnell ins Fegefeuer kommen durften. Lincoln. Mein Magen dreht sich vor Abscheu um. Ich habe Lincoln nicht einfach aus Adairs Gedankenkontrolle befreit, nur damit das passiert.

Papa lehnt sich in seinem Stuhl zurück. "Beinhaltet diese Einwilligung auch den Schutz von Myla und Camilla? Ich hatte angenommen, dass Adair meiner Tochter gegenüber nur böse ist."

"Sie sind beide ausdrücklich abgesichert", antwortet Octavia. "Und Myla ist doch gerade hier, oder nicht? Wenn Adair wollte, hätte sie sie schon längst in die Hölle schicken können."

Papa reibt sich mit der rechten Hand das Kinn. "Stimmt genau."

Ziemlich falsch, eigentlich. Wenn sie glauben, Adair zögere es hinaus, mich wegen einer Vereinbarung mit ihrem Vater in die Hölle zu schicken, sind sie verrückt.

Nicht, dass ich diese Tatsache zu diesem Zeitpunkt teilen würde. Diese Vermutung ist ein wichtiger Teil meines geheimen Notfallplans. Ich kreuze meine Finger unter dem Tisch. Hoffen wir, dass ich den geheimen Plan nicht anwenden muss. Es ist ein bisschen verrückt.

Komm schoooooooooooon, Spezialeinsatzkommando.

Connor schüttelt den Kopf. "Ich hasse es, der Überbringer schlechter Nachrichten zu sein, hier. Ich weiß, wie sehr ihr beide aneinander hängt."

Lincolns Gesicht ist steinern. "Aber der Graf hat Forderungen."

"Ja, das hat er", sagt Connor. "Es ist nichts, was wir nicht schon besprochen haben."

Meine Brust zieht sich mit einem Gefühl von Angst und Schrecken zusammen. Ich weiß, was diese Forderungen sind. Heiratsvertrag. Mein Lincoln ist mit diesem Psychofreak zusammen.

Verdammt, nein.

"Bitte, mein Junge", sagt Connor. "Ich bin kein König ohne meinen besten Soldaten an meiner Seite. Wir brauchen dich wieder in Antrum. Alleine. Und zwar bis gleich morgen früh." Er tätschelt Octavias Hand. "Dafür kannst du deiner Mutter danken. Sie hat hart dafür gekämpft, dass ihr beide Zeit habt, euch zu verabschieden."

Lincoln fixiert seinen Vater mit einem Blick, der

Lava gefrieren lassen könnte. "Und was ist mit den Verlobungsjuwelen? Das musst du mir wenigstens zugestehen."

Connor kratzt sich in einem nervösen Rhythmus am Hals. "Immer noch verschwunden, mein Junge. Wir werden sie finden. Wenn du nach Antrum kommst, werden wir sie gemeinsam ausfindig machen."

Das bedeutet, dass er sie nur bekommen wird, wenn er nach Antrum geht und tut, was Adair will. Mein Verstand vernebelt sich, während Wut, Frustration und Verzweiflung durch meine Gedanken schwirren. Ich zwinge mich, mich zu konzentrieren, und langsam lichtet sich mein innerer Dunst. Eine dunkle Entschlossenheit macht sich in meiner Seele breit.

Es ist mir egal, was die Konsequenzen sind, das wird nicht passieren.

"Das war's also?" frage ich. "Wir verraten Lincoln an Adair. Ich weigere mich zu glauben, dass das unsere einzige Option ist."

"Es ist im Moment die einzige Option, meine Liebe", sagt Octavia sanft. "Ein Krieg ist eine Schlacht. Ich fürchte, wir haben diesen verloren. Ich versichere Euch, dass ich alles in meiner Macht stehende tun werde, um eine Hochzeit mit Adair zu verhindern."

"Dann geben Sie Lincoln die Verlobungsjuwelen. Sofort."

"Was ist, wenn Adair davon erfährt?", fragt Octavia. "Dann gäbe es morgen keine Ikonenwanderung. Ihr müsst zur Vernunft kommen."

Ich richte meinen Blick auf meine Eltern. "Und was denkt ihr beide?"

"Das Angebot des Grafen von Acca ändert die Dinge", sagt Papa. "Zumindest für die nächsten vierundzwanzig Stunden."

Mama hat die ganze Zeit über geschwiegen und die Szene mit einem diplomatischen Blick beobachtet. Jetzt erhebt sie sich. "Danke, Octavia und Connor. Wir übernehmen ab hier."

Keine Frage, was "ab hier übernehmen" in Mamas Sprache bedeutet. Sie ist auch mit Papa einer Meinung. Ich weiß, dass sie beide nur das tun, was sie für das Beste für alle halten - mich eingeschlossen -, aber ich fühle mich trotzdem verraten und verletzt. Ein erdrückendes Gefühl der Traurigkeit lastet auf mir und macht jedes Wort, das ich sage, zu einer lästigen Pflicht.

"Du musst sie nicht wegscheuchen, Mama. Ich weiß, was du mir sagen wirst, wenn sie gehen. Du stimmst ihnen zu. Wir müssen Adair die Seelen bewegen lassen und denken lassen, dass sie Lincoln bekommt, zumindest bis die Krise vorbei ist."

"Da stimme ich mit deiner Mutter überein, Myla", fügt Papa hinzu. "Adair ist zu mächtig. Die Wiedererlangung deiner Scala-Fähigkeiten ist es nicht wert, dein Leben bei einem Angriff in letzter Minute und ohne Informationen zu verlieren. Und es scheint, als wäre das Mädchen bereit, vernünftig zu sein und die Arbeit einer Scala zu machen, zumindest im Moment. Das ist das Äußerste, was wir in den nächsten vierundzwanzig Stunden tun können. Es hat keinen Vorteil, sie zu verärgern, bis diese Krise im Fegefeuer vorbei ist."

Ich wechsle meinen Blick zwischen Octavia und Connor. "Das könnte also das letzte Mal sein, dass ich Sie beide sehe."

Octavias Augen weiten sich vor Überraschung. "Das hoffe ich nicht."

"Natürlich werden wir uns wiedersehen", fügt Connor mit einem leichten Grinsen hinzu.

So wie Connor redet, ist es, als würde Lincoln nur in den Urlaub fahren. Seine lässige Art geht mir auf die Nerven. Vor unserem Gespräch habe ich Mama versprochen, dass ich in Connors Gegenwart meinen Mund halten würde, aber jetzt? Wenn es einen Vorteil in dieser beschissenen Situation gibt, dann den, dass ich endlich meine Meinung sagen kann.

Ich ziehe meine Schultern zurück. "Connor, ich muss Euch noch etwas sagen, bevor Ihr geht."

"Was ist es, Kind?"

Ich wende mich an Lincoln. "Stört es dich, wenn ich..."

"Bitte sehr." Er legt seine Hand in meine. "Ich halte dir den Rücken frei."

Etwas von meiner Traurigkeit wird leichter. Lincoln und ich halten uns wirklich gegenseitig den Rücken frei.

Octavia zappelt in ihrem Sitz. "Ich verstehe, dass diese Situation schwierig für Sie ist, meine Liebe. Aber Sie müssen verstehen. Es ist nicht die Art von Thrax, zu kritisieren..."

"Nun, es ist meine Art." Ich richte meine ganze Aufmerksamkeit auf Connor. "Seit ich Euch das erste Mal im Fegefeuer getroffen habe, habt Ihr Euch um eine Sache gekümmert. Das Haus von Acca. Niemals um die Gefühle Eures Sohnes. Oder was das Beste für ihn und sein Leben ist."

Das ganze Blut wich aus Connors Gesicht. Sie haben nicht gelogen; niemand sagt diesem Kerl die Wahrheit. Nun, jetzt bekommt er gleich eine Standpauke.

"Immer und immer wieder erzählen Sie Lincoln, dass er Ihr bester Soldat ist, dass er alles für Sie tun muss. Selbst als ich Euch das erste Mal in der Ryder-Villa gesehen habe, habt Ihr ihm gesagt, er solle sich den Quasi-Mädchen nähern, weil es seine Pflicht gegenüber den Engeln sei. Wie wäre es, wenn Sie einmal über Ihre Pflicht ihm gegenüber als Vater nachdenken würden?

Vielleicht stellen Sie Lincolns Bedürfnisse über die von Acca oder sogar Antrum? Wenn Sie Lincoln die Verlobungsjuwelen gegeben hätten, als er darum gebeten hat, wären wir jetzt nicht in dieser Situation."

Connor schüttelt den Kopf. "So einfach ist das nicht."

Ich erhebe mich; ich bin in Fahrt. "Da bin ich anderer Meinung. Es ist absolut so einfach. Ihr seid so in eure kostbaren Thrax-Traditionen und die Politik des Hauses verstrickt, dass ihr vergesst, was es bedeutet, ein guter Mensch zu sein. Oder in Ihrem Fall, Connor, ein guter Vater. Vielleicht ja, wir müssen Adair für die nächsten vierundzwanzig Stunden nachgeben, aber ihr seid total unverschämt, es so darzustellen, als ob sie nur übermütig wäre... oder dass der Graf nichts Neues verlangt. Adair ist jetzt zum Teil ein Dämon. Sie besitzt Menschen. Tun Sie Lincoln wenigstens den Gefallen, zuzugeben, dass er in einer lebenden Hölle eingesperrt ist, und tun Sie nicht so, als ob alles in Ordnung wäre."

Ich starre Connor an, meine Augen leuchten dämonisch rot. Seine Gesichtszüge werden vor Schreck ganz schlaff. Es folgt ein langes Schweigen.

Schließlich setze ich mich wieder auf meinen Platz. "Das ist alles, was ich zu sagen habe."

Mama richtet sich in ihrem Stuhl auf; sie ist jetzt im offiziellen Präsidentin-Lewis-Modus. "Ich denke, unser Treffen ist damit beendet." Sie lässt ihren Blick über den

Tisch schweifen. "Es sei denn, jemandem fallen noch andere Pläne oder Optionen ein?"

"Nein, mir fällt nichts ein." Ich lege meine Hand in die von Lincoln. "Ich würde jetzt gerne mit dir allein sein."

Aber dieser letzte Teil ist eine große Lüge. Ich habe eine Idee, wie ich meine Kräfte zurückbekomme. Es ist die letzte verrückte Möglichkeit, an die ich schon einmal gedacht habe, aber ich hatte gehofft, dass ich mehr Glück haben würde und nicht so weit gehen müsste. Jetzt scheint mich mein Glück völlig verlassen zu haben, denn so sehr ich diese Idee auch hasse, ich weiß, dass meine Eltern sie noch mehr hassen werden. Also behalte ich sie für mich.

Ich werde Adair heute Abend allein gegenübertreten.

19

Das Ryder-Anwesen ist nicht weit von meinem neuen Zuhause entfernt, also beschließen Lincoln und ich, durch ihr Heckenlabyrinth zu gehen. Hier haben Lincoln und ich einige unserer ersten Küsse geteilt, also hat dieser Ort eine Menge guter Laune.

Und bei dem, was ich zu besprechen habe, kann ich alle guten Glücksbringer gebrauchen, die ich bekommen kann.

Es ist eine angenehme Nacht, was das Fegefeuer angeht. Der Himmel ist grau, wie immer, aber es hat seit ein paar Tagen nicht mehr geregnet, so dass der Boden des Labyrinths trocken und weich ist. Wir halten uns an den Händen und schlendern durch die vertrauten Pfade. Seltsam, dass unsere Füße den direkten Weg zum

Brunnen in der Mitte des Labyrinths nehmen. Unser Kuss dort gehört wohl zu den Dingen, die man nie vergisst.

Wir gehen eine Weile schweigend weiter, und dann bricht Lincoln das Schweigen. "Danke."

"Für was?"

"Dass du diese Dinge zu Vater gesagt hast. Es bedeutet mir sehr viel, Myla. Ich nehme an, in mancher Hinsicht bin ich sehr thraxistisch. Keiner stellt den König in Frage."

"Nun, du hast mich dazu gebracht, ein wenig Innovation in dein Leben zu bringen."

Er gluckst leise. "Also, was ist dein Plan?"

"Wer sagt, dass ich einen Plan habe?"

"Ich habe einen. Vorhin in der Küche haben wir die Situation mit Adair besprochen. Deine Mutter fragte dich, ob dir noch andere Möglichkeiten einfielen. Du sagtest, dir fiele keine ein. Du hast das Handtuch geworfen, einfach so. Das glaube ich nicht eine Sekunde lang. Du hast eine andere Idee, aber du glaubst nicht, dass sie deinen Eltern gefällt."

Zum ersten Mal seit einer gefühlten Ewigkeit wird mir ganz warm ums Herz. Lincoln kennt mich zu gut, und das ist eine wunderbare Sache. "Hast du einen Myla 1x1 Kurs belegt oder so? Ich glaube nämlich nicht, dass ich so leicht zu lesen bin."

"Ich lerne es in meiner Freizeit." Er spitzt die Lippen. "Also, was ist das für ein Plan, der deinen Eltern nicht gefallen wird?"

"Vielleicht gefällt er dir auch nicht."

"Versuch es doch."

"Ich traue Adair, der Großen Scala, nicht über den Weg. Nicht einmal, um eine einzige Seele zu bewegen. Und ich glaube nicht, dass sie sich an einen Plan halten wird, den sie befolgt. Die Igni haben mich gewählt. Die Scala-Kräfte liegen in meiner Verantwortung, und ich werde es durchziehen. Ich muss mein Igni zurückbekommen, egal was passiert. Selbst wenn es mich mein Leben kostet."

"Sprich weiter."

"Jetzt, da Luzifers Reichsapfel sicher aus dem Fegefeuer gelangt ist, sind fast alle der Meinung, dass Adair zumindest eine Ikonenwanderung machen sollte. Meine Eltern. Deine Eltern. Das ganze Fegefeuer. Es gibt im Moment nicht viele, die auf meiner Seite stehen."

"Außer mir." Er reibt mit dem Daumen über meinen Handrücken.

"Das, und die Tatsache, dass ich hier bin. Verstehst du nicht?"

"Nicht ganz."

"Wenn Adair Seelen bewegen kann, wie sie sagt, warum stehe ich dann hier? Ich glaube nicht an diesen

Quatsch, dass sie ein Angebot ihres Vaters respektiert. Sie hasst mich. Außerdem ist es nicht so, dass Igni einen begrenzten Radius haben oder so, wie Adairs Fähigkeit, Dämonen und Thrax zu besitzen. Ich habe Dämonen aus dem halben Fegefeuer in die Hölle gezappt. Ich weiß, dass Adair dasselbe mit mir machen könnte, sogar von Antrum aus. Also, warum bin ich hier, halte deine Hand und bin noch am Leben?"

Lincoln nickt langsam. "Gutes Argument."

"Es gibt auch noch mehr. Ich glaube, Adair hat den Durus besessen. Jetzt stell dir vor, du hast einen knallharten Durus unter deiner Kontrolle. Du kannst ihn dazu bringen, alles zu tun. Aber was ist das Erste, wozu Adair ihn zwingt? Mich zu bitten, die Seele des Dämons in die Hölle zu bringen."

"Das ist ziemlich merkwürdig."

"Und später schleicht sie sich im Lagerhaus an mich heran. Sie könnte mein Igni nehmen oder sich den Reichsapfel schnappen. Aber was tut sie? Sie fordert mich auf, zu versuchen, sie in ihre Hölle zu schicken. Das führt alles zu einer Sache."

Ein langsames Lächeln umspielt Lincolns Mund. "Adair weiß nicht, wie du deine Kräfte einsetzen kannst."

"Bingo. Hey, ich habe ewig gebraucht, um meine erste Seele zu bewegen. Und ich habe gesehen, wie der alte Scala eine Menge Ikonenmigrationen gemacht hat."

"Ich erinnere mich. Du hast dich eine Weile gequält."

"Stimmt. Adair hat Igni noch nie in Aktion gesehen. Deshalb bittet sie mich immer wieder um eine Demonstration."

"Also, was denkst du?"

"Ich täusche es vor. Ich lüge Adair an. Ich sage ihr, dass ich ihr das Geheimnis verrate, wie man Seelen bewegt, wenn sie mir garantiert, dass sie meine in den Himmel schickt. Danach treffe ich mich mit ihr zu einem persönlichen Gespräch."

Lincoln hebt interessiert die Brauen. "Und was dann?"

Ein grimmiger Schauer kriecht meine Arme und Beine hinauf. "Hier wird es hässlich. Adair muss zustimmen, dass ich mein Igni zurückbekomme. Wenn sie das nicht tut", atme ich rasselnd ein. "Dann werde ich sie töten müssen. Nur so kann ich sicher sein, dass sie zu mir zurückkehren."

"Und du bist dir nicht sicher, ob du sie töten kannst."

"Oh, ich werde es tun, wenn ich es muss. Es ist nur so, dass ich bisher nur böse Seelen und Dämonen vernichtet habe." Ein bitterer Geschmack dringt in meine Kehle. Schon der Gedanke an dieses Thema ist ekelhaft. "Ein sterbliches Leben zu nehmen ist etwas anderes, das ist alles."

"Ich weiß." Lincolns Augen nehmen einen stählernen Ausdruck an.

"Hast du jemals einen anderen Sterblichen getötet?"

"Ja. Ich hatte Krieger, die auf Dämonenpatrouille besessen waren." Ein schmerzhafter Blick geht über sein Gesicht. "Es ist nie einfach." Er schüttelt den Kopf, als wolle er eine Erinnerung aus seinem Gedächtnis verdrängen. "Trotzdem hat Adair mehr als ein Dutzend Verratsdelikte begangen. Jede einzelne davon könnte mit dem Tod bestraft werden. Du würdest dem Henker einige Mühe ersparen."

Ich lache, aber es ist kein Humor darin. "Ich helfe gern."

"Und du willst das nicht mit deinen Eltern besprechen?"

"Auf keinen Fall. Sie werden nicht wollen, dass ich mein Leben riskiere, wenn Adair sagt, dass sie sich lieber mit anderen zusammen tut." Ich atme tief durch. Jetzt kommt die große Enthüllung. "Die Sache ist die. Ich weiß, wir hatten bis morgen früh Zeit, uns zu verabschieden. Aber wenn mein Plan funktionieren soll, muss ich heute Abend abreisen." Meine Stimme bricht, als ich die letzten beiden Worte sage. "Es tut mir leid."

Lincoln bleibt stehen, seine ungleichen Augen suchen mein Gesicht ab. Dieses Mal verdient sein unleserliches Gesicht den Namen wirklich. Ich habe keine Ahnung, was er denkt.

"Stimmt etwas nicht?" frage ich schnell. "Versuch gar nicht erst, mir das auszureden. Mein Entschluss steht fest."

"Nein, das ist es nicht. Ganz und gar nicht. Ich gehe mit dir."

Ich ziehe überrascht die Brauen hoch. "Das kann ich nicht von dir verlangen."

"Das tust du ja nicht. Und das ist keine Bitte. Es ist eine Tatsache. Ich werde mit dir gehen." Er nimmt meine beiden Hände in seine. "Ich möchte nicht König sein, wenn du nicht meine Königin bist. Die Chancen, dass du allein gegen Adair gewinnst, sind gering. Wenn das funktionieren soll, brauchst du Verstärkung."

Mein Puls schlägt schneller. Mit einem Krieger wie Lincoln an meiner Seite würden meine Chancen um ein Vielfaches besser stehen.

"Und du bist dir da absolut sicher?"

Er sieht mich aus seinem rechten Auge an. "Wenn du mich das weiter fragst, könnte ich beleidigt sein."

Ich kann mir ein Lächeln nicht verkneifen. Ich bin es gewohnt, allein in der Arena zu kämpfen. Kein Trainer. Keine Verstärkung. Keine freundlichen Gesichter, die mich von der Tribüne aus anfeuern. Lincoln in meinem Leben zu haben, macht mir bewusst, wie allein ich einmal war. Ein glückliches, sommerlich warmes Gefühl breitet sich in meinem Herzen aus. "Okay, du darfst mit."

Er zwinkert. "Wie großzügig von dir."

"Außerdem gibt es vielleicht eine Möglichkeit, dich vor ihr zu schützen. Du weißt schon, damit sie dich nicht in einen Dämon verwandelt. Ich muss zwar noch mehr bluffen und lügen, aber vielleicht kauft sie mir das ab."

"Was soll ich sagen? Ich liebe diesen Plan."

"Du weißt, dass wir das auch vor deinen Eltern verheimlichen müssen?"

"Offensichtlich!"

"Also, wie schleichen wir uns nach Antrum? Es ist immer sehr gut bewacht. Im Moment passen deine Eltern wahrscheinlich besonders gut auf, wer kommt und geht."

Lincoln reibt sich das Kinn, während er weitergeht. "Lass mich raten. Du willst Walker nicht fragen."

"Er hat seine Hintertürchen schon zu oft benutzt. Und er wird hier gebraucht, im Fegefeuer. Du weißt schon, falls der Plan schief geht." Und wir am Ende tot sind.

"Ich habe da vielleicht eine Möglichkeit. Du hast einmal ein altes, inaktives Pulpitum im Fegefeuer erwähnt. Da Acca die Kontrolle über alle Transferstationen hat, könnten wir auf diesem Weg nach Antrum gelangen. Meine Eltern überwachen es nicht, aber in der Transferzentrale haben sie ein Auge darauf. Und da das Pulpitum unter Accas Kontrolle steht, sollte Adair sofort von unserem Antrag erfahren. So könnten wir auch mit ihr in Kontakt treten. Sie soll wissen, dass wir reden wollen." Sein Mund verzieht sich zu einem gewinnenden Lächeln. "Wann brechen wir auf?"

"Jetzt sofort. Adair könnte jederzeit herausfinden, wie ich meine Kräfte einsetzen kann."

"Von mir aus. Wir fahren los."

20

Lincoln und ich gehen auf die Kanzel X zu, bereit für alles. Er trägt einen schwarzen Schutzanzug, ich trage meine Scala-Robe. Wir tragen beide unser Baculum.

Pulpitum X ist eine stillgelegte Umsteigestation im unteren Fegefeuer. Niemand hat den Ort benutzt, also haben wir ihn vor einem Jahrhundert geschlossen. Ich bezweifle, dass sie in den letzten fünfzig Jahren jemand betreten hat. Trotzdem sagt Lincoln, dass sie für den Notfallverkehr reaktiviert werden kann. Ich nehme an, dass die Situation mit Adair mehr als ein Notfall ist.

Im Inneren der Kanzel sieht es aus wie in allen anderen Umschlagstationen, ein dunkler und leerer Zylinder. Nur gibt es hier keine Wachen, und der Boden ist mit einer leichten Schicht aus totem Laub und Müll bedeckt. Wenn ich nicht genau wüsste, dass dieser Ort funktionieren kann, würde ich denken, er sei kaputt.

Lincoln spricht im Flüsterton. "Bereit?"

"So bereit wie es nur geht."

Ich verschränke meine Finger mit denen von Lincoln. Unsere beiden Hände zittern leicht, was ich seltsam beruhigend finde. Wir wissen beide, dass dieser Plan aus einer Reihe von fundierten, aber gewagten Vermutungen besteht.

Unsere erste große Vermutung kommt jetzt gleich.

Lincolns Vater hat zugegeben, dass Acca die Transferzentrale übernommen hat, die Zentrale für alle Bahnsteiganfragen und Weiterleitungen. Mit etwas Glück fangen Acca und Adair unsere Nachricht ab, bevor jemand unsere Anfrage an Lincolns Eltern meldet. Wenn Connor und Octavia mitbekommen, dass Lincoln in Antrum ist, werden sie ihn im Handumdrehen an den Grafen von Acca ausliefern. Eventuell noch schneller. Wir müssen uns reinschleichen, ohne dass sie es merken.

"Aktiviere Notfallstation. Lincoln Vidar Osric Aquilus." Ein Gitter aus weißen Lasern schießt durch den Raum und führt einen schnellen Körperscan durch.

Die gleiche sanfte Frauenstimme hallt durch die Station. "Identität bestätigt." Engelsfeuer erhellt die schalenartigen Leuchter, die den Raum umschließen.

Die Helligkeit wird von der Metallscheibe in der Mitte des Bodens reflektiert.

Es folgt eine lange Pause. Lincoln und ich tauschen einen nervösen Blick aus. Wird unser Plan gestoppt werden, bevor er überhaupt begonnen hat?

Die Frauenstimme spricht wieder. "Was ist euer Ziel?"

"Die Große Scala und ich möchten mit Lady Adair sprechen, wo immer sie auch ist. Alleine. Es darf keine Aufzeichnungen über unseren Besuch geben. Niemand außer Adair darf davon erfahren. Wir wollen, dass dies in aller Stille geschieht."

"Einen Moment, bitte." Es folgt eine weitere Pause, während jemand zu Lady Adair geht, um nachzufragen. "Prinz Lincoln ist für die Verlegung freigegeben."

Eine vertraute Stimme knistert in der Leitung. "Sagen Sie ihm, dass ich froh bin, dass er endlich zur Vernunft gekommen ist."

Keine Frage, wer das ist. Adair.

Der Transferagent spricht wieder. "Ich soll Ihnen dazu gratulieren, dass Sie wieder zur Vernunft gekommen sind."

Ich atme einen Atemzug aus, von dem ich nicht wusste, dass ich ihn angehalten hatte. Die Transferstation hat Adair in der Leitung, allein. Das heißt, sie ist in Antrum. Uff. Und was noch besser ist, sie leitet ihre eigene Show, getrennt von ihrem Vater. Ich ziehe die Schultern hoch und bereite mich auf die nächste Phase unserer Operation vor.

Jetzt geht's los. Ratschlag Nummer zwei. Der Knackpunkt meines Plans. Mein Schwanz klopft nervös auf meinen Oberschenkel.

Ich schlendere um die Kanzel herum und achte darauf, meine Stimme locker und selbstbewusst zu halten. "König Connor sagte mir, dass Lady Adair Seelen bewegen kann. Und natürlich werden die Igni ziemlich leicht erscheinen. Man kann sie sogar dazu bringen, Himmel und Hölle von selbst zu besuchen." So weit ist das alles wahr. "Aber man kann keine Seele bewegen, wenn man nicht jede einzelne hat."

Bomben weg. Das war eine fiese, Mega Lüge. Adair hat jede Menge Igni, aber ich wette, sie weiß nicht, wie man sie benutzt.

Es folgt eine weitere lange Pause. Der Wind stöhnt durch den Eingangsschlitz des Pulpitums. Mein Herz schlägt so heftig, dass ich das Rauschen meines Pulses hören kann. Lincoln und ich stehen regungslos da.

In der Leitung ertönt ein undeutliches Geplapper. Adair spricht wieder, aber ich kann ihre Worte nicht verstehen.

Die weibliche Transferagentin spricht noch einmal. "Was ist der Zweck Ihres Besuchs?"

Wuhuuuuu. Erleichterung und Aufregung durchströmen mich. Adair kauft mir meine Lüge ab. Sie glaubt wirklich, dass sie mein ganzes Igni braucht. Und sie fragt nach dem Zweck meines Besuchs? Das bedeutet, dass sie wissen will, was ich bereit bin, für sie einzutauschen. Obwohl ich weiß, dass Adair mithört, tue ich so, als ob ich sie nicht hören könnte. Wer weiß? Wenn sie nicht weiß, dass ihre Stimme live ist, plappert sie vielleicht etwas Nützliches im Hintergrund.

"Bitte sagen Sie Adair, dass wir jahrelang Katz und Maus spielen können, während sie versucht, den letzten Rest meiner Kräfte zu bekommen. Aber es gibt Millionen von Seelen, die in den nächsten vierundzwanzig Stunden bewegt werden müssen. Ich will einen Handel machen. Ich gebe Adair mein Igni, und sie verspricht mir, alle Seelen des Fegefeuers zu bewegen, wie es die Gerichtsurteile vorschreiben, mich eingeschlossen, wenn ich bereit bin."

In der Leitung ist ein Rauschen zu hören, gefolgt von einer schnellen Antwort des Agenten. "Sie sind beide für den Transfer akzeptiert. Treten Sie auf den Bahnsteig."

Mein Herz wird leichter. Adair hat bei der letzten Bitte sehr schnell nachgegeben. Sie muss inzwischen völlig durchgedreht sein. Wahrscheinlich versucht sie schon seit Stunden erfolglos, die Seelen zu bewegen. Ich bin sicher, dass sie das kreischende Rockkonzert in ihrem Kopf auch ziemlich satt hat. Meine Vermutungen fügen sich zusammen.

Hier kommt die letzte.

Ich verschränke die Arme vor der Brust. "Nicht so schnell. Ich habe eine letzte Bedingung. Adair darf während unseres Besuchs keinen Besitz von Lincoln ergreifen. Wenn ich auch nur ein Aufflackern von Dämonenrot in Lincolns Augen sehe, zappe ich den Rest meiner Igni in den Himmel, wo sie sie nie mehr zurückbekommen wird. Mein Vater wird sie direkt neben Luzifers Reichsapfel aufbewahren, bis in alle Ewigkeit, oder zumindest bis Adair mausetot ist. Haben wir uns verstanden?"

Was für ein unverschämtes Bündel von Lügen. Ich vermute, dass Adair nicht genug über Igni weiß, um zu erkennen, was für einen Haufen Mist ich ihr gerade aufgetischt habe. Ich kann mein Igni in den Himmel oder die Hölle schicken, klar. Aber niemand außer der Scala kann sie wirklich aufhalten.

Die Stille wird regelrecht lästig. "Ich sagte, haben wir eine Abmachung?"

"Ja. Steigen Sie auf die Plattform."

"Ausgezeichnet." Ich gebe mein Bestes, um zuversichtlich zu klingen, aber ich werde nicht wirklich wissen, ob mein Bluff funktioniert hat, bis wir unser Ziel erreicht haben. Sobald wir die Umladestation in

Antrum erreicht haben, sollte Lincoln nahe genug an Adair sein, dass sie ihm die Dämonenaugen machen kann, wenn sie will.

Ein neuer Adrenalinstoß trifft mich. Es passiert, es passiert wirklich.

Lincoln und ich durchqueren den Raum, stellen uns auf die Metallscheibe und legen uns gegenseitig die Arme auf die Schultern.

Es ist Zeit zu gehen.

Wie zuvor gibt Lincoln seinen Befehl an das Navigationssystem. "Transfer auf mein Zeichen starten. 3, 2, 1."

Mit einem Dröhnen rast die Plattform durch die Decke auf eine Achterbahnfahrt zur Erdoberfläche. Wir rasen durch Felsen, Wasser und Erde und schlingern, während unsere Plattform unbeweglichen Objekten ausweicht. Kurze Zeit später tauchen wir in einem anderen verlassenen Pulpitum auf. Diese befindet sich in einer geschwärzten Höhle mit ein paar mickrigen grauen Deckenkristallen, die als Licht dienen. Die Umsteigestation ist halb in Schutt und Asche gelegt, mit Flechten bedeckt und mit Schildern mit der Aufschrift Mercor-Tempel" versehen.

Wir sind da.

21

Lincoln und ich verlassen die Plattform des Pulpitum in Antrum. Eine riesige Höhle umgibt uns, die komplett aus dunklem Stein besteht. Der Boden ist mit uralten Bäumen und einem halb verfallenen Tempel übersät. Jetzt, wo wir angekommen sind, verzehrt mich ein Gedanke.

Meine letzte große Lüge gegenüber Adair war, dass ich mein Igni in den Himmel zappen könnte, wenn sie Lincolns Geist übernehmen würde. Hat sie mir das abgekauft? Oder hat sie nur "Ja" gesagt, um Lincoln ihre Kräfte näher zu bringen?

Ich drehe mich zu Lincoln um, nehme sein Gesicht in meine Hände und atme erleichtert aus. Seine Augen sind immer noch unpassend. Kein dämonisch rotes Glühen. Adair hat mir meine Geschichte voll abgekauft.

Ich habe die Ghule noch nie zu schätzen gewusst, aber Mann, in diesem Moment schon.

Danke, oh Ghule, dass ihr so gründlich jedes letzte Fitzelchen Information über die Große Scala vernichtet habt. Ihr habt es möglich gemacht, dass ich mir heute den Wolf lügen kann.

Ein Dutzend Acca-Wachen stehen in einem Halbkreis um uns herum. Keiner von ihnen hat rote Augen, also helfen sie Adair aus freien Stücken. Verräter. Noch mehr Gesichter für meine Liste der zu Vernichtenden, wenn und falls wir hier rauskommen.

Der Acca-Kapitän grunzt Lincoln und mich an und wir folgen ihm von der Transferplattform weg zu einem langen, zerklüfteten Felsvorsprung. Dort hebt der Kapitän seinen Arm. Unsere Gruppe hält inne.

Alle Wachen starren Lincoln und mich an, ihre Augen sind von begierigem Abscheu erfüllt. Die Luft hängt schwer vor Erwartung. Wie Rauch schnürt sie meine Lunge ein und erschwert das Atmen. Mein Schwanz windet sich hinter mir, wie eine Kobra, die darauf wartet, zuzuschlagen.

Ich hasse Momente wie diesen. Wir sind in der großen Pause vor einer noch größeren Schlacht gefangen. Fangt schon mal an.

Ich beuge mich vor und schaue mir das Gelände jenseits des Steinsockels an. Ein steiler Abhang geht hinter uns hinunter. Am Fuße dieses Abhangs öffnet sich ein breites Tal. Der schattige Raum wird von einer riesigen, verfallenen Ruine ausgefüllt.

Ich stelle mir das Schild vom Pulpitum vor. Mercor-Tempel. Dies ist der Ort. Hier werden die Dinge mit Adair enden, so oder so.

Der Kapitän streckt seine Hände aus. "Baculum."

Okay, ich wusste, dass es sehr unwahrscheinlich ist, dass wir unsere Waffen behalten dürfen, aber ich hasse es trotzdem, mein Baculum diesem Trottel zu überlassen. Lincoln hat es mir geschenkt, und ich hüte es sehr. Ich merke mir schnell, wo der Kapitän unsere Sachen aufbewahrt, nämlich auf der linken Seite seines Mantels. Anhand von Lincolns Blick kann ich erkennen, dass er das Gleiche tut.

"Auf geht's." Der Kapitän marschiert den Abhang zum Tal hinunter. Lincoln und ich folgen ihm.

Im schwachen Licht sieht der Tempel wie ein quadratisches Gerüst aus zerbrochenem grauem Stein aus. An einigen Stellen sind große Bäume durch den zertrümmerten Felsen gewachsen. Der Boden ist feucht und riecht faulig.

Auf der anderen Seite der Szene steht Adair auf einer hölzernen Bühne, die an der gegenüberliegenden Wand des Tempels aufgebaut ist. Ich rolle mit den Augen. Toll, noch mehr Dramatik. Sie trägt zu diesem Anlass ihre gefälschten Scala-Roben, was mich wütend macht. Die Acca-Wache führt uns, bis wir direkt vor der Bühne stehen. Der Winkel zwingt mich, zu ihr hinauf zu starren. Nicht meine Lieblingsansicht.

Aus der Nähe betrachtet ist die Bühne kaputt und verdorben, wie alles andere hier. Die schwarze Farbe ist schon lange abgeplatzt und zeigt das darunter liegende Holz, das gelb vor Schimmel ist.

Adair mustert uns alle der Reihe nach und lächelt. "Seid gegrüßt."

Vater sagt immer, dass man im Kampf die Initiative ergreifen muss und niemals loslassen darf. Hier kommt also meine Initiative.

Ich springe auf die Bühne. "Lassen wir die Höflichkeiten beiseite", sage ich. "Haben wir eine Abmachung, Adair? Sie bewegen die Seelen so, wie das Fegefeuer sie sortiert - mich eingeschlossen - und ich gebe Euch den Rest meines Igni."

Adair blickt ängstlich zu ihrem Wächter. Es gefällt ihr nicht, so nah bei mir zu sein, während sich die Soldaten außerhalb der Reichweite der Kämpfer befinden. Sie hat auch Recht, sich Sorgen zu machen. Ich bin im Lagerhaus sehr vorsichtig mit ihr umgegangen. Sie hat keine Ahnung, wozu ich fähig bin.

"Nun, Adair?"

"Einverstanden."

"Gut. Wollen Sie den Rest von meinem Igni?" Ich drehe meine Handflächen so, dass ich sie direkt ansehen kann. "Kommen Sie und holen Sie sie. Ich sagte, ich würde sie Ihnen geben. Ich habe nicht gesagt, dass ich es Ihnen leicht machen würde."

Adair sieht unsicher aus.

"Kommen Sie schon", fahre ich fort. "Sie haben es schon einmal getan, im Lagerhaus. Sie haben jetzt dämonisches Blut in sich. Sicherlich haben Sie keine Angst vor mir." Ich gestikuliere in Richtung Lincoln. "Und als zusätzlichen Bonus könnten Sie das letzte meiner Igni direkt vor Sie-wissen-schon-wem einfordern. Das muss Euren inneren Psycho doch glücklich machen. Es ist ein sehr gutes Angebot."

Adair zögert immer noch. Zeit, die großen Geschütze aufzufahren.

Ich drehe mich zu Lincoln und rolle mit den Augen. "Ich habe es dir gesagt. Sie hat nicht das Zeug dazu, über eine Bühne zu gehen, geschweige denn Königin der Thrax oder die Große Scala zu werden. Du solltest dich für mich entscheiden."

Damit hat Adair den Köder endlich geschluckt. Ihre Augen leuchten dämonisch auf, als sie auf mich zustürmt und mit ihrer Schulter direkt auf meinen Bauch zielt, genau wie damals im Lagerhaus. Nur bin ich damals gestürzt, damit wir ihr ein Geständnis entlocken konnten. Dieses Mal habe ich andere Pläne.

Lincoln sieht seine Chance und springt in Aktion. Er packt den Kopf des Acca-Kapitäns und verdreht ihn, bis das Genick bricht. Als der Mann fällt, greift Lincoln in den Waffenrock des Kapitäns und schnappt sich sein Baculum.

In der Zwischenzeit lasse ich zu, dass Adair mir ihre Schulter in den Bauch rammt und mich auf den Boden schleudert, genau wie sie es im Lagerhaus getan hat. Neue Krieger verwenden immer wieder die gleichen Angriffe, solange sie in der Vergangenheit funktioniert haben. Ein totaler Anfängerfehler.

Ich lasse meinen Kopf auf den Boden knallen und liege dann still. Ich bin noch nie k.o. geschlagen worden, aber ich habe das schon oft mit anderen Leuten gemacht, also habe ich eine ziemlich gute Vorstellung davon, wie das aussieht.

Adair geht vor meinem liegenden Körper hin und her, ein böses Lächeln auf dem Mund.

Aus meinen halb geschlossenen Augen sehe ich, wie Lincoln vor der Bühne kämpft, sein Baculum in zwei Kurzschwerter verwandelt, während er auf die Acca-Wachen losgeht. Sie haben ihn umzingelt, aber deren Vorgehensweise eignet sich perfekt für einen Gegenangriff mit dem Kurzschwert. Im Moment sieht es nicht danach aus, aber ich gebe all diesen Kriegern noch etwa zwei Minuten zu leben.

Adair fuchtelt mit ihren Händen vor den Wachen herum. "Seid vorsichtig, jetzt! Tut ihm nicht weh. Ich will, dass er sicher und lebendig nach Acca zurückgebracht wird." Sie kichert leise. "Ich habe versprochen, ihn nicht zu besitzen, aber ich habe nie gesagt, dass eine Gefangennahme nicht in Frage kommt."

Ich blinzle wild mit den Augen, als würde ich gerade wieder zu mir kommen. Adair sieht die Bewegung und stürzt sich auf meinen Oberkörper. Während sie sich über meinen Brustkorb spreizt, presst Adair ihre Handflächen gegen meine und drückt meine Hände fest auf den Boden. Ich mache eine große Show daraus, mich unter ihr zu winden, als ob ich nicht aufstehen könnte.

Als Adair das nächste Mal spricht, ist ihr Mund nur Zentimeter über meinem. "Jetzt werdet Ihr sehen, wie der Tod aussieht."

Das glaube ich nicht.

Ich befehle meinem Schwanz, sich zu bewegen. Er schwingt sich hoch, die Pfeilspitze zu einer Faust geballt. Blitzschnell stürzt er sich in die Tiefe und trifft Adair mitten in den Bauch. Die Wucht meines Schlages schleudert sie quer über die Bühne. Adairs Kopf knallt mit solcher Wucht auf den Holzboden, dass die Bretter splittern und brechen. Sie liegt auf dem Rücken, unbeweglich. Ich springe auf die Beine und mustere Adair.

"So sieht eine Gehirnerschütterung aus."

Ich renne zu Adairs Körper hinüber. In der Zwischenzeit hat Lincoln die Wachen erledigt, also springt er auf die Bühne, um dasselbe zu tun. Lincoln kniet sich neben Adair und legt seine Finger an ihren Hals. "Sie lebt, ist aber bewusstlos." Er wirft mir mein Baculum zu.

Ich knie ebenfalls neben Adair nieder. "Jetzt warten wir darauf, dass sie aufwacht und zur Vernunft kommt."

Lincoln zieht seine rechte Augenbraue hoch. "Glaubst du wirklich, dass das passieren wird?"

"Auf keinen Fall. Wir werden sie um mein Igni bitten, sie wird nein sagen, und dann..." Ich möchte nicht über den Teil mit dem Töten sprechen, aber wir wissen beide, dass das das wahrscheinlichste Ergebnis ist.

Lincoln reibt sich nachdenklich das Kinn. "Ich glaube nicht, dass sie Vernunft annehmen wird, aber sie könnte der Tradition folgen."

"Ich höre zu." Niemand kennt die Macht von Tradition, Regeln und Gehirnwäsche besser als ich. Ich sehe sie jeden Tag.

"Seit unserer Begegnung in den Geistertürmen habe ich überlegt, wie ich am besten an Adair herantreten soll. Das letzte Mal habe ich ihr befohlen, mit mir zu sprechen. Aber ich glaube, es gibt ein höheres Ritual, das ich anrufen kann."

"Du meinst, wie eine Thrax-Zeremonie oder so?"

"Ganz genau. Sie und ihr Haus haben Rixa einen Treueeid geschworen. Wenn ich sie im Namen dieser Eide um etwas bitte, kann sie es mir nicht abschlagen. Zumindest theoretisch."

Mein Schwanz macht eine stechende Bewegung in Adairs Brust. Ich schlage mit der Pfeilspitze zu. "Runter, Junge. Wir werden zuerst mit ihr reden." Ich richte meine Aufmerksamkeit auf Lincoln. "Nur zu. Versuch's mal."

Lincoln legt seine Hand sanft auf ihren Oberarm. "Adair?"

Ihre Augen flattern auf. "Lincoln."

"Bin ich Euer Prinz?"

"Ja."

"Werdet Ihr Euren Eid auf mein Haus und meinen Titel erfüllen, wie Ihr und Eure Vorfahren es vor Euch getan haben?"

Adair starrt ihm einen Moment lang ins Gesicht. "Ich weiß es nicht."

Mein Atem stockt mit einer Mischung aus Überraschung und Freude. Sie denkt darüber nach. Sie erwägt tatsächlich, sich an ihre Eide zu halten. Ich nehme all das böse Zeug zurück, das ich über die Thrax-Anbetungszeremonie gesagt habe. Los, Tradition!

Lincolns Stimme nimmt einen stählernen Ton an. "Ich bin Euer Prinz. Ihr habt diese Gelübde abgelegt, weil Ihr seine Bedeutung kennt. Werdet Ihr sie jetzt ehren?"

"ICH... ICH..." Adair krümmt sich zusammen, ihr Körper krümmt sich vor Schmerz.

Lincoln lehnt sich näher an sie heran. "Ihr könnt Euren Titel behalten. Bleibt die Große Dame Eures Hauses. Wenn Ihr Myla ihre Kräfte zurückgibst, wird Euch alles vergeben."

"Nein, nein, nein." Adair rollt ihren Körper zu einem noch engeren Ball zusammen. "Es ist zu früh, um zu bezahlen."

Ich erinnere mich, dass Adair dasselbe im Lagerhaus gesagt hat, als wir sie gefangen genommen haben, und dann später auf dem Willkommensball. "Sie hat schon einmal darüber gesprochen. Etwas darüber, dass man für alles einen Preis bezahlen muss."

Lincoln spricht lauter. "Was ist los, Adair? Vielleicht kann ich helfen."

Mit einem wilden Stöhnen wirft Adair ihre Arme und ihren Kopf zurück, ihre Wirbelsäule verdreht sich in einem schmerzhaften Bogen hinter ihr. "Zu früh gefreut!" Blitzschnell verdreht sich ihr Körper und streckt sich vor uns in die Länge. Ihre Glieder werden schlaksig, ihre Finger strecken sich, bis sie drei dicke Knöchel haben. Ich schnappe regelrecht nach Luft.

Unheilige Hölle. Adair verwandelt sich in Armageddon.

Aber während das Fleisch des Höllenkönigs schwarz und glatt wie Stein ist, hat diese fusionierte Version eine menschenähnliche Haut, die grau gefärbt ist. Adairs Scala-Robe verwandelt sich ebenfalls in einen anthrazitfarbenen Smoking. Er ist fast identisch mit dem, den der König der Hölle immer trägt.

Das muss die Zahlung sein, die Adair zuvor erwähnt hat. Sie hat einen Deal mit Armageddon gemacht. Es macht absolut Sinn. Wenn man dämonische Kräfte erlangen will, gibt es niemanden, der stärker ist als der König der Hölle. Und Armageddon ist nicht der Typ, der etwas aus reiner Herzensgüte tut. Es würde sicherlich einen Preis haben.

Der reformierte Armageddon stochert in seinem Magen herum. "Ich war damit beschäftigt, ein paar Seraphim zu foltern, als du dich entschlossen hast, unsere Abmachung zu vereiteln. Du denkst tatsächlich darüber nach, dein Igni zurückzugeben, nach allem, was wir durchgemacht haben? Trauriger kleiner Thrax." Er runzelt die Stirn. "Allein der Gedanke daran hat mich dazu gebracht, meine Schulden vorzeitig einzutreiben, und ich ändere nicht gern meine Zeitpläne. Ich hatte nicht vor, diese abscheuliche Form anzunehmen, bis du ein oder zwei Seelen bewegt hast."

Armageddon blickt auf. Seine Gesichtszüge erstarren vor Schock, als würde er Lincoln und mich zum ersten Mal wahrnehmen. "Obwohl, wenn ich die Situation sehe, werde ich meine Meinung ändern. Gute Arbeit, Adair."

Ich zünde mein Baculum an. "Du darfst nicht hier sein. Ich habe dich in die Hölle gesperrt."

"Nun, technisch gesehen bin ich nicht hier. Ich bin immer noch in der Hölle. Die kleine Thrax hat ihre Seele für eine Phiole meines Blutes an mich verkauft." Er faltet seine Hände und betrachtet seine Nägel. "Ich nehme nur ihren Geist vorzeitig in Besitz, sozusagen."

"In Besitz genommen." Das Wort hallt in meinem Kopf nach. "Sobald Adair also ein paar Seelen bewegt hat, würdest du in Adair einziehen."

"Jetzt verstehst du es. Ist dir nie in den Sinn gekommen, was?" Er verschränkt seine drei verschränkten Finger unter seinem Kinn. "Ich liebe es, wenn ich brillant bin. Mit der Macht der Scala kann ich die Nachwelt erobern. Also, worüber habt ihr drei euch unterhalten?"

"Adair braucht den Rest meiner Igni. Sie werden alle benötigt, um eine Ikonenwanderung durchzuführen."

"Wirklich? Und ich dachte, sie sei außergewöhnlich leichtgläubig, um ihre Seele so schnell an mich zu verkaufen. Nein, meine liebe Ex-Scala, ich weiß, wie Igni funktionieren. Ich habe mit meinem Sohn genug Ikonen gesehen, um ein Leben lang zu überleben." Ein zu breites Lächeln zieht sich über sein langes, schmales Gesicht. "Jetzt möchte ich dir deine neue Unterkunft in der Hölle vorstellen. Ich hoffe, sie gefällt dir." Armageddon schließt die Augen und Igni erscheinen um seine Hände.

Hells Bells. Armageddon ist im Begriff, uns mit meinen Igni in die Hölle zu bringen. Mit der Kontrolle über meine Scala-Kräfte wird es ihm leicht fallen, alle Nachweltreiche zu seinen Füßen zu haben.

Denk nach, Myla, denk nach, denk nach.

Die Sekunden vergehen, bis die Erkenntnis endlich kommt.

Das ist nicht Armageddon, wirklich. Der König der Hölle ist ein unsterblicher größerer Dämon, der für immer weggesperrt ist. Das ist Adair. Und sie ist so sterblich, wie man nur sein kann.

Mir läuft es eiskalt den Rücken runter. Aber den König der Hölle zu zerstören bedeutet, Adair zu töten. Weitere Igni wirbeln Armageddons Arme hoch und bereiten sich darauf vor, eine Seelensäule zu bilden. Eine traurige Tatsache sickert durch meinen Verstand.

Das ist nicht mehr Adair. Sie ist schon lange weg. Es ist Armageddon.

Ich wende mich an Lincoln. "Das endet jetzt."

"Einverstanden."

Im Gleichschritt zünden wir unsere Baculum als Breitschwerter und stürmen auf die verschmolzene Form von Armageddon und Adair zu. Wir senken unsere Waffen in einem koordinierten Bogen und schneiden Armageddons veränderten Kopf ab, wobei unsere Bewegungen geschmeidig wie Scheren sind. Der besessene Körper fällt nach vorne auf den Boden, leblos. Noch immer in seiner Armageddon-ähnlichen Gestalt liegt der Kadaver auf dem Bauch, der abgetrennte Kopf ruht knapp über den Schultern.

Ich starre auf die liegende Leiche, ein schrecklicher Schauer kriecht über meine Haut. Ich habe Adair getötet. Nicht noch eine böse Seele oder einen üblen Dämon. Eine Sterbliche. Sicher, sie war mit Armageddon verschmolzen und im Begriff, die Nachwelt zu erobern, aber trotzdem. Es ist eine schreckliche Sache, Leben zu zerstören.

Ich knie mich neben sie und falte die Hände in meinem Schoß. Ein stechendes Gefühl der Schuld windet sich langsam meine Kehle hinauf. Stück für Stück klettert es hoch, bis es meinen Mund vor Schmerz verzieht und meine Augen mit Tränen füllt und brennt. Ich wollte mich nie in Lincoln verlieben oder die Große Scala werden, und das ist alles, was Adair je wollte. Jetzt habe ich sie umgebracht. Wie konnte es nur so weit kommen?

Lincoln legt seinen Arm um mich und zieht mich wieder auf die Beine. "Du musst dich abwenden, Myla."

"Ich kann nicht. Noch nicht."

Er stellt sich vor mich und versperrt mir die Sicht auf Adair. "Was auch immer mit dir, Adair und deinem Igni passiert ist, es hat in der Geschichte der Nachwelt noch nie stattgefunden. Hier gibt es keine Regeln oder Garantien, Myla. Du musst deine Kräfte zurückbekommen, sofort."

Meine Augen weiten sich vor Schreck. Ich hatte immer angenommen, dass mein Igni zurückkehren würde, wenn Adair weg ist. Das überraschte Gefühl verwandelt sich in Adrenalinschübe und Panik. Es ist wahr. Meine Kräfte könnten stattdessen leicht an einen neuen Scala-Erben gehen. Und ich muss morgen früh als Erstes eine Ikonenwanderung durchführen.

Ich entferne mich von Adair und suche mir einen ruhigen Platz unter einem alten, gewölbten Baum. Ich schließe meine Augen und strecke die Hand nach meinem Igni aus. "Hey, Leute."

Ich halte inne und warte auf die süße Musik oder das

kakophonische Geschnatter, das bedeutet, dass sie meine Aufforderung gehört haben.

Aber da ist nichts. Nur Stille.

Ein neuer Anflug von Panik durchfährt mich. Jeder Muskel in meinem Körper scheint sich vor Sorge zusammenzuziehen.

Ich bitte dich. Ich habe noch ein paar Igni übrig. Nicht viele, aber genug, um auf meinen Ruf zu antworten. Inzwischen sollten zumindest ein paar Igni-Stimmen in meinem Kopf widerhallen. Mein Magen dreht sich vor Angst um. Unheilige Hölle, was, wenn Adair, als sie meine Igni nahm, sie für immer von mir trennte?

Ich lege meine Handflächen auf meine Augen und drücke fest zu. "Wo seid ihr?"

Immer noch keine Antwort.

Ich konzentriere mich tief auf mein Inneres und finde die Leere und den Kummer, wo einst die Macht meine Seele erfüllte. Ich spüre eine Handvoll Igni, die sich dort verstecken. Verängstigt. Verloren. Verletzt. Sie sind selten von einander getrennt, geschweige denn von ihrer gewählten Scala. Ich habe noch nie darüber nachgedacht, aber es war mutig und schrecklich von ihnen, mich für Adair zu verlassen.

Die wenigen Igni, die mir noch geblieben sind, singen mir jetzt ein leises Lied und erzählen mir, wie ihre Brüder und Schwestern in der Dunkelheit verloren sind. Verlassen. Verängstigt. Getrennt.

Ich hebe meine Arme, schließe meine Augen und beginne, zu ihnen allen zu sprechen. "Ich bin hier, meine Kleinen. Findet mich. Meine Seele ist euer Zuhause."

Die Musik in meinem Kopf wird lauter. Eine elektrische Ladung erfüllt die Luft. Meine Kräfte kommen jetzt näher und sammeln sich unsichtbar in der Höhle um mich herum. Die Aufregung lässt mein Herz schneller schlagen.

Ich strecke die Hand nach meinem Igni aus, mit all der Liebe in meinem Herzen. "Kommt zurück zu mir und ich werde euch nie wieder gehen lassen, nicht solange ich noch Atem in meinem Körper habe. Ihr seid meine Kinder. Ich bin eure Scala. Hört mich an."

Dieses Mal hören sie meinen Ruf und wie. Sofort erscheinen sowohl helle als auch dunkle Igni, die Kräfte, die die Seelen in den Himmel und die Hölle ziehen. Die dunkle Höhle wird blendend hell, während Millionen von winzigen Blitzen in der Luft schweben. Freude pulsiert durch meinen Blutkreislauf.

Das ist's. Kommt nach Hause.

Mit einem ohrenbetäubenden Knall bewegen sich die Igni in einem Netz aus Blitzen auf mich zu und zielen alle auf meine Hände, auf den Punkt, an dem sie ursprünglich zu Adair gezogen wurden. Als die Igni durch meine Handflächen wieder eindringen, wird jede Zelle meines Körpers mit Kraft und Macht durchflutet. Meine Haut leuchtet mit ihrer Energie. Ein Gefühl von Glückseligkeit und Frieden überkommt mich. Meine zurückgekehrte Kraft zieht mich nach oben und hebt meinen Körper ein paar Meter vom Boden ab. Lichtstrahlen schießen aus meinen Fingerspitzen, Augen und Beinen und schicken einen weiteren Lichtblitz durch die Höhle.

Ich lande wieder auf meinen Füßen und fühle mich großartig. Die Kraft ist zu ihrem Nistplatz in meiner Seele zurückgekehrt. Ich schlinge meine Arme um Lincolns Hals; er wirbelt uns herum und lacht.

Ich lehne meinen Kopf zurück und beobachte, wie die graue Decke über mir wirbelt. Auch mich durchströmt eine Mischung von Gefühlen. Da ist das Hochgefühl des Sieges, das entzückende Feuer der gemeinsamen Liebe und die beruhigende Gelassenheit, dass ich mein Igni wieder habe. Es ist ein Moment, den ein Teil von mir in Ehren halten und für immer wieder erleben wird.

"Was für ein Team." Lincoln stellt mich wieder auf die Beine und lächelt auf eine Weise, die mich durch und durch wärmt. "Und jetzt kommt der spaßige Teil."

22

Ich schreite durch einen langen Steinkorridor, der sich zum Boden der Arena hin öffnet. Ich gehe gerne auf und ab, wenn ich nervös bin, und heute bin ich ziemlich aufgeregt. Aber es ist keine schlechte Art der Beunruhigung. Meine erste Ikonenwanderung wird in wenigen Minuten beginnen, und ich bin schon ganz hippelig.

In der Nähe warten alle Senatoren des Fegefeuers in ordentlichen Reihen, bereit, auf den Boden der Arena zu betreten. In der Arena sind die Tribünen für die Zeremonie voll besetzt. Das leise, fröhliche Gebrüll der Menge erinnert mich an meine alten Kampftage. Es ist so schön, wieder in der Arena zu sein.

Auch meine Freunde und Familie stehen dicht an dicht. Mama in ihrem lilafarbenen Kostüm und ihrer

Amtsschärpe, Xavier in seiner Rüstung mit den ausgestellten Flügeln, Walker in seiner langen schwarzen Ghul-Robe, Cissy in ihrem Senatoren-Outfit und Lincoln in seinem klassischen Prinzen-Ensemble. Was mich betrifft, so trage ich meine Scala-Robe und grinse von einem Ohr zum anderen.

Erste Ikonenwanderung. Ich kann es kaum erwarten.

Cissy eilt auf mich zu, ihre lilafarbene Senatorenrobe wiegt sich mit ihren schnellen Schritten. Sie umarmt mich ganz fest. "Ich bin so stolz auf dich, Quasi-Mädchen." Sie winkt den Alchemisten zu, die die Geste erwidern. "Sie sind übrigens ganz aufgeregt, weil sie bei der Zeremonie dabei sein dürfen."

"Aber natürlich. Ohne sie hätten wir es nicht geschafft. Oder ohne dich." Ich küsse sie auf die Wange.

"Jederzeit, Quasi-Mädchen." Sie tritt zurück und richtet ihre Robe. "Kannst du in zwei Minuten fertig sein?"

"Sicher."

Cissy rennt davon, während Lincoln sich hinter mich schleicht. Er legt seine langen Arme um meine Taille und spricht leise in mein Ohr. "Du siehst umwerfend aus."

"Danke." Ich reibe meine Handflächen gierig aneinander. "Ich kann nicht glauben, dass es hier ist. Meine erste Ikonenwanderung." Die meisten der gelagerten

Seelen hatten bereits die Prüfung durch die Geschworenen oder die Prüfung durch den Kampf hinter sich. Jetzt, da der Reichsapfel weg ist, kann ich sie dorthin bringen, wo sie nach dem Urteil hingehören, und das ist meistens der Himmel. Es gibt jedoch eine Ausnahme.

Adair.

Obwohl sie ihre Seele an Armageddon verkauft hat, kann ich immer noch versuchen, sie in den Himmel zu schicken. Das ist nicht einfach, aber ein starker Scala kann bestimmte magische Bindungen einer Seele außer Kraft setzen. Nur wenige Dinge sind so mächtig wie Luzifers Reichsapfel, und ich habe Armageddon in der Vergangenheit besiegt, also besteht eine gute Chance, dass ich seine Macht über Adair brechen kann.

Lincoln küsst sanft meinen Kopf. "Willst du Adair immer noch zur Befragung zurückhalten?"

"Machst du Witze? Auf jeden Fall."

Ich bin bereit, darauf zu wetten, dass Adair eine Ewigkeit im Himmel gegen Hilfe bei unseren Ermittlungen gegen Acca eintauschen würde. Die Übernahme der Transportplattformen, der Verlust der Verlobungsjuwelen, die Bereitstellung von Wachen im Mercor-Tempel... Adair hat nicht allein gehandelt. Nun brauchen Lincoln und ich nur noch die Informationen.

Draußen im Stadion stimmt das Orchester die Prozession an. In unserer Halle beginnen alle Würdenträger des Fegefeuers, auf den Boden der Arena zu marschieren: Senatoren, Alchemisten, Cissy, meine Eltern, Walker, Lincoln und ich. In Formation überqueren wir das Gelände und bilden einen langen Halbkreis, der sich über den gesamten Boden des Stadions erstreckt.

Mein Schwanz hüpft fröhlich hinter mir her. Er mag Ikonen fast so sehr wie ich.

Sobald wir alle an unserem Platz sind, tritt Mama in die freigebliebene Mitte unseres Halbkreises und wirft ihren Kopf hin und her. Plötzlich ist sie nicht mehr meine Mutter, sondern die außergewöhnliche Senatorin Lewis. Sie hebt ihre rechte Hand; das Stadion verstummt.

"Heute Abend ist es mir eine Ehre, meine Tochter Myla Lewis, die Große Scala, vorzustellen. Sie alle kennen sie als die übernatürliche Kriegerin, die Armageddon und seine Ghule aus unserem Land vertrieben hat. In letzter Zeit wisst ihr, wie unermüdlich sie dafür kämpft, dass unschuldige Seelen nicht in die Hölle geschickt werden. Und ich bin sicher, ihr habt alle die Schlagzeilen von heute Morgen gesehen. Meine Tochter hat uns vor Armageddon bewahrt, wieder einmal!" Sie klatscht in meine Richtung und die Menge tobt und wedelt mit den Schwänzen. Adairs Besessenheit war überall in den Nachrichten zu sehen. Ich bin nun wieder die unangefochtene Große Scala.

In der Menge tauchen Schilder auf, und im Gegensatz zu meiner Fahrt zur Pressekonferenz in der Thrax-Botschaft sind sie dieses Mal alle ziemlich süß. Auf meinem Favoriten steht 'Kein Fluch, alles super', 'Quasi Scala=beste Scala' und 'Myla Lewis, Beschützerin der Seelen'.

Mama verschränkt die Hände vor der Brust und ermuntert die Menge, weiter zu jubeln. Ich nehme mir einen Moment Zeit, um ihr Gejubel auf mich wirken zu lassen. Mama sagt immer, dass die glücklichen Momente einer Situation viel kürzer sind als die Momente, die von Angst, Sorge und Verzweiflung geprägt sind. Man muss sich also Zeit nehmen, um den Jubel wirklich zu genießen. Dank meiner Mutter dauert der Beifall immer länger an. Schon bald tut mir das Gesicht vom Lächeln weh.

Schließlich hebt Mama die Hand, um zu signalisieren, dass es nun still sein soll. Die Menge beruhigt sich. "So, und nun beginnen wir mit der allerersten Ikonenwanderung unserer neuen Großen Scala."

Ich gehe zu meinen Eltern hinüber, umarme sie und nehme meinen Platz in der Mitte des Halbkreises als Hauptattraktion der Zeremonie ein. Das Scheinwerferlicht trifft mich und lässt mich zusammenzucken. Das

Publikum ist absolut still. Aufregung und Adrenalin schießen durch meinen Blutkreislauf.

Ich liebe das so sehr.

Ich erhebe meine Arme und beschwöre den Igni mit meinem Geist. Auf meinen Ruf hin ziehen schwarze Wolken über den Horizont. Die Arena verdunkelt sich. Ein seltsamer Nebel überzieht den Boden der Arena. Kindliches Lachen und metallischer Unfriede ergreifen von mir Besitz.

Okay, das ist anders als alles, was ich bisher vom Alten Scala gesehen habe. Aber der Alte Scala hat noch nie so viele Seelen auf einmal bewegt, also nehme ich an, dass es ein paar Überraschungen geben sollte.

Ich spüre, wie sich helle und dunkle Igni materialisieren, aber nicht um meine Hände herum, wie es normalerweise der Fall ist. Wo sind diese kleinen Biester denn jetzt hin?

Wenn ich nach oben schaue, sehe ich, wie sich die winzigen Körper der Igni in den wogenden Sturmwolken über mir drehen. Innerhalb von Sekunden haben sie einen großen Strudel aus Licht gebildet, der sich über den verdunkelten Himmel ausbreitet. Nach und nach senkt sich das Zentrum dieses Igni-Wirbels auf den Arena-Boden. Ich starre voller Ehrfurcht auf meine Schöpfung und kann kaum atmen.

Das ist eine Art von Igni-Tornado. Wer hätte gedacht, dass so etwas überhaupt möglich ist?

Die Igni beschleunigen im Inneren, ihre Lichter blinken in einem Kegel aus dunklen Wolken. Als die Spitze des Tornados, der den Boden der Arena berührt. Er hält inne, zittert und bewegt sich dann weiter nach unten. Unter dem Arena-Boden bildet sich ein umgekehrter Tornado, der perfekt zu dem Tornado passt, der sich in den Himmel erhebt. Bald schon funkelt es in der Tiefe in rotem, flackerndem Licht.

Ich habe dieses Glühen schon einmal gesehen: Es sind die Feuer der Hölle.

Ich beobachte diese Zwillingstornados aus Licht, und meine Haut prickelt vor Schreck. Normalerweise erschaffen die Igni eine Seelensäule für jeden Geist. Doch diesmal haben die Igni die Mutter aller Seelensäulen erschaffen, eine gigantische Sanduhrform, die von der Hölle bis zum Himmel reicht. Die dünne zylinderförmige Schicht zwischen diesen beiden Extremen ist ein kleiner Erdkreis auf dem Boden der Arena, der sich direkt vor mir befindet. Eine seltsame elektrische Ladung erfüllt die Luft. Die zunehmende Geschwindigkeit der Igni lässt den Wind durch mein Haar und meine Scala-Robe peitschen.

Ich beiße mir besorgt auf die Unterlippe und überlege,

ob ich es noch einmal versuchen soll. Was auch immer diese Gestalt ist, ich habe noch nie gehört, dass ein Scala sie beschworen hat. Aber die Igni scheren sich einen Dreck um meine Sorgen. Sie waren bei irgendeinem Verrückten gefangen, und jetzt haben die kleinen Viecher eine Glückssträhne. Nun sind sie so froh, wieder bei ihrer richtigen Scala zu sein und ihre richtige Arbeit zu tun. Im Hals der Sanduhr - dem Auge der doppelten Tornados - taucht ein Bild auf. Es ist ein alter Mann, gekrümmt vom Alter, dessen langer weißer Bart bis zu den Zehen reicht.

Mir bleibt der Mund vor Schreck und Erkenntnis offen stehen. Ich würde diesen Mann überall erkennen. Es ist Maxon Bane, der alte Scala. Ich habe ihn nicht mehr gesehen, seit er mir seine Kräfte gegeben hat und die Igni ihn in den Himmel geschickt haben. Wer hätte gedacht, dass er heute auftauchen würde? Seine ungleichen Augen treffen meine und der alte Schurke zwinkert mir zu. Er sagt zwei Worte: gute Arbeit. Stolz schwillt in mir an. Der alte Scala zappt für ein Kompliment hierher? Nun, das ist eine coole Sache.

Ich schließe meine Augen und mein Geist flackert durch Bilder von Tausenden von Männern, Frauen und Kindern... Quasi, Thrax und Menschen gleichermaßen. Dies sind die Seelen, die bewegt werden müssen. Mein Bewusstsein dringt in ihre Geister ein, spürt ihr Leben und ihre Geschichte. Millionen von Momenten fließen durch mich hindurch, all die mutigen, schönen und schrecklichen Episoden, die ein Leben ausmachen. Jede Zeitlinie läuft an einem einzigen Punkt zusammen: Fegefeuer. Der Geschworenenprozess oder der Kampfgerichtsprozess ist die Krönung all ihrer Leben, und mein Geist fließt durch Millionen von Urteilen. Mit den Meisten bin ich einverstanden, und ich bewege die Seelen entsprechend.

Allerdings hebe ich ein Urteil auf. Das von Adair. Ich stelle sicher, dass ich sie für später beiseite lege. Sie wurde zur Hölle verurteilt, aber ich werde sie nicht dorthin schicken. Zumindest jetzt noch nicht.

Ich öffne meine Augen wieder und sehe, wie mein Werk im Inneren der Seelensäule zum Leben erwacht. Wo einst Maxon Bane stand, befindet sich jetzt ein sich wandelndes Bild von Millionen verschiedener Körper. Sie alle erscheinen und verschwinden innerhalb von Millisekunden und bilden eine einzige sich wandelnde Figur, die Seelenikone, die jeden Geist enthält, der bewegt werden muss. Mit einem weiteren Lichtblitz teilt sich die Ikone in zwei Teile, genau wie ich sie geteilt hatte. Die eine Version erhebt sich zum Himmel, die andere stürzt in die Hölle hinab.

Über uns flackern die Wolken in weißem Licht auf, als der Himmel seine Ikone der Seelen annimmt. Auf dem Boden der Arena lodert rotes Licht, als die Hölle ihre Geister empfängt. Die Blitztornados entfachen ähnliche Lichtblitze, oben weiß und unten rot. Beide wirbelnden Formen liefern eine feuerwerksähnliche Explosion, die uns alle Flecken sehen lässt.

Zwischen diesen beiden hell erleuchteten Tornados, am Nullpunkt der Erde, bleibt eine Seele zurück, die darauf wartet, bewegt zu werden. Mein Herz schlägt mir bis zum Hals.

Vor mir steht Adair.

Lincoln eilt an meine Seite, sein unlesbares Gesicht fest aufgesetzt. "Hallo, Adair."

Ihr Körper erscheint in einer nebligen Form. Ansonsten sieht sie so aus, wie ich sie zuletzt gesehen habe: langes blondes Haar, hübsches Gesicht und ihre Scala-Robe. Ihr Gesicht verzieht sich zu einem finsteren Blick, als sie Lincoln und mich erkennt.

"Bist du gekommen, um dich zu freuen?", fragt Adair. "Was für ein Schock."

"Eigentlich sind wir mit einem Angebot gekommen", erkläre ich. "Über Euch ist der Himmel, unter Euch die Hölle. Ich habe die Macht, Euch in beides zu schicken."

"Nein, das könnt Ihr nicht. Ich habe meine Seele an Armageddon verkauft."

"Als ich das letzte Mal nachgesehen habe, konnte ich ihm ganz leicht in den Arsch treten. Ich bin bereit zu wetten, dass ich Euch hinbringen kann, wohin ich will. Es gibt nur einen Weg, das herauszufinden, Adair."

"Und was wollen Sie als Gegenleistung?"

"Informationen", sagt Lincoln. "Wer hat Euch unterstützt? Was sind deren Pläne? Wie seid Ihr an das Blut von Armageddon gekommen? Ich will Namen, Orte, alles, woran Ihr Euch erinnern könnt."

"Niemals. Ich werde die Hölle nehmen."

Die Erinnerung an Adairs gebrochenen Körper taucht in meinem Kopf auf. Ich wollte ihr sterbliches Ich nicht töten, und schon gar nicht ihre Seele zu einer Ewigkeit voller Schmerzen und Qualen verurteilen.

Ich hebe meine rechte Hand, bereit, dem Igni zu befehlen, sie hinunterzuwerfen. Ich spüre, wie sich die Dunklen daran reiben, sie in die Gnade Armageddons zu schicken; sie hassen sie wirklich abgrundtief.

"Denkt gut nach, Adair. Gebt uns Informationen oder fahrt zur Hölle."

Sie blickt nach unten und sieht die Feuer der Verdammnis unter ihren Füßen auflodern. Nach und nach zeichnet sich rohe Angst auf ihren hübschen Zügen ab.

Ein Anflug von Hoffnung erhellt mein Herz. Vielleicht wird sie endlich zur Vernunft kommen.

Adair sieht auf, öffnet den Mund, und dann wandert ihr Blick über Lincoln und mich, Hand in Hand. Ihr

Gesichtsausdruck wechselt von Entsetzen zu einer Mischung aus weißglühender Wut und Eifersucht.

"Ich sagte, zur Hölle", schreit sie. "Schickt mich!"

Ich weiß noch, wie ich das letzte Mal hoffte, Adair würde zur Vernunft kommen. Es endete mit ihrem Tod. Dieses Mal dachte ich wirklich, dass die Drohung mit der Hölle die Dinge ändern würde.

Ein schweres Gefühl der Traurigkeit legt sich auf meine Haut. Sie hat keine Ahnung, worum sie da bittet. Ich habe so hart dafür gekämpft, jeden aus der Hölle herauszuhalten, bei dem ich es konnte. Trotz aller Fehler, die Adair macht, schicke ich sie nur ungern dorthin.

Ich beginne, den Befehl zu geben, sie zu bewegen, halte aber ein letztes Mal inne. "Ich wünschte, ich müsste das nicht tun."

"Deshalb haben die Igni mich als Wahre Scala ausgewählt", sagt Adair spöttisch. "Wenn ich eine Seele in die Hölle schicken müsste, würde ich nicht zögern."

"Eigentlich haben sie mich gewählt, weil ich das immer tun werde. Auf Wiedersehen, Adair."

Ich senke meine Hand und schicke ihren Geist durch den Boden der Arena in das Reich Armageddons. Ein kleiner roter Lichtblitz flackert auf, als die Hölle ihren neuesten Bewohner aufnimmt.

Da Adair nicht mehr da ist, gibt es keine Seelen mehr

zu bewegen. Die beiden Tornados ziehen sich zurück, einer steigt in die Wolken auf, während der andere in den Boden der Arena stürzt. Die Arena wird es still. Dichter Nebel liegt noch immer schwer auf dem Boden, der Himmel ist nach wie vor schwarz vor Sturmwolken. Während ich das gefüllte Arena betrachte, schießt mir ein Gedanke durch den Kopf...

Die Ikonenwanderung mag vorbei sein, aber mit dieser kleinen Unterhaltung haben unsere Ermittlungen gegen Acca offiziell begonnen.

23

Wieder einmal stehe ich auf einer hohen Plattform aus hellem Gestein und starre hinunter in eine riesige Geode, die mit Thrax-Partygästen vollgestopft ist. Der Rixa Herold wartet in der Nähe, bereit mit einer silbernen Trompete und einer vorbereiteten Rede über meine Wenigkeit.

Ich knautsche mit den Fingern und entspanne sie wieder, um etwas von meiner Anspannung loszuwerden. Es klappt nicht im Geringsten. Um es kurz zu machen: Es gibt keine Möglichkeit, heute Abend einen hohen Adrenalinspiegel und Aufregung zu vermeiden.

Das ist mein Willkommensball, Teil zwei. Nur dieses Mal wird das Publikum nicht von einer halbdämonischen Adair-Puppenspielerin benutzt. Das ist also ein Pluspunkt für mich.

Der Herold spielt eine königliche Melodie, ich spreche mein Intro, und dann ist es soweit.

Ich mache mich auf den langen Weg über die Kristalltreppe hinunter in den Ballsaal. Heute Abend trage ich das goldene Überkleid, das Octavia für mich anfertigen lies. Ich bin kein Mädchen für elegante Kleider, aber dieses Ding ist gaaaanz entzückend. Der Stoff ist mit kleinen Drachen durchwebt, dem Symbol des Hauses Gurith. Die Vorderseite ist weit aufgeschnitten, so dass man meine weiße Scala-Robe darunter sehen kann, und ich habe sogar passende Stilettos. Leider traue ich mich nicht so recht, auf ihnen zu laufen. Bei jedem Schritt die Treppe hinunter bin ich sicher, dass ich ausrutsche und auf meinem Hintern falle oder mir das Genick breche. Aber wenn ich erst einmal am Fuße der Treppe angekommen bin, lohnt sich das Risiko eines plötzlichen Todes schon eher. Ein ehrfürchtiger Blick geht über Lincoln's Gesicht.

Eine sanfte Röte färbt meine Wange. Jetzt zahlt sich der ganze Aufwand für Mädels aus. Dieser Moment, dieser Blick, genau hier. Ich fühle mich wie die schönste Frau im Jenseits.

Lincoln hat sich auch schick gemacht. Er trägt eine neue Art von königlichem Outfit, nämlich einen langen, taillierten Mantel aus schwarzem Samt mit einem hohen Kragen und coolen goldenen Knöpfen, die in einem komischen Winkel über seine Brust gehen. Der Mantel fällt bis weit unter die Knie und gibt den Blick auf seine schwarze Lederhose und die dazu passenden hohen Stiefel frei. Köstlich. Seine goldene Krone ist eine Mischung aus dem Adler von Rixa und dem Drachen von Gurith, und ich möchte mit den Fingern durch sein gewelltes braunes Haar fahren.

Lincoln reicht mir die Hand. "Sollen wir deine Gäste begrüßen?"

Ich achte darauf, mein Gesicht ruhig und anmutig zu halten. "Müssen wir das? Es gibt genug Schnaps und Krabben, um sie lange bei Laune zu halten. Ich lege meine Hand in seine und spüre die Wärme seiner festen Haut unter meiner. "Wirklich, ich will nur mit dir abhängen."

Lincoln schlingt meine Hand um seinen Unterarm. "Wir sagen kurz Hallo und kommen gleich zum Tanzteil des Abends. Kurz danach können wir uns dann aus dem Haus schleichen. Wie hört sich das an?"

Ich tippe ihm beim Gehen unauffällig auf die Hüfte. "Abgemacht."

Er grinst. "Diejenigen von uns, die Stilettos tragen, sollten andere Leute nicht herumschubsen."

"Gutes Argument." Ich schnalze mit der Zunge. "Sieh mal an, du kennst dich mit Mädchenschuhen aus."

"Eine schöne Frau in Stöckelschuhen zu bewundern,

ist Männersache, Myla. Darüber werden wir später reden." Er lässt seine Hand auf meinen Rücken gleiten und führt mich zu einem Gespräch mit irgendeinem Grafen, der mir völlig egal ist. Wir quasseln eine Ewigkeit lang über nichts. Ab und zu mische ich mich mit unverbindlichen Kommentaren wie "sicher" und "was Sie nicht sagen" ein. Lincoln reibt mit seiner sehr warmen und festen Hand immer wieder meine Wirbelsäule, was sehr ablenkend ist.

Das geht eine Ewigkeit lang so: Lincoln stellt mir wichtige Thrax vor, ich lächle, er reibt meinen Hintern ganz oben, so dass mein Lustdämon in Aufruhr gerät. Nach einer Weile nimmt mein Schwanz die Sache selbst in die Hand und schleicht sich unter Lincolns Mantel, um unter dem langen Samt wer-weiß-was zu tun. Der Prinz schickt meinen Schwanz nicht weg und zeigt auch sonst keine Reaktion. Nur ab und zu antwortet er auf eine Frage mit einem "Ja", wobei seine Stimme ein wenig zu heiser klingt und seine Hand ein wenig zu tief auf meinen Hintern gleitet.

Alles in allem habe ich eine tolle Zeit.

Nachdem der Begrüßungs- und Brührungsteil des Abends vorbei ist, beschließen wir, vor dem Tanzen eine Pause einzulegen. Ich gehe zum Tisch meiner Eltern an der Seite des Ballsaals, wo das Essen stattfindet. Das wird lustig werden. Nicht nur, dass ich sie heute Abend noch nicht gesehen habe, sie haben auch noch einen festen Platz direkt neben dem Braten und dem Dessert. Lecker. Ich bin noch keinen Meter von ihrem langen Tisch im Stil einer Met-Halle entfernt, als Mama aufspringt.

"Rühr dich nicht vom Fleck!" Sie holt ihre Kamera aus der Tasche. "Ich will ein Foto machen." Sie schießt ungefähr zwanzig Fotos, bis wir die Grenze zwischen dem Land der süßen Mamas und dem Land der Unbeholfenen überschreiten. Ich greife nach der Kamera.

"Hey, ich sollte ein paar Fotos von dir und Papa machen." Die beiden sehen umwerfend aus. Mama trägt ein schwarzes Etuikleid, das von ihrer lila Amtsschärpe akzentuiert wird; Xavier trägt eine silberne Anzugrüstung, auf der seine goldenen Flügel zu sehen sind. Ich greife nach der Kamera. "Steh schon auf und posiere."

Mama schiebt mir die Kamera aus der Hand und schleicht sich näher heran. Sie macht eine große Show daraus, mir ins Ohr zu flüstern. "Dein Vater lässt sich nicht gern fotografieren, wenn er als Erzengel gekleidet ist."

"Warum? Er sieht doch toll aus."

Sie achtet darauf, ihre Stimme leise zu halten. "Er sagt, dass die Erzengelbekleidung die Verrückten, wie er sie nennt, auf den Plan ruft. Er will nicht, dass Bilder die Runde machen und alles noch schlimmer machen."

Ich werfe einen Blick auf ihren Tisch. Sicherlich ist jeder Platz mit einem kuchenäugigen Thrax besetzt, der atemlos ist, neben einem echten Erzengel zu sitzen. "Oh, ich kann verstehen, was er meint. Kein Wunder, dass er dich von Anfang an mochte. Alle anderen küssen ihm den Hintern."

Ein zufriedenes Strahlen erscheint in Mamas braunen Augen. "Wie er es ausdrückt, ich habe ihn übertrumpft."

Papa steht auf und steckt seinen Kopf zwischen uns. "Worüber flüstert ihr?"

"Über dich." Ich strecke meine Zunge heraus und mache ein dummes Gesicht. "Und all die engelsverliebten Flügelnarren."

"Bitte, erinnere mich nicht daran. Das nächste Mal, wenn du eine dieser Thrax-Galas veranstaltest, trage ich meinen grauen Anzug."

Mama stößt einen langen Seufzer aus. "Das ist so eintönig, Xav."

"Aus gutem Grund." Papa hebt den Zeigefinger, hält inne und schaut über seine Schulter. "Bitte hören Sie auf, meine Flügel zu streicheln, gnädige Frau."

Eine zerknitterte Frau, die etwa tausend Jahre alt ist, hebt ihre papierne Hand von Papas Federn. "Tut mir leid, Eure Verehrung." Sie starrt wie gebannt auf seinen Rücken. "Sie funkeln so sehr, sehr stark."

Papa rollt mit den Augen. "Was habe ich Ihnen gerade gesagt?"

"Myla stimmt mir zu." Mama fuchtelt mit der Kamera herum, bevor sie sie wieder in ihre Handtasche steckt. "Wir sollten wenigstens ein Foto haben, auf dem du so gut aussiehst."

Mein Vater beugt sich leicht in der Taille. "Ein Grund mehr, meine Attraktivität live und persönlich zu genießen." Er hält inne und presst die Lippen aufeinander. "Berührt sie mich wieder?"

Ich lehne mich zurück und werfe einen kurzen Blick darauf. "Oooooooooh, ja." Ich zucke zusammen, weil es so seltsam ist. "Das ist wirklich eklig."

Auf der anderen Seite des Ballsaals stimmt das Orchester eine langsame Melodie an.

Mama nimmt Xaviers Hände in ihre. "Wollen wir tanzen?"

"Liebend gern."

Ich sehe zu, wie sie sich entfernen, und spüre das beruhigende "Aaaahhhh", das nur glückliche Eltern von sich geben können. Meine Mama und mein Papa, zwei verrückte Turteltäubchen, die einen Walzer tanzen. Das ist eine mächtig coole Sache.

Aus dem Augenwinkel sehe ich, wie sich Walker neben mich schleicht. Ich muss mich beherrschen, um nicht aufzuspringen und aus vollem Halse "Waaaaaaalker!" zu schreien. Immerhin habe ich ihn die ganze Nacht nicht gesehen.

Aber Walker versucht, sich an mich heranzuschleichen, seit ich neun Jahre alt bin, und das gelingt ihm ganz und gar nicht. Es wäre ein Bruch mit unserer Tradition, wenn ich ihn nicht in letzter Sekunde auffliegen lassen würde.

Walker schleicht sich auf Zehenspitzen hinter meine linke Schulter und klopft mir mit der Hand auf den Rücken. Wenn ich spreche, achte ich darauf, ihn nicht anzuschauen. "Das kann nur Lincoln, weißt du."

Ich kann das Grinsen in Walkers Stimme hören. "Was denn?"

"Sich an mich heranschleichen. Du bist viel zu laut." Ich drehe mich zu ihm um und umarme ihn fest. "Es ist so schön, dich hier zu haben. Ich kann dir nicht genug für alles danken, was du getan hast."

Walker beißt sich auf die Lippen. "Eigentlich gibt es eine Möglichkeit, wie du mir danken könntest."

"Nenne sie mir."

"Die Geistertürme laufen gut, aber ich denke, wir können noch besser werden. Neue Gebäude für ein neues Regime, so etwas in der Art. Ich habe ein paar technische Ideen, die..."

"Sag nichts mehr. Leg los."

"Danke, Myla." Er reibt seine Handflächen aneinander. "Das wird ein Spaß."

Eine neue Stimme ertönt hinter mir. "Entschuldigt mich." Ich drehe mich um und sehe Connor vor mir stehen. Er trägt eine traditionelle schwarze Thrax-Tunika mit Kettenpanzer und eine silberne Krone."Möchten Sie tanzen?"

Das ist das erste Mal, dass ich Connor sehe, seit ich ihm in meiner Küche die Leviten gelesen habe. "Sind Sie sicher, dass Sie das wollen?"

Connor sieht mich mit einem ernsten und offenen Blick an. "Sehr sogar, wenn Sie es erlauben."

Okay, ich war nicht gerade die Vorsitzende des "König Connor Fan Clubs", aber im Moment ist er sehr süß, traurig und ehrlich. Außerdem muss ich mit Lincolns Vater früher oder später klarkommen.

"Ein Tanz wäre schön, danke." Ich gebe meinem Ehrenbruder einen kurzen Kuss auf die Wange. "Wir sehen uns später, Walker." Connor und ich betreten die Tanzfläche und beginnen einen sehr langsamen, ruhigen und unbeholfenen Tanz. Seine ungleichen Augen mustern mein Gesicht sorgfältig.

"Ich habe gehört, dass Sie darüber nachdenken, eine Untersuchung gegen Acca einzuleiten."

Na toll. Noch mehr Acca-Liebe kommt aus dem Connor-Quartier. Was für ein Schock. Ich hätte es besser wissen müssen, als mich auf einen Tanz mit diesem Kerl einzulassen. Mein Ton wird eisig. "Das spricht sich schnell herum in Antrum."

"Ich habe viel über das nachgedacht, was Sie damals in der Küche gesagt haben." Er zieht die Schultern zurück. "Sie hatten absolut Recht."

Ich traue meinen Ohren nicht. "Hatte ich?"

"Die Leute haben mich schon viel zu lange mit inakzeptablem Verhalten davonkommen lassen, sogar Octavia. Ich möchte mich bei Ihnen für mein Verhalten entschuldigen. Aufrichtig!"

"Ich bin nicht diejenige, bei der Ihr Euch entschuldigen solltet."

"Ich habe bereits mit Lincoln gesprochen."

"Und?" Ich lasse meinen Blick über die Tanzfläche schweifen und sehe Lincoln mit Octavia tanzen. Er lächelt von Ohr zu Ohr. Mein Herz erhellt sich. Das ist eine gute Sache.

"Mein Sohn schien sehr erfreut. Ich habe ihm ein Versprechen gegeben, das ich Ihnen gegenüber gerne wiederholen würde, wenn es Ihnen recht ist."

"Sicher."

"Bei dieser Acca-Untersuchung möchte ich alles tun, um zu helfen, was ich kann. Ich habe viel zu lange unter deren Fuchtel gestanden. Mein Herzenswunsch ist es, dass Sie und mein Sohn eine starke Herrschaft haben, was auch immer dazu nötig ist. Euer Glück ist das, was für mich wirklich wichtig ist. Das sehe ich jetzt ein."

Mein Atem stockt vor Überraschung. Ist das derselbe Mann, den ich vor der Auseinandersetzung mit Adair angeschrien habe? Ich sauge den offenen und ernsten Blick in Connors Augen auf. Es ist wahr. Er hat sich wirklich verändert. "Wow. Ich weiß nicht, was ich sagen soll."

"Sagen Sie, dass ich Ihnen helfen darf. Mehr verlange ich nicht."

"Ja, wir würden uns über Hilfe freuen. Danke, Connor." Und ich meine es ernst.

Lincoln und Octavia tanzen an unserer Seite. "Wie geht es dem langsamsten Tänzer der Welt?", fragt Octavia.

Connor mustert sie von Kopf bis Fuß. Eine leichte Röte kriecht in Octavias Wangen. "Du siehst heute Abend bezaubernd aus, meine Königin."

Octavia tritt von Lincoln zur Seite und glättet die Falten ihres schwarzen Samtkleides mit silbernem Seidenüberwurf. Der schlichte, glockenförmige Rock und die langen, geschlungenen Ärmel umrahmen perfekt ihr schönes Gesicht und ihre Figur. "Warte, bis du die Rechnung des königlichen Schneiders siehst."

"Egal wie viel wir auch bezahlen werden, es ist gut angelegtes Gold." Connor hört auf, mit mir zu tanzen und reicht Octavia die Hand. "Immer noch das schönste Mädchen im ganzen Raum."

"Schmeichler", antwortet sie.

Er neigt den Kopf zur Seite. "Ah, aber funktioniert es denn?"

"Immer." Octavia schlingt ihren Arm um seinen. Gemeinsam tanzen sie los.

Lincoln bietet mir ebenfalls seine Hände an; ich lege meine Handflächen auf seine. Wir stehen ein paar Meter voneinander entfernt, sehen unbeholfen aus und bewegen uns definitiv nicht. Ich muss immer wieder an heute Abend denken, als wir eigentlich nur ein paar Grafen treffen und Smalltalk machen wollten. Stattdessen findet Lincoln einen Weg, meinen Lustdämon in Wallung zu bringen. Ich will gar nicht wissen, was er auf der Tanzfläche machen wird.

Na ja, ich will es schon wissen. Ich will nur nicht, dass die Thrax-Zuschauer es auch wissen. Ich bin nicht bereit, dass ihr Adel meine Augen rot vor lauter dämonischer Lust sieht.

Der Prinz zieht die Brauen hoch. "Was ist mit dem ganzen Platz zwischen uns?" Sein voller Mund verzieht sich zu einem verschmitzten Grinsen. "Darf ich noch ein paar Zentimeter näher kommen?"

"Auf keinen Fall. Du bleibst da drüben."

"Du hattest nichts dagegen, dass ich dich berühre, als ich dich den Grafen vorstellte."

"Das war vorher."

"Vor was?"

"Bevor, na ja..." Ich möchte sagen, bevor ich wusste, dass du meinen Lustdämon in Wallung bringen kannst, indem du einfach nur herumstehst und Smalltalk machst. Aber ich tue es nicht. "Ich will nicht, dass meine Augen vor deinen Leuten aufblitzen."

"Das ist unvermeidlich." Er lässt seine Handflächen über meine Arme und dann zu meiner Taille gleiten. Ich überlege, ob ich seine Hände wegschlagen soll, entscheide mich aber dagegen. Immerhin ist seine Berührung sehr lecker. Es kann nicht schaden, sie ein wenig zu genießen.

Wir stehen auf dem Boden des Ballsaals, sind uns jetzt näher gekommen, aber bewegen uns nicht. Lincolns Augen glänzen vor unterdrücktem Lachen. "Das ist der Teil, wo du deine Hände auf meine Schultern legst und wir tanzen."

Da hat er Recht. Wie zwei Statuen auf der Tanzfläche zu stehen, ist schon sehr merkwürdig.

"Gut. Keine komischen Sachen."

"Niemals."

Langsam schlinge ich meine Arme um seinen Hals, und wir beginnen, uns zu der sanften Melodie zu wiegen. Ohne es bewusst zu wollen, spielen meine Finger in seinem seidigen Haar. Mein Körper rückt noch näher an seinen heran. Wärme breitet sich in meinen Adern aus. Die Musik erreicht ein langsames Crescendo, und ich bewege mich noch näher zu ihm, bis meine Brüste nur noch seine Brust berühren. Okay, das ist seeeeeehr schön. Plötzlich ist es nicht mehr genug, die nackte Haut am Hals des Prinzen zu berühren. Wie an dem Tag in meinem Zimmer kann ich es kaum erwarten, bis viel weniger Kleidung zwischen uns ist. Das heißt, überhaupt nichts. Hinter meinen Augen beginnt sich ein Feuer zu entfachen.

Ich ziehe mich schnell zurück, wobei ich darauf achte, dass immer mindestens fünf Zentimeter Luft zwischen uns ist. Notiz an mich selbst: Hormone im Zaum halten.

Lincoln hält seinen Griff um meine Taille, seine Daumen wandern auf meinem Bauch auf und ab. "Du tust es schon wieder."

"Was?"

"Ihn aufhalten."

Ich bin so gefesselt. "Welchen, ihn?"

"Deinen Lustdämon. Seit dem Heckenlabyrinth hältst du dich zurück. Ich mag ihn, weißt du."

Ich erhöhe den Luftraum zwischen uns auf zehn Zentimeter. "Darüber sollten wir hier nicht reden."

"Wenn du das sagst." Aber er sagt das mit einer knurrig-sexy Stimme, die den zusätzlichen Luftraum zwischen uns völlig nutzlos macht. Grrrrr.

Wieder einmal tanzen Octavia und Connor an unserer Seite, ihre Gesichter sind die Definition von "etwas im Schilde führen". Die Königin verzieht ihre Gesichtszüge in gespielter Verwirrung. "Was hast du gesagt, mein Sohn?"

"Ich habe kein Wort gesagt, und das weißt du auch, Mutter."

"Hast du nicht?"

"Nö."

Octavia dreht sich zu Connor um. "Ich habe etwas gehört."

"Ja, ich auch." Connor legt seinen Arm um Octavias. "Lass uns den Kindern helfen, anzufangen."

Lincoln legt seine Handflächen auf seine Augen. "Ich weiß nicht, warum ich euch beiden etwas erzähle."

Octavia eilt an den Rand der Tanzfläche und klatscht in einem schnellen Rhythmus in die Hände. "Alle! Ruhe jetzt." Die Menge verstummt augenblicklich. Octavia gestikuliert zu Lincoln. "Mein Sohn hat eine wichtige Ankündigung zu machen."

Die Luft hätte mir nicht schneller entweichen können, wenn man mich mit einem Würgegriff erwischt hätte. Jetzt, wo Adair weg ist, müssen die Rixa-Verlobungsjuwelen endlich wieder aufgetaucht sein. Glücksgefühle durchdringen mich. Zeit für die Verlobung, ja!

Octavia beginnt mit einer netten Rede darüber, wie sehr sie ihren Sohn liebt. Ich nutze die Gelegenheit, Lincoln etwas zuzuflüstern.

"Sie haben die Juwelen gefunden, oder?"

Er lehnt sich nah an mich heran und sieht mich aus seinem linken Auge an. "Vielleicht."

"Cool." Ich sehe Octavia zu, wie sie ihre Rede beendet. Sie wird trübsinnig, als sie sich daran erinnert, wie das Kleinkind Lincoln versuchte, die Katze mit einem Holzschwert aufzuspießen. Es gibt ein großes Gelächter. Danach bittet sie ihren Sohn, ein paar Worte zu sagen.

Lincoln wendet sich an die Menge. "Mein Volk. Vor ein paar Tagen hat die Große Scala wieder einmal ganz Antrum und die Jenseitsreiche gerettet. Zweimal hat sie über den König der Hölle triumphiert. Sie hat längst mein Herz gewonnen." Lincoln kniet nieder und hält eine große Samtschatulle hoch, in der sich eine diamantene Halskette, ein Ring und ein Diadem befinden. "Myla Lewis, die Große Scala, Meisterin des Hauses Gurith, größte Kriegerin in Antrum, willst du mich heiraten?"

Mir steigen die Tränen in die Augen, als ich seinem Blick begegne. "Lincoln Vidar Osric Aquilus, Kronprinz aus dem Hause Rixa, ja, ich will dich heiraten." Ich mustere das Publikum, das mit Hunderten von Thrax gefüllt ist. Sicher, ich bin die Große Skala und habe all ihre traurigen Häute gerettet, aber das sind Dämonenjäger. Können sie wirklich mit einer Quasi-Dämonin als künftiger Königin glücklich werden?

Es folgt eine lange Pause, in der ich sicher bin, dass ein Haufen Thrax losgelaufen ist, um Teer zu kochen und Federn zu rupfen. Schließlich beginnt eine nasale Stimme zu singen: "Scala, Lincoln. Scala, Lincoln". Mein Gesicht verzieht sich zu einem breiten Grinsen, und alle möglichen Glücksgefühle pumpen durch meinen Körper.

Weitere Stimmen stimmen mit ein. Bald hallen die Worte "Scala, Lincoln, Scala, Lincoln" durch den ganzen Raum. Ich drehe mich ungläubig um, und die Bewegung lässt meinen Blick zum Rand der Tanzfläche schweifen. Dort sehe ich meine Eltern, Lincolns Eltern und den allgegenwärtigen Walker in einer ordentlichen Reihe stehen, alle mit feuchten Augen vor Freude. Ich werde selbst ein bisschen weinerlich.

Lincoln drückt meine Hände, so dass ich mich wieder ihm zuwende. Er erhebt sich und spricht mit einer lauten Stimme, die den Lärm der Gesänge seines Volkes übertönt. "Deshalb biete ich dir das Zeichen unserer Verlobung an." Er hebt seine Hände und legt alle Juwelen an ihren Platz. "So." Seine Stimme bricht vor

Rührung. "Das ist perfekt." Er fasst mir an den Hinterkopf und führt unsere Lippen langsam zueinander. Die Menge bricht in einen wilden Jubel aus.

Als unser süßer Kuss vorbei ist, flüstere ich ihm leise ins Ohr.

"Nein, zusammen ist perfekt."

24

Mein Rücken drückt gegen die dicke Mahagonitür zu meiner Suite in der Arx Hall. Lincolns Brust bewegt sich gegen mich, drückt mich ein wenig zu grob, während sein Mund die empfindlichste Stelle meines Halses streift. Unheilige Hölle, das ist gut. Ich schnappe nach Luft, die Hitze staut sich in meinen Adern.

Lincolns Lippen streifen die Muschel an meinem Ohr. "Was ist damit, dass du mir dein Zimmer zeigen willst?"

Panik schießt durch mein Nervensystem und verursacht einen Kurzschluss in meinem Gehirn. Ich bin sooooo unzufrieden mit der ganz besonderen Beziehung, die Lincoln mit meinem inneren Lustdämon hat. Zweimal hat mein "Dämon der Lust" jetzt schon fast die

Kontrolle übernommen und uns alle in Situationen gebracht, auf die wir absolut nicht vorbereitet waren. Und da Lincoln mein erster Freund - und seit einer Viertelstunde auch mein Verlobter - ist, habe ich nicht viel Erfahrung darin, über solche Dinge zu reden. Ich denke über verschiedene Möglichkeiten nach, wie ich das Thema ansprechen und dabei trotzdem cool bleiben kann. Mir fällt nichts ein.

Schließlich tue ich das, was ich unter Stress am besten kann, und sage das Erste, was mir in den Sinn kommt.

"Sollten wir nicht zurück zur Party gehen?"

"Nein, alle sind inzwischen betrunken oder tanzen. Keiner wird uns vermissen." Lincoln zieht sich von mir zurück und mustert mein Gesicht vorsichtig mit seinen ungleichen Augen. "Ist alles in Ordnung?"

"Ja. Gut. Nur müde." Warum kann ich nur in einzelnen Silben sprechen? "Gute Nacht."

Ich wickle meine Finger um die Klinke, schlüpfe vorbei und schließe schnell die Tür hinter mir. Ich hoffe wirklich, dass ich Lincoln nicht auf die Nase gehauen habe.

Drinnen sieht das Zimmer genauso aus wie damals, als ich mich für den Willkommensball umgezogen habe. Viel Platz, viel Schnickschnack. Jetzt, wo Clover für die Nacht weg ist, ist es auch hier furchtbar ruhig und unheimlich. Ich bin mir nicht sicher, ob es mir gefällt, allein in dem Raum zu sein, in dem ich gesehen habe, wie Clover ihre dämonischen Augen bekam. Außerdem war Lincoln definitiv zu Besuch. Warum habe ich ihm bloß wieder die Tür vor der Nase zugeschlagen?

Oh, ja. Meine Lustdämonenprobleme.

Verdammt, ich gerate jedes Mal in Panik, wenn er auftaucht. Und jetzt hänge ich am Abend meiner eigenen Verlobung allein herum. Gut gemacht, Myla. Ich trete einen meiner Stilettos ab und seufze.

Eine Stimme ertönt hinter mir.

"Warte mal kurz. Wollten wir nicht eine Diskussion über Stilettos führen?"

Ich schaue über meine Schulter und verdammt. Der Sultan der Tarnung hat eine Art Tür geöffnet, die in meiner Wand versteckt ist. Lincoln lehnt jetzt im Türrahmen, er trägt seine Lederhose und ein weißes hochgeschlossenes Hemd.

"Lincoln!" Ich verlagere mein Gewicht auf meinen schuhlosen Fuß. "Wie bist du hier reingekommen?"

"Ich habe meine Sachen nebenan unterbringen lassen. Hatte ich das nicht erwähnt?"

"Nein." Ich kicke meinen zweiten Schuh zur Seite. "Du bist ein echter Spanner."

"Nur in Nächten, in denen ich mich verlobe."

Verdammt, wir sind total verlobt. Er ist total heiß. Und ich bin immer noch total in Panik. Ugh.

Lincoln ballt die Faust hinter dem Rücken und wippt auf den Fersen. Lange Minuten vergehen, während ich ihn anstarre, meine Zehen in den Teppich kralle und mich verdammt unbeholfen fühle. Ab und zu öffne ich den Mund, bereit, endlich ein Gespräch zu beginnen. Jedes Mal, wenn ich zu sprechen beginne, sieht mich Lincoln mit einem erwartungsvollen Schimmer in den Augen an. Dann kneife ich, schließe meine Klappe und kralle wieder mit den Zehen.

Das ist das Allerletzte.

Lincoln kratzt sich mit der Hand im Nacken. "Dann lasse ich dich mal in Ruhe." Er dreht sich auf dem Absatz um und will gehen. Sein Anblick reißt mich aus meiner Kommunikationsflaute heraus.

"Warte." Meine Hände kreisen vor Nervosität auf und ab. "Die Sache ist die. Es begann alles, als ich zwölf war." Ich starre ihn an, als ob das einen Sinn ergeben würde.

Lincoln lehnt sich wieder gegen den Türpfosten. "Erzähl weiter."

"Die Ghule schickten mich in die Arena, um zu kämpfen. Die erste böse Seele kam zu mir und wow, mein Zorndämon musste sich losreißen, sonst wäre ich gestorben. Ich habe Jahre damit zugebracht, meine

Kampfseite kennenzulernen. Aber mein Lustdämon? Ich wusste nicht einmal, dass er existiert, bis ich dich traf." Mein Gesicht glüht vor Verlegenheit. "Ich kann mir gar nicht vorstellen, wie das klingen muss."

Wow! Könnte ich eine größere Verliererin sein? Diese ganze Erfahrung ist so abstoßend, dass sie nicht lustig ist.

Lincoln tritt näher. "Ich fühle mich geehrt. Wirklich."

Ich lege meine Verlobungsjuwelen auf einen Tisch in der Nähe und versuche, mir etwas Cooles - oder zumindest nichts Demütigendes - als Antwort auszudenken. Es fällt mir nichts ein.

Lincoln macht einen weiteren vorsichtigen Schritt auf mich zu, als wäre ich ein wildes Tier, das jeden Moment losrennen könnte. "Worüber machst du dir Sorgen?"

"Ehrlich gesagt, habe ich in deiner Nähe null Selbstbeherrschung. Zuerst habe ich dich im Heckenlabyrinth fast umgerannt. Danach ist es ein zweites Mal passiert, neulich in meinem Zimmer. Versteh mich nicht falsch, ich möchte etwas mit dir unternehmen. Wirklich. Aber ich habe keine Ahnung, was passieren wird." Ich zucke zusammen. "Mein innerer Lustdämon."

Lincoln's Stimme ist sanft. "Es ist so, wie ich dir schon gesagt habe. Ich bin nicht besorgt. Ich glaube nicht, dass er so verrückt ist, wie du denkst. Und wenn er es ist, kann ich damit umgehen."

"Ich weiß nicht. In meinem Zimmer hast du es auch ziemlich übertrieben."

Lincolns Augenbrauen heben sich vor Überraschung. "Hast du mich jemals die Kontrolle verlieren sehen?"

"Nein." Und das hat mir auch gefallen.

"Ist meine Erfahrung das Problem? Regt dich das irgendwie auf?"

"Nein, überhaupt nicht. Es ist gut, dass einer von uns beiden weiß, was er tut. Du bist der erste Kerl, den ich..." Ich suche seinen Blick, aber er macht wieder dieses unlesbare Ding mit seinem Gesicht. Besorgnis steigt in mir auf. Erwartet er von mir, dass ich auch erfahren bin? "Versteh mich nicht falsch. Es ist nicht so, dass ich nichts wüsste. Ich denke oft über Dinge nach, wenn ich allein bin. Ich denke über dich nach, wenn du weißt, was ich meine." Ich presse meine Lippen zusammen, und bin mehr als peinlich berührt. Das war die schlechteste Rede über Sex und Masturbation von jemandem, der zum Teil ein Lustdämon ist, die ich je gehört habe.

Ich richte meine Wirbelsäule auf. Ich bin die Große Scala; ich kann das sagen. "Die Sache ist die. Ich will nicht zu weit gehen. Aber ich glaube nicht, dass er auch so denkt."

Lincoln geht einen weiteren Schritt auf sie zu. "Überlass ihn mir. Wie weit willst du denn gehen?"

"Kein Sex, aber alles, was dazugehört."

"In Ordnung." Er schenkt mir ein zum dahinschmelzendes Lächeln. "Aber so weit müssen wir auch nicht gehen. Wir werden eine lange Zeit zusammen sein, Myla. Ich würde es gerne langsam angehen lassen. Ist das in Ordnung für dich?"

Ich stoße einen zittrigen Atemzug aus. "Sicher."

Es folgt eine weitere lange Pause, die ich mit einem zu schnellen Lachen fülle. "Warum ist das auf einmal so komisch?"

"Darf ich dir einen Vorschlag machen?"

"Bitte."

"Du hast gesagt, dass du an mich denkst, wenn du allein bist."

Eine Röte kriecht meine Wange hinauf. "Ja."

"Was stellst du dir vor?"

"Uns." Ich schaue in seine Richtung, fange seinen Blick auf und schaue genauso schnell wieder weg. "In den Ställen."

"Nach dem Winterturnier."

"Ja, wenn du..." Ich drücke meine Finger zusammen, als würde ich ihn massieren.

"Ich hab's. Fangen wir da an."

"Was meinst du?"

"Ich habe die Massage nie beendet. Willst du, dass ich es jetzt tue?"

Ich nicke so schnell, dass es mich schockiert, dass ich kein Schleudertrauma bekomme. Ja, ja, ja.

Lincoln gestikuliert in Richtung seines Zimmers. "Vielleicht sollten wir hier hineingehen."

Noch mehr schnelles Nicken.

Ich gehe an Lincoln vorbei und betrete sein Zimmer. Es ist eine schöne Mischung aus modern und mittelalterlich, mit vielen Braun- und Grautönen, die durch bequeme Ledersessel unterstrichen werden. "Ich mag deine Einrichtung."

"Danke." Er deutet auf den orientalischen Teppich auf dem Boden seines Bettes. "Warum setzt du dich nicht hierher?"

"Genau, so wie im Stall."

"Ja." Er reicht mir eine Decke. "Du wirst dich wieder zudecken müssen, wie damals."

Mich vor Lincoln auszuziehen, fühlt sich für mich ein wenig fortschrittlich an. Eine intensivere Röte kriecht meine Wangen hinauf.

Er bedeckt seine Augen mit den Händen. "Ich verspreche, nicht zu gucken."

Schnell streife ich meine Kombination aus Scala-Robe und Überkleid ab und wickle dann die Decke um mich. Ich tippe auf seinen Arm. "Okay, du kannst jetzt gucken."

Lincoln öffnet seine Augen und beobachtet mich mit einem gespannten Interesse, als würde er einen Gegner vor einem Kampf einschätzen. Meine Dämonen der Lust und des Zorns stimmen mir zu; das ist ein wahnsinnig heißer Ausdruck in seinem Gesicht, genau da in diesem Moment.

"Ausgezeichnet. Setz dich." Die Art, wie er diese letzten beiden Worte sagt - ein wenig herrisch und heiser - lässt meinen Puls mit doppelter Geschwindigkeit rasen. Nachdem ich mich vergewissert habe, dass meine Decke nicht verheddert ist, setze ich mich auf den Orientteppich und falte meine Beine vorsichtig unter mir zusammen, genau wie ich es vor so langer Zeit im Stall getan habe. Aufregung strömt durch meine Adern.

Lincoln sitzt direkt hinter mir, die Körperwärme seiner Brust strahlt mir den Rücken entlang. Er fährt mit dem Finger über den Stoffstreifen hinter meinen Schultern. "Wenn ich mich recht erinnere, hattest du von der Taille aufwärts nichts an. Diese Decke schränkt meine Massagebewegungen ein."

Meine Stimme kommt atemlos heraus. "In Ordnung." Ich lockere die Decke, halte sie an meine Brust und lasse meinen Rücken frei. "Wie ist das?"

"Perfekt." Lincoln macht sich an meinen Schultern zu schaffen, seine flinken Finger wechseln zwischen rauem

Druck und federleichten Streicheleinheiten. Mein Körper erwärmt sich, meine Muskeln lockern sich. Ausatmend lehne ich mich nach vorne und stütze meine Arme auf den Knien ab. Lincoln lässt seine Finger nach oben gleiten und massiert meine Kopfhaut. Ab und zu kratzen seine Nägel sanft über meine Haut. Dieser Teil gefällt mir sehr gut.

Lincoln beugt sich vor. "Ich erinnere mich, als ich sie zum ersten Mal spürte."

Ohne es zu wollen, stoße ich ein langes 'mmm' aus. "Mein Lustdämon?"

"Oh, ja. Ich war genau hier." Seine Hände drücken sich auf meinen unteren Rücken und kneten meine Hüfte, hart und rau. Sein warmer Atem strömt mir in den Nacken, während er spricht. "Und du hast gezittert."

Ich zittere noch einmal. "Das ist richtig."

"In diesem Moment dachte ich, dass zwischen uns ein echter Funke überspringt, abgesehen davon, dass wir uns gegenseitig umbringen wollten."

Ich lache, der Klang ist tief, heiser und echt. Hinter mir zieht Lincoln sein Hemd aus.

Jetzt wird's richtig gut.

Lincoln lehnt sich wieder zu mir. Seine nackte Haut streift die meine. "Du hast versucht zu entkommen." Er legt seine Hände auf beide Seiten meiner Taille. "Und dann habe ich dich festgehalten." Sein Griff wird hart und fest, als er meine Hüften gegen den Boden drückt. Seine Stimme klingt tief in meinem Ohr. "Genau so."

Mein Atem stockt. Jede Zelle in meinem Körper ist in Alarmbereitschaft und wartet auf seine nächste Berührung oder sein nächstes Wort.

"Und ich wusste, dass dir das noch mehr gefällt." Lincolns Fingerspitzen gleiten über meine Oberarme, bis seine Berührung die Linie meiner Schlüsselbeine nachzeichnet. "Das hast du, nicht wahr?"

Ich schaue über meine Schulter und begegne seinem Blick. "Ja." Sein Gesicht strahlt rohe Leidenschaft aus, die er unter strenger Kontrolle hat. Verdammt, das macht mich an. Meine Augen glühen knallrot vor Lust.

Lincolns Mund verzieht sich zu einem wissenden Grinsen. "Na, hallo, du."

"Hallo, du."

Lincoln zieht mein Haar langsam zur Seite und beginnt, eine weiche Linie an meinem Hals entlang zu küssen. Ich schließe meine Augen und genieße jedes Gefühl.

Und einfach so ist es offiziell. Einen inneren Lustdämon zu haben, ist vielleicht doch ganz schön geil.

25

Ich mag es nicht, mit verbundenen Augen irgendwohin zu gehen, aber andererseits hat Walker darauf bestanden. Und nach allem, was der Kerl für mich getan hat, wer bin ich, ihm etwas abzuschlagen? In diesem Moment hält Lincoln meine rechte und Walker meine linke Hand, während unser kleines Trio über einen gepflasterten Hof marschiert. Unser Ziel? Ein hervorragender Blick auf den Prototyp des Gebäudes für unsere neuen Geistertürme. Nach sechs Monaten zügiger Bauzeit ist das Bauwerk nun bereit für einen ersten Blick.

Während wir weitergehen, pocht mein Herz mit doppelter Geschwindigkeit. Ich habe natürlich die Pläne für den neuen Turm genehmigt, aber danach war Walker super-geheimnisvoll. Er hat sogar ein überdachtes Gerüst um die Baustelle gebaut, um neugierige Augen und Kameras fernzuhalten.

Ich halte inne. "Darf ich jetzt gucken?"

"Nein." Walker gluckst; er weiß, dass ich null Geduld habe. "Du wirst noch ein bisschen warten müssen. Ich möchte, dass du den perfekten Blick hast, wenn du ihn zum ersten Mal siehst."

Wir marschieren ein wenig väterlich weiter. Mein Schwanz stupst Walker die ganze Zeit auf die Schulter, eine Bewegung, die immer wieder fragt: "Sind wir schon da?" Schließlich kommen wir zum Stehen.

"Bist du bereit?", fragt Walker.

"Aber sowas von bereit."

Ich nehme die Augenbinde ab und erschrecke. Das ist wahrscheinlich das prächtigste Gebäude in der Geschichte der Menschheit. Ich sehe es mir noch einmal an. Nein, es ist definitiv das prächtigste Gebäude, Punkt.

Der neue Geisterturm besteht aus klarem und superstarkem Glas, so dass man die schönen Wolken im Inneren schweben sehen kann. Auf der Außenseite erscheinen geätzte Wörter auf seiner Oberfläche. Einiges rollt auf und ab. Andere Dinge beginnen klein und werden groß, um dann zu verschwinden. Der Text besteht aus Statistiken über den betreffenden Turm. Wie viele Seelen sich darin befinden und wie viele wir bewegt haben, so etwas in der Art. Information als

Dekoration" nennt Walker das. Da das Fegefeuer Seelen sortiert und verarbeitet, nenne ich das schön.

"Wow, Walker. Es ist umwerfend."

"Warte, bis du es bei Nacht siehst. Dann leuchten die Worte in verschiedenen Helligkeitsstufen." Walker deutet mit dem Daumen in Richtung Lincoln. "Das war die Idee des großen Typen neben dir."

"Es ist alles eine Teamleistung", sagt Lincoln. Er und Walker klopfen sich zur Feier des Tages mit der Faust auf die Schulter. Die beiden haben gemeinsam an dem Prototyp des Turms gearbeitet und hatten viel Spaß dabei. Außerdem haben sich meine Leute dadurch daran gewöhnt, dass Lincoln im Fegefeuer herumläuft und an einigen Dingen beteiligt ist. Sie nennen uns jetzt

"Die große Scala" und "Kompagnon". Ich finde, das ist ein beschissener Titel im Vergleich zum Titel Prinzessin im Wartestand, den ich in Antrum bekomme, aber Lincoln sagt, er gefällt ihm sehr gut.

Mein Schwanz wippt unruhig hinter mir. "Darf ich reingehen und mir alles ansehen?"

"Noch nicht", sagt Walker. "Es gibt noch eine Menge zu tun."

"Außerdem müssen wir bald in Antrum sein", fügt Lincoln hinzu. "Unsere Transferplattform fährt in einer Stunde ab."

"Ach ja, richtig. Das hätte ich fast vergessen."

Seit unserer Verlobung haben wir sechs Monate im Fegefeuer verbracht, gefolgt von sechs Monaten in Antrum. Wo auch immer wir sind, ich kehre für meine monatlichen Ikonenwanderungen immer in die Arena zurück. Wenn wir heute Abend diesen Turm-Prototyp sehen, ist unser erster sechsmonatiger Aufenthalt im Fegefeuer offiziell zu Ende. Um unsere Rückkehr nach Antrum zu feiern, veranstaltet Octavia heute Abend einen weiteren königlichen Ball. Lincoln sagt, dass sie mich nach dem ersten Dutzend oder so nicht mehr so sehr stören wird. Ich sage, solange wir uns früh rausschleichen können, stören sie mich überhaupt nicht. Wir lassen es immer noch langsam angehen mit meinem Lustdämon und haben dabei auch noch eine verdammt gute Zeit.

Lincoln und ich verabschieden uns von Walker und gehen Hand in Hand aus dem Turm.

"Wie wär's, wenn du mich nach dem Ball auf Dämonenpatrouille begleitest?", fragt Lincoln. Dabei schleichen sich die Thrax auf die Erdoberfläche und töten ein paar Bösewichte. Das ist ihre ganze Daseinsberechtigung, und je nach Dämon kann das eine tolle Erfahrung sein.

"Irgendetwas Gutes?"

"Das Haus von Kamal meldet Probleme auf Bali. Das Wetter soll dort sehr schön sein."

Herr Schlauberger. Er weiß, dass mich das Wetter nicht interessiert.

"Du weißt, was ich meine."

"Oh, taugen die Dämonen was?"

"Ja, die Dämonen sind tauglich. Bali ist die Heimat der sehr seltenen und interessanten Blauen Simia." Diese Art von Bösewicht ist ein Affen-Riesen-Hybrid, der lila Gift spuckt. Ich wollte schon lange mal gegen einen kämpfen.

"Weißt du." Lincoln tippt sich ans Kinn, als ob ihm der Gedanke gerade in den Sinn käme. "Ich glaube, sie haben berichtet, dass sie ein oder zwei Blaue Simia gesehen haben."

Ich atme einen glückseligen Seufzer aus. "Oh, Lincoln. Du sagst die süßesten Dinge."

"Also, ist es ein Plan?"

"Auf jeden Fall. Ball, gefolgt vom Töten von Blue Simia. Gebongt."

Als wir unseren Spaziergang zum Pulpitum beenden, komme ich zu einer sehr wichtigen Schlussfolgerung.

Das Leben von Lincoln und mir mag nicht immer einfach sein, aber alles in allem - besser kann es nicht werden.

EPILOG

ZWEI MONATE SPÄTER

Lincoln und ich schlendern die runde Auffahrt zur Ryder-Villa hinauf. Die meiste Zeit kämpfen mein Verlobter und ich entweder gegen *große Bösewichte*, küssen wie verrückt oder verbringen die Zeit getrennt voneinander. Einen ruhigen Spaziergang wie diesen zu teilen? Ein Hochgenuss.

Ich sauge den Moment in mich auf.

Der graue Himmel wölbt sich über mir. Der Morgentau glitzert auf der weißen Holzfassade des Herrenhauses. Von den smaragdgrünen Sträuchern, die das Gebäude umgeben, tropft noch mehr Kondenswasser ab. Der Duft von gemähtem Gras erfüllt die Luft.

Das Leben ist schön.

Vor der Eingangstür bleiben wir stehen. Normalerweise werden mein Freund und ich jetzt bombardiert, meistens von Quasis, die wollen, dass ich ihren Goldfisch segne oder so. Aber es ist früh am Morgen und das Gelände der Villa ist menschenleer. Ich schaue mir meinen Freund noch einmal an, einfach weil ich es kann. Lincoln ist heute im Freizeitmodus, d. h. er trägt ein schwarzes T-Shirt, Jeans und dicke Stiefel. Ich hingegen trage meine weiße Scala-Robe und habe eine Ledertasche dabei.

Eine wichtige Tatsache: Früher konnte man im Fegefeuer keine anständigen Handtaschen kaufen. Dann habe ich die Ghule vertrieben, und die Einkaufsmöglichkeiten vor Ort sind jetzt viel besser. Totaler Sieg-Bonus.

Ich klingle an der Tür. Vor kurzem haben die Ryders eine schicke Anlage installiert, die zur Melodie von *Some Enchanted Evening* bimmelt. Eine merkwürdige Wahl, aber die Ryders sind allesamt Lustdämonen. Für sie macht es Sinn, einen Aufreißersong als Türklingel zu benutzen. Es vergehen Sekunden, bis eine gedämpfte Stimme hinter der Holzverkleidung ertönt.

"Wer ist da?"

Lincoln wirft mir einen Seitenblick zu. "Ist das ... Zeke?"

"Jep." Aus Reflex stoße ich den P-Ton am Wortende aus.

Das ist scheiße.

So sieht es aus. Cissy hat versprochen, dass Zeke heute Morgen nicht da sein würde. Sicher, Lincoln ist mein Verlobter, aber wir kennen uns ja nicht seit Jahren. Ich bin eine Halbgöttin, Papa ist ein Erzengel und Mama ist die Präsidentin des Fegefeuers. Und da ist meine unmittelbare Familie noch gar nicht mitgezählt. Ich habe es nicht eilig, meinen Freund in meinen größeren Kreis der Seltsamkeit einzuführen.

Zu dem vor allem Zeke gehört.

"Beantworte meine Frage. Wer ist da? Ich bin der Kapitän der Diplomatengarde."

"Vielleicht", korrigiere ich. "Mama *überlegt* es sich."

Das ist wahr. Trotzdem wird Mama wahrscheinlich Zeke den Job geben. Aus zwei Gründen. Erstens stand Zeke meiner Mutter bei, als sie Armageddon gegenüberstand. So eine Loyalität wird belohnt. Zweitens: Meine beste Freundin Cissy ist in der Diplomatieabteilung eine Wucht. Das ist eine große Hilfe für die Regierung im Allgemeinen und für meine Mutter im Besonderen. Es gibt allerdings einen Haken. Cissy ist mit Zeke zusammen, der zum Militär will. Daher die Sache mit der Wache.

Ich klimpere mit der Klinke. "Mach die Tür auf. Wir sind spät dran für Cissy."

"Ich brauche einen Ausweis", sagt Zeke. "Gib mir das Passwort."

"Ist das dein Ernst?" Ich werfe meine Hände hoch. "Niemand hat mir gesagt, dass du die Tür bewachst, geschweige denn, dass du nach Passwörtern fragst."

Neben mir spielt Lincoln mit dem Griff seines Baculums. "Soll ich mein Langschwert entzünden?" Seine Augen blitzen verschmitzt auf. "Es würde durch dieses Holz schneiden wie durch Butter."

"Das habe ich gehört!", ruft Zeke. "Du hast nicht gesagt, dass jemand bei dir ist, Myla."

Ich schaue zu Lincoln. "Bitte mach die Tür nicht kaputt. Zekes Mutter wird in einer Nanosekunde meine Mutter anrufen. Das Ergebnis wird nur hässlich sein, glaub mir." Ich rüttle fester an der Klinke, während ich die Tür anschreie. "Hör dir mal selbst zu, Kapitän Zuckerschnute! Du hast mich gerade Myla genannt. Du weißt doch, wer ich bin. Und ich habe eindeutig das Wort 'wir' benutzt, als ich sagte - ich zitiere - *wir kommen zu spät zu Cissy*. Also ist offensichtlich jemand bei mir. Jetzt mach schon auf."

Aus dem Inneren des Hauses ertönt ein Trommelwirbel von Schritten. Endlich geht die Tür auf. Auf der Türschwelle steht Zeke in seiner lilafarbenen Rüstung, mit dem Wappen der Neuen Republik Fegefeuer auf dem Bizeps. Neben ihm steht eine sehr rotgesichtige

Cissy in einem violetten Kleid. Sie hechelt. Kein Zweifel, meine beste Freundin ist zur Tür gesprintet.

"Es tut mir so leid", sagt Cissy. Um ihre Sorge zu unterstreichen, hebt sie die Hände. Bei jedem anderen würde diese Bewegung total unecht aussehen, aber meine beste Freundin macht das wie ein Profi. Deshalb ist sie auch so gut in der Diplomatie.

"Es ist in Ordnung", sage ich. *Und das ist es auch.* Cissy reißt sich beruflich zur Zeit den Arsch auf. Unglaublich nett von ihr, so früh zu kommen, damit Lincoln und ich meine Anhänger umgehen können. Sicher, Walker gibt meinen Anhängern kleine Projekte, damit sie mir aus dem Weg gehen, aber das Fegefeuer ist ein riesiger Ort. Es gibt immer jemanden, der das Memo nicht bekommen hat, wenn ihr wisst, was ich meine.

Lincoln nickt königlich. "Seid gegrüßt."

"Hey, Lincoln." Cissy dreht sich zu Zeke um und erstarrt. Sie mustert ihn von Kopf bis Fuß. Zweimal. Es ist, als sähe sie ihren Freund heute Morgen zum ersten Mal. Was wahrscheinlich auch der Fall ist.

"Du trägst heute einen Schutzpanzer", sagt Cissy.

Zeke bläht seine Brust auf. "Er ist gerade eingetroffen. Ein offizieller Schutzanzug. Ich dachte, ich probiere ihn an und übe, weißt du?"

Ich hebe meine Hand. "Wahre Geschichte. Zeke war

total nervig an der Tür. Fürs Protokoll, hier gibt es kein Passwortsystem."

Cissy und Zeke ignorieren mich, weil sie das manchmal so machen. Zeke wölbt seine rechte Augenbraue. Cissy nennt das seinen "köstlichen" Blick. Dann gestikuliert er über seinen Körperpanzer. "Was denkst du?"

Es folgt eine lange Pause, während Cissy nichts sagt. Meine beste Freundin ist in einer Hinsicht wie ich. Wir lieben beide einen Mann in Rüstung. Cissy hat den Vorwand des Grübelns fallen gelassen und ist ganz zum Männerversteher geworden.

"Ich mag ihn." Cissy zieht das Wort *mag* fünf Sekunden lang in die Länge.

Ich räuspere mich. "Cis."

Meine beste Freundin sieht nicht einmal in meine Richtung. "Hm?"

"Wir sind mit diesem Typen Hanner verabredet", erinnere ich sie.

Cissy bleibt mit Zeke im Blickkontakt. "Sein Name ist Herbie."

"Richtig." Ich *schnippe mit den Fingern* nach ihr und Zeke. "Also, der erste Schritt ist, dass ihr beide nach hinten geht, damit Lincoln und ich die Villa betreten können."

"Was?" Cissy blinzelt heftig. "Oh, richtig."

Gemeinsam ziehen sich Cissy und Zeke in den Empfangsbereich zurück. Dann fangen sie an, sich gegenseitig anzustarren. Zekes Augen leuchten rot auf. Das bedeutet, dass sein Lustdämon aktiv ist.

Igitt.

Es gibt einige Erinnerungen, die so verstörend sind, dass ich sie am liebsten aus meinem Gehirn verbannen möchte. Viele davon beinhalten, dass Cissy und Zeke miteinander rummachen. Allein der Gedanke daran lässt mich erschaudern. Als nächstes kommt mein Schwanz ins Spiel. Er wölbt sich über meine Schulter und zeigt auf mein Gesicht. Das Ende der Pfeilspitze wedelt hin und her und bedeutet: *Nein, nein, nein.*

Ich kann ihm da nicht widersprechen, denn er hat ja so recht.

Ich packe Lincoln am Handgelenk und ziehe ihn in das Gebäude, durch die Rezeption und dann direkt in den Flur, der zum Diplomatenflügel führt. Während wir davonrasen, rufe ich über meine Schulter. "Ich weiß, wo, äh, *wie war der Name noch mal?* Es ist im Moment zu stressig, um sich daran zu erinnern, also rate ich einfach drauf los. "Ich kann Hanford selbst finden, also ... tschüss!"

Lincoln verengt seine Augen zu dem, was ich sein *nachdenkliches Gesicht* nenne. Das passiert oft, wenn er mir Fragen zum Quasi-Leben stellt. "Ich dachte, du wärst zum Teil ein Lustdämon."

Plötzlich wird mir klar, dass ich hier einen gewissen Coolness-Faktor verloren habe. Die Sache mit Cissy - Zeke hat mich wahnsinnig gemacht. Ich löse meinen schraubstockartigen Griff um Lincolns Handgelenk und schreite gemächlicher den Flur entlang. "Was meinst du?" frage ich ganz beiläufig und mit dem größtmöglichen Maß an Ehrfurcht. Vielleicht.

"Cissy und Zeke sind dabei, sich zu küssen", sagt Lincoln.

"Igitt."

"Und genau das ist meine Frage. Warum sollte das so schlimm sein?"

Ich halte inne und schaue Lincoln mit meinem ernstesten Blick an. "Zwei Worte: Speichel-Fäden." Ich hebe meine Handflächen so, dass sie etwa einen Meter voneinander entfernt sind. "Von epischen Ausmaßen." Okay, das waren fünf Worte, aber hoffentlich kapiert mein Freund die Sache.

Und ob er das tut.

Lincolns Gesicht verzieht sich zu einem Ausdruck, den man nur als angewidert beschreiben kann. Kleine Fältchen bilden sich zwischen seinen Augenbrauen und so weiter. "Du bist eine Göttin unter den Frauen", sagt er feierlich. "Danke, dass du mir diesen Anblick erspart hast."

An dieser Stelle sei erwähnt, dass Lincoln nicht einmal zusammengezuckt ist, als wir in der letzten Woche Simia-Dämonen explodieren ließen. Wir hatten blaue Eingeweide in unseren Haaren und so weiter. Deshalb finde ich seine Reaktion auf die *Spucke-Situation* völlig in Ordnung.

"Gern geschehen." Ich grinse. "Und jetzt lass uns mit, äh, Hector reden."

"Er heißt Herbie."

Mein Kerl und die Namen. Er ist ein Zauberer, wenn es um sein Gedächtnis geht. Das ist einer der vielen Gründe, warum ich froh bin, dass Lincoln heute hier ist. Meine Augen weiten sich. In der ganzen Aufregung zwischen Zeke und Cissy habe ich mich vom eigentlichen Zweck unseres Besuchs ablenken lassen.

Ein Treffen mit einem wichtigen Zeugen.

Beweise gegen Acca zu sammeln.

Und diese Fakten zu nutzen, um Aldred in sein *ewiges Gefängnis* zu sperren.

Oh, jaaaaaaaa.

2

Ein paar Minuten später stehen Lincoln und ich vor einer weiteren geschlossenen Tür. Diesmal führt sie zu einer Kammer im Diplomatenflügel des Ryder-Anwesens. Ich klopfe vorsichtig.

"Wer ist da?" Die Stimme ist jung, männlich und ausgesprochen zittrig. Das muss Herbie sein.

"Ich bin's, Myla Lewis."

"Wer?!" Ein Krachen ertönt durch die Tür, als Herbie etwas umstößt.

Igitt. Ich vergesse immer wieder, dass niemand meine echte Identität mit meinem göttlichen Ebenbild in Verbindung bringt. "Ich meine, es ist die Große Scala."

"Oh", sagt Herbie. "Kommen Sie rein, bitte."

Ich stoße die Tür auf und werde Zeuge eines der unerwartetsten Anblicke überhaupt. Ein schmächtiger

Teenager sitzt an einem massiven Eichentisch, umgeben von leeren Stühlen. *Herbie.* Der Junge hat eine lange Nase, stacheliges braunes Haar, riesige braune Augen und ein T-Shirt mit der Aufschrift "I heart the Human Channel". Aber das ist nicht der überraschende Teil. Nein, im Gegenteil. Was einem die Augen öffnet, ist die Tatsache, dass die Tischplatte mit weißen Keramikschalen bedeckt ist. Und all diese Behälter sind mit winzigen, aber ekligen Lebensmitteln gefüllt.

Igitt. Und ich dachte, die Spuck-Fäden wären schlimm.

Lincoln tritt neben mich. "Guten Tag."

"Wer sind Sie?" Herbie reckt seinen Hals. "Sie haben keinen Schwanz."

"Er ist mein Verlobter", erkläre ich.

Herbie verzieht das Gesicht, als würde er diese Neuigkeit sehr genau überdenken. "Und Sie sind die Große Scala."

Ich zeige ihm den Daumen hoch. "Bingo."

Herbie zuckt mit den Schultern. "Dann ist es wohl in Ordnung." Er zieht eine frische Schüssel heran. "Es stört Sie nicht, wenn ich esse, oder?"

Ich schnippe mit den Fingern nach ihm und versuche, nicht zu genau hinzusehen. "Nö. Nur zu."

Lincoln macht wieder sein *nachdenkliches Gesicht.* "Was essen Sie denn da, Herbie?"

"Baby-Hotdogs. Wollen Sie einen?"

Ich unterdrücke den Drang, zu kotzen. "Nein." In meinem Kopf kam dieses Wort ganz leise und sanft heraus. Aber wenn man bedenkt, wie mich alle mit großen Augen anstarren? Ich habe es vielleicht ein bisschen geschrien.

Herbie schnappt sich seine Baby-Hotdog-Schüssel und kippt seinen Stuhl zurück. "Vielleicht sollte ich gehen."

"Nein, bitte." Ich nehme den Platz gegenüber von Herbie ein und versuche, die über zwanzig Schalen mit Baby-Hotdogs zu ignorieren. "Die Sache ist die. Ich hatte einen furchtbaren Baby-Hotdog-Vorfall in der zweiten Klasse der Purgatory Prep." Ich lege meine Hand auf mein Herz. "Wahre Geschichte."

"Ich bin ganz Ohr." Herbie stopft sich noch einen Baby-Hotdog in den Mund. Ich wünschte wirklich, er würde Besteck benutzen, aber ich bin jetzt nicht in der Lage, Forderungen zu stellen. Ich brauche Herbies Beweise mehr als ich hygienische Essgewohnheiten will.

"Es war unsere Schulabschlussparty", beginne ich. "Es war einer dieser superschwülen Tage, an denen die Temperatur etwa eine Milliarde Grad betrug. Sie sind mit Ghul-Lehrern zur Schule gegangen, richtig?"

"Das wissen Sie doch." Nachdem er sich den Mund mit fünf Baby-Hotdogs auf einmal vollgestopft hat, lehnt sich Herbie in seinem Stuhl zurück. Ich werte das als ein gutes Zeichen. Der Kerl macht es sich gemütlich.

"Nun," fahre ich fort. "Es gab eine Menge Spiele, von denen die meisten scheiße waren. Aber eines war Dunk, der Ghul-Lehrer. Kennen Sie das? Der Lehrer sitzt auf einem Vorsprung über einem Pool. Wenn man ins Schwarze trifft, fallen sie rein."

Herbie rollt mit den Augen. "Als ob das jemand mit einem Ghul machen würde. Alle hatten zu viel Angst vor unseren Oberherren den Ghulen."

"Niemand hat das." Ich zeige auf mein Gesicht. "Außer mir."

"Und ich glaube es." Lincoln lässt sich auf den Stuhl neben mir fallen. Dem Leuchten in seinen ungleichen Augen nach zu urteilen, gefällt ihm diese Geschichte.

"Also, mein achtjähriges Ich hat dann fünf Stunden lang Ghule getunkt. Dann schloss die Schule das Spiel und ich merkte, dass ich super hungrig war. Zu diesem Zeitpunkt war nicht mehr viel Essen übrig, nur ein paar mickrige Baby-Hotdogs auf dem Boden einer beliebigen Schüssel. Schlimmer noch, sie hatten in der Sonne gelegen und schwammen in einer Art grünem Schlamm. Aber ich war so hungrig, dass ich sie alle gegessen habe. Dann habe ich meine Eingeweide ausgekotzt."

Herbie hört auf zu kauen. "Sollen wir das beenden? Sie hassen Baby-Hotdogs. Ich bin zum Teil ein Völlerei-

Dämon. Ich kann mich nicht konzentrieren, wenn ich nichts esse. Ich habe ein ärztliches Attest und alles."

"Nein, ist schon gut." Ich lüge. "Ich war nur ein bisschen schockiert, als ich das erste Mal reinkam. Jetzt geht es mir gut."

"Wirklich?", fragt Herbie.

Ich reibe mir den Bauch und täusche es vor. "Mmmm, Baby-Hotdogs."

Herbie hält mir die Schüssel hin. "Wollen Sie welche?"

Ich tippe auf mein Kinn, als würde ich darüber nachdenken, anstatt zu versuchen, nicht zu kotzen. "Nö, ich habe genug." Ich wende mich an meinen Freund. "Lincoln, was ist mit dir?"

"Ich habe schon gegessen, bevor wir hierher kamen", sagt Lincoln sanft. "Vielleicht beim nächsten Mal."

"Sie sind ein Reinfall", sagt Herbie.

Ich reibe meine Handflächen aneinander. Nach der Begrüßung ist es an der Zeit, sich darauf zu konzentrieren, Aldred inhaftieren zu lassen. "Lassen Sie uns zu dem Grund kommen, warum wir hier sind." Ich hebe meine supersüße Ledertasche hoch und stelle sie auf den Teil der Tischplatte, der nicht mit Baby-Hotdog-Schalen bedeckt ist.

Lincoln hebt den Zeigfinger. "Bevor wir das tun, darf ich eine Frage stellen?"

Herbie spricht durch einen Mund voller *Igitt*. "Klar."

Lincoln legt den Kopf schief. "Ich bin mir nicht sicher, wie ich das fragen soll, aber sollten Völlerei-Dämonen nicht...", er schaut sich im Raum um, als ob er das Wort sucht.

"Viel größer sein als ich?", schlägt Herbie vor.

"Das", bestätigt Lincoln.

"Bei Völlerei geht es nur um große Nahrungsaufnahme", erklärt Herbie. "Ich habe einen erstaunlichen Stoffwechsel."

"Was für einen Schwanz hast du denn?" frage ich.

"Einen Kolibri." Herbie steht auf und dreht sich um. Und tatsächlich, er hat einen süßen kleinen Schwanz aus grünen Federn, der hinten aus seiner Jeans herausragt. "Kolibris fressen jeden Tag ihr Gewicht an Insekten. Bei mir sind es Baby-Hotdogs."

"Ihr Gewicht jeden Tag", sagt Lincoln. "Danke für die Erklärung."

Die Dinge entwickeln sich wieder zu einem beängstigenden Baby-Hotdog-Thema, also beschließe ich, uns wieder auf den richtigen Weg zu bringen. Ich greife in meinen Schulranzen und ziehe ein Lederbuch heraus. "Das ist ein Codex. Deshalb sind wir hier."

Knall!

Die Tür springt auf.

Ich stöhne auf. Und was kommt jetzt?

3

Cissy stürmt ins Zimmer. Ihre blonden Locken sind ein einziges Durcheinander, und ihre Lippen sehen aus, als hätte sie gerade Lippenauffüller bekommen. Keine Frage, was das bedeutet. Meine beste Freundin und Zeke waren sehr beschäftigt. Einem Akt der Güte des Universums ist es zu verdanken, dass keine Spucke von ihrem Kinn tropft.

Und nein, ich mache keine Witze. Das ist schon mal passiert.

"Tut mir leid, dass ich zu spät bin", sagt meine beste Freundin.

"Ist schon gut." Ich winke sie ab. "Wir haben Herbie getroffen und sind startklar. Du musst nicht bleiben, wenn du beschäftigt bist."

Cissy lässt sich auf den leeren Sitz zu meiner

Rechten plumpsen. "Ich gehe nirgendwo hin. Das ist so wichtig." Während sie sich mit den Händen Luft zufächelt zufächelt, wendet sich meine beste Freundin an Herbie. "Normalerweise bin ich sehr gut darin, meine Gefühle zu verbergen, aber ihr müsst mich entschuldigen."

Was auch immer Herbie früher für Sorgen hatte, er hat sie definitiv überwunden. Cissys Sorge scheint der Junge gar nicht zu bemerken. Herbie stapelt einfach seine letzte (und nun leere) Schüssel auf den Boden, holt einen weiteren Behälter herbei und isst.

"Siehst du", sagt Cissy. "Es ist wirklich, wirklich, wirklich wichtig, dass du heute hier bist. Myla ist meine beste Freundin."

"Wer?", fragt Herbie.

"Sie meint, die *Große Scala* ist ihre beste Freundin", sage ich. Herbie hat offensichtlich kein gutes Gedächtnis, es sei denn, es geht um das Mittagessen. Das passt zu der Kombination aus Kolibri und Völlerei.

"Richtig." Cissy atmet tief durch. "Das ist also superschwer für mich. Sie und ihr Verlobter sind hier, um Informationen über Lady Adair und das Haus von Acca zu sammeln."

Die ganze Farbe verschwindet aus Herbies Gesicht. "Lady Adair ist tot, stimmt's? Sie kümmert sich nicht mehr um diplomatische Angelegenheiten." Die Kolibri-

Seite von Herbies Persönlichkeit muss die Oberhand gewinnen, denn der Junge fängt superschnell an zu reden. "Ich bin nicht mehr Adairs Assistent. Ich habe nichts mehr mit dieser verrückten Frau zu tun."

Ich ziehe die Brauen hoch. Eine Zeit lang hat Adair als Antrums Diplomat im Fegefeuer fungiert. Es scheint, als hätte Herbie ziemlich viel Erfahrung mit Adairs Diplomatie. Wenn wir zu dem Teil mit den Beweisen kommen, die heute anstehen, werden diese Ereignisse mit Sicherheit interessant sein.

"Es ist alles in Ordnung", sagt Lincoln beruhigend. Und er hat diese königliche Art, Dinge zu sagen, bei denen man ihm voll und ganz glaubt. "Adair ist weg."

"Weg wohin?", fragt Herbie. Er wackelt jetzt ein bisschen in seinem Stuhl. Ich frage mich, ob der Kerl gleich ohnmächtig wird. Das könnte unangenehm werden. Ich beschließe, einzugreifen. Ich habe schon öfter mit Typen wie Herbie zu tun gehabt. Es ist das Beste, sich klar auszudrücken. "Lady Adair ist tot. Lincoln und ich haben ihr den Kopf abgehackt."

Herbie seufzt. "Gut. Also gut. Also, wofür brauchen Sie mich noch mal?"

Und damit sind wir wieder bei der Kehrseite eines Kolibri-Profils. Erstaunlicher Stoffwechsel. Kurze Gedächtnisspanne.

"Adair kommt aus einem Clan namens Acca", sagt

Cissy. "Ihr Anführer, Aldred, will Myla und Lincoln töten. Ich meine, die Große Scala und Prinz Lincoln."

"Stimmt", sage ich.

Cissy legt mir die Hand auf die Schulter. "Meine beste Freundin will Aldred vor Gericht bringen und ihn für seine Verbrechen bezahlen lassen. Dazu braucht sie die magisch aufgezeichneten Beweise in diesem Buch." Um das zu unterstreichen, klopft Cissy mit ihrer freien Hand auf den oberen Rand des Lederbandes.

Lincoln und ich tauschen einen zufriedenen Blick aus. Die Anerkennung ist da, wenn auch unausgesprochen. *Cissy macht ihre Sache sehr gut.*

"Und wenn die Beweise nicht ausreichen, um vor Gericht zu gewinnen?", fragt Cissy. "Dann werden Myla und Lincoln für immer in einem Gefängnis eingesperrt. Sie werden unter der Erde mit Würmern und anderen ekligen Dingen leben und nie wieder das Licht der Welt erblicken. Ich werde meine beste Freundin verlieren." Cissy dreht sich zu mir um, Tränen laufen ihr über das Gesicht. "Ich kann dich nicht verlieren, Myla."

Herbie runzelt die Stirn. "Myla?"

Verdammt, der Typ hat ein schlechtes Gedächtnis.

Lincoln und ich sprechen unisono. "Große Scala."

Ich presse meine Lippen fest aufeinander. Cissy gerät völlig aus den Fugen. Lincoln und ich tauschen einen weiteren Blick aus. Mein Freund neigt den Kopf in

Richtung Tür. Die Andeutung ist klar. *Du willst, dass Cissy verschwindet?*

Ich nicke schnell. *Ja, ja, ja.*

Im Gegensatz zu mir ist Lincoln ein geschickter Lügner. Er hält sich die Hand ans Ohr. "Oh, mein Gott. Ist das Zeke?"

Cissy schnieft. "Ich höre gar nichts."

Ich beschließe, mitzuspielen. "Oh, seine Stimme ist völlig klar. Zeke sagt, er hat noch eine Rüstung, die er dir zeigen will."

"Wirklich?" Sie tupft sich die Wangen mit den Fingerspitzen ab.

Lincoln fixiert sie mit seinem glaubwürdigen und königlichen Blick. "Auf jeden Fall. Du solltest dich besser beeilen. Ich glaube, ich habe da unten eine Frauenstimme gehört. Jemand namens Paula?"

Fürs Protokoll: Das ist sehr beeindruckend. Paula Richards ist Cissys alte Eifersuchts-Rivalin aus der Highschool. Schlimmer noch, Paula war mal mit Zeke zusammen. Das habe ich Lincoln gegenüber schon einmal erwähnt, vor etwa drei Wochen.

Cissy springt auf. Ihre Augen leuchten vor Neid rot auf. "Okay, dir scheint es gut zu gehen. Ich werde jetzt gehen."

Ich schnippe mit den Fingern an ihr herum. "Bis dann bye!."

Cissy stürmt aus dem Zimmer. Sobald die Tür geschlossen ist, klebt Lincoln einen Streifen lila Klebeband auf den Griff. Das ist kein gewöhnliches Zellophan. Es ist ein magischer Zauberspruch von Striga. Ich habe Lincoln diesen Gegenstand schon einmal benutzen sehen. Es ist ein Sperrbezirk, so dass uns niemand mehr stören kann. Nette Idee.

Der Clou: Herbie ist so in seine Baby-Hotdogs vertieft, dass er gar nicht bemerkt, wie Lincoln den Zauber anbringt.

Mein Freund nimmt wieder Platz und wendet sich mir zu. "Sollen wir?"

"Auf jeden Fall." Ich konzentriere mich wieder auf Herbie. " Sind Sie bereit, Ihre Geschichte zu erzählen?"

"Adair ist tot, richtig?"

"Vollkommen."

Herbie schiebt sich eine frische Handvoll Baby-Hotdogs in den Mund. "Dann machen wir das."

Ich grinse. *In der Tat, ziehen wir das durch.* Wenn wir diese Beweise sichern, sind wir einen Schritt näher dran, Acca zu Fall zu bringen.

Wird auch Zeit.

4

*E*ndlich sind wir dabei, unser erstes Anti-Acca-Interview zu führen. Ich zapple in meinem Stuhl und versuche, mich auf einen einzigen Gedanken zu konzentrieren.

Sieh nicht auf die Baby-Hotdogs.

Sieh nicht auf die Baby-Hotdogs.

Sieh nicht auf die Baby-Hotdogs.

Mist, ich habe hingesehen. *Wow, das Kerlchen kann aber ganz schön reinhauen.* Ganz ehrlich. Wir sind noch nicht lange hier und Herbie hat schon die Hälfte der Schalen verputzt.

Notiz an mich selbst: Cissy später danken, dass sie so viel Futter aufgetrieben hat. Denn sobald diese Behälter leer sind? wird Herbie so schnell weg sein, dass kleine Rauchschwaden hinter ihm auftauchen, während er rennt.

"Fangen wir mit den Grundlagen an", sagt Lincoln. "Der Prozess der Aufzeichnung Ihrer Aussage ist einzigartig für mein Volk."

"Was meinen Sie?" Für jemanden, der den Mund voller Essen hat, spricht Herbie ziemlich deutlich. Ich schätze, er hat eine Menge Übung. "Ich schaue Mortal's Court. Da sagen ständig Leute aus."

Wieder einmal erweisen sich meine vielen Stunden vor dem Fernseher als entscheidend für mein Erwachsenenleben. "Es ist so", sage ich zu Herbie. "Wenn die Menschen einen Prozess haben, treten die Zeugen vor Gericht in den Zeugenstand. In Antrum muss man Thrax sein, um den Gerichtssaal zu betreten." Oder in meinem Fall, eine Halbgöttin, die Regeln hasst. Aber ich werde bei Herbie nicht so sehr ins Detail gehen. Schließlich hat der Kerl eine Aufmerksamkeitsspanne wie ein Kolibri. "Damit Ihre Aussage zählt, muss sie in diesem speziellen Buch festgehalten werden." Ich zeige auf den Lederband. "Der Rixa Codex."

"Ihr schreibt also in das Buch, was ich sage?", fragt Herbie.

"Nein, der Prozess beinhaltet Magie", erklärt Lincoln. "Aber es hat keine Auswirkungen auf Ihre Person. Ist das akzeptabel?"

Herbie greift nach seiner aktuellen Schüssel und

schleppt sie mit einem langen Kreischen über den Tisch. "Was ist mit meinem Essen?"

"Der Zauber wird es nicht beeinträchtigen", stellt Lincoln klar.

Herbie zuckt mit den Schultern. "Wenn das so ist, ist alles in Ordnung." Überraschend macht sich Herbie wieder ans Essen.

Lincoln hebt den Kodex auf. "Ich, Lincoln Vidar Osric Aquilus aus dem Hause Rixa-"

"Moment mal", sagt Herbie. "Das sind eine Menge Namen für einen einzigen Kerl. Ist das wieder so ein Thrax-Ding?"

Eine lange Pause liegt in der Luft. Meine Augen weiten sich. *Ja, das ist richtig.* Ich habe Lincoln nur als meinen Verlobten vorgestellt, und mein Freund trägt heute keine formelle Kleidung. Ich zucke zusammen und überlege, ob ich Herbie alles erzählen soll. Das Problem ist, dass der Junge leicht zu entgleisen scheint.

Offensichtlich hat Lincoln die gleiche Idee.

"Das ist genau das, was es ist", sagt mein Freund. "Ein Thrax-Ding." Lincoln streckt seine Arme aus und balanciert den Kodex auf seinen Handflächen. "Lasst die Aufnahme beginnen." Der Kodex erhebt sich aus Lincolns Händen und schwebt dann in der Mitte des Raumes. Ein weißes Licht pulsiert über den Einband.

Herbie hört für eine ganze heiße Sekunde auf zu essen. "Cool."

"Erste Frage", sage ich. "Wie wurden Sie Adairs Praktikant?"

"Das ist so", sagt Herbie. "Ich esse tonnenweise Happy Piggy Baby Hotdogs. Die sind Gourmet. Richtig teuer. Ich brauchte einen Sommerjob, um meine Rechnungen bezahlen zu können. Der Rest der Praktika hier wurde so gut wie gar nicht bezahlt. Die Arbeit mit den Engeln war das Schlimmste. Nur Mindestlohn."

Ich nicke. *Das macht Sinn. Engel können manchmal geizig sein.*

"Aber ein Praktikum bei einer Thrax-Diplomatin brachte viel Geld. Ich schätze, Adair hat zwölf Praktikanten durchlaufen, und jedes Mal, wenn einer ging, haben sie das Gehalt erhöht. Also bewarb ich mich für den Job. Klar, ich hatte gehört, dass sie ein bisschen verrückt war. Aber ich dachte, solange ich meine Happy Piggies bekomme, ist alles in Ordnung."

"Lasst mich raten", sage ich. "Es gab einen Grund, warum Sie so gut bezahlt wurden."

"Da haben Sie recht", sagt Herbie. "Adair hat mich immer nur angeschrien. Ich konnte nichts richtig machen. Sie sagte ständig, ich sei ein Dämon, und dass ihre Familie mich umbringen würde, weil ich so viel Mist baue. Das ist wirklich anti-quasi." Herbie rollt mit den Augen. "Wir sind keine Dämonen. Quasis sind größtenteils Menschen mit einem winzigen Teil dämonischer DNA."

Ich hebe meine Hand. "Bezeuge ich." Ich lehne mich vor und stütze mein Kinn auf meine Handflächen. Jetzt wird es interessant. "Was für eine Arbeit hat sie Sie denn machen lassen?"

Herbie fährt sich kurz mit der Zunge über die Zähne. Ich glaube, diese Bewegung hilft ihm beim Nachdenken, während er gleichzeitig Hotdog-Stückchen von seinem Zahnfleisch zupft. "Adair hat morgens Milchbäder genommen, und ich musste die Wanne füllen. Das hat mich jeden Tag viel Zeit gekostet."

Mir bleibt der Mund offen stehen. "Sie hat was?"

"Sie hat mich gezwungen, eine Tonne Milchtüten zu holen und sie in die Badewanne zu schütten", sagt Herbie.

"Das gibt's doch nicht." Ich habe aus irgendeinem Grund Schwierigkeiten mit diesem Konzept. Ich meine, Milchbäder? Wer macht denn so was?

"Oh, ja. Es gibt eine Diplomaten-Suite in der Villa. Komplett mit Badewanne und allem. Nachdem sie fertig war, musste ich aufräumen." Herbie streckt seine Zunge heraus, um zu lachen. "Ich trinke nie wieder Milch, das kann ich Ihnen sagen."

"Kann ich Ihnen nicht verdenken." Fegefeuer-Milch neigt dazu, schnell zu gerinnen. Die Säuberungsaktion muss echt hart gewesen sein.

"Und was haben Sie noch für Adair getan?", fragt Lincoln.

Das ist mein Kerl, er bringt das Gespräch über die Milch weiter. Clever.

"Adair hat mich ihre Schuhe binden lassen. Ich habe dafür gesorgt, dass ihr Büro jeden Morgen mit frischen Blumen geschmückt war. Sie wollte auch überall Kristalle aufgestellt haben. Oh, und jeden Tag besorgte ich ihr ein ganz bestimmtes Mittagessen, das sie nie aß. Und egal, was ich tat, sie schrie mich an, weil ich es vermasselt hatte. Diese Morddrohungen von ihrer Familie." Herbie zittert. "Für sie zu arbeiten war schrecklich. Ich habe aufgehört zu essen. schlief nicht mehr. Mir fielen die Haare aus."

"Sie waren also ein diplomatischer Praktikant, der nichts mit Diplomatie zu tun hatte", fasse ich zusammen.

"Das war's." Herbie isst eine weitere Handvoll, seine Augen sind in Gedanken versunken. Nach einer Pause schnippt er mit den Fingern. Die Bewegung lässt eine Dusche aus Hotdog-Saft über den Tisch laufen. "Oh, ja. Hätte ich fast vergessen. Adair hat die ganze Zeit mit mir geredet. Und die anderen Praktikanten auch. Ich meine, wenn sie dich am Snackautomaten erwischte, redete sie dir den Kopf ab."

"Über diplomatisches Zeug?" frage ich.

"Nein. Darüber, dass sie unbedingt ihre große engelsgebundene Liebe heiraten wollte. Blablabla, blabla, blabla. Ohne Unterlass. *Engelsgebundene Liebe, Engelsgebundene Liebe, Engelsgebundene Liebe.* Alle Praktikanten nannten ihn den *Miserablen Loser.*"

Es gibt einen langen Moment, in dem die Worte im Raum stehen bleiben.

Miserabler Loser.

Oh, das ist zu gut.

Ich tue so, als würde ich husten, aber das Geräusch hört sich an wie *"Ich hab's dir ja gesagt".* Ich mache Lincoln immer noch Vorwürfe, weil er die Heirat mit Adair überhaupt in Betracht zog. Was für eine Horrorvorstellung.

Lincoln wirft mir einen Seitenblick zu, während er sich mit dem Mittelfinger die Stirn glättet. *Klassisch.*

"Zurück zu Adair", sagt mein Freund sanft. "Hat sie irgendetwas über nicht genehmigte Bündnisse mit der Hölle gesagt?"

"Oh, sicher. Sie sagte, sie teile ihr Blut mit dem König der Hölle. Armageddon. Er würde von ihr Besitz ergreifen, und im Gegenzug könnte sie die Kräfte der Großen Scala stehlen und ihren miserablen Loser heiraten."

Herbie macht kleine Anführungszeichen mit seinen Fingern, wenn er Miserabler Loser sagt.

"Unheilige Hölle." Ich schnappe nach Luft, weil diese Neuigkeit einfach so verrückt ist. " Haben Sie es jemandem erzählt?"

"Warum sollte ich?", fragt Herbie. "Wer würde schon glauben, dass jemand so verrückt ist, sein Blut mit dem König der Hölle zu teilen? Ich dachte nur, es war Adair, wie Adair eben ist."

"Und hat Adair gesagt, wer diesen Deal mit Armageddon eingefädelt hat?"

"Sicher", antwortet Herbie. "Das Ganze wurde von Adairs eigenem Vater, dem Grafen von Acca, ausgehandelt. Das hat sie jedenfalls gesagt. Wie ich Ihnen schon sagte, es war so verrückt, dass es nicht wahr sein konnte. War es das?"

Ich halte Daumen und Zeigefinger einen Zentimeter auseinander. "Es war ein bisschen wahr."

"Oooha." Diesmal stopft sich Herbie so viele Baby-Hotdogs in den Mund, dass er Schwierigkeiten hat zu sprechen. "Was ist passiert?"

"Die Sache mit den Toten", antworte ich. "Aber zurück zu Adair. Gibt es sonst noch etwas über sie und die Hölle, das Sie uns mitteilen können?

. . .

"Hmm", kaut Herbie schließlich und schluckt seinen Biss hinunter. "Adair hat ständig davon gesprochen, dass sie Armageddon nahe ist. Dass, wenn sie jemals in die Hölle käme, der Ort für sie ein Urlaub sein würde. Ich war mir sicher, dass es ein Scherz war."

"War es nicht", sage ich. "Lange Geschichte."

Lincoln fängt an, eine Menge weiterer Fragen über Adair, Armageddon und Aldred zu stellen. Meinem Gesprächspartner gelingt es, noch ein paar Details herauszubekommen, aber es gibt keine weiteren großen Enthüllungen wie die Sache mit dem Miserablen Loser. Irgendwann wird klar, dass wir keine brauchbaren Fragen mehr haben.

"Das ist alles, was wir von Ihnen benötigen", sagt Lincoln.

"Sind Sie sicher?", fragt Herbie. "Ich kann Ihnen noch mehr Details über die Bade-Sache geben."

"Nein, wir haben alles", sage ich. Ich will wirklich nicht mehr über Adairs Badegewohnheiten wissen.

"Wie Sie meinen." Herbie streckt die Hand aus und zieht die letzte Schüssel vor sich her. Wahnsinn. *Wie hat der Kerl nur so schnell gegessen?*

Ach ja, richtig. Völlerei-Dämon.

"Eine Sache noch", sagt Herbie. "Dieser Miserable Loser, kennen Sie ihn?"

Lincoln nickt. "Ja, ich kenne ihn."

"Richten Sie ihm eine Nachricht von mir aus. Adair sagte, wenn der Miserable Loser jemals eine andere heiratet, wird sie einen Weg finden, ihn in die Hölle zu zerren und sein Leben nach dem Tod schrecklich zu machen. Das Gleiche gilt für seinen Vater. Wenn der Miserable Loser eine andere als Adair heiratete, dann hätte Aldred auch Pläne für dessen Vater. Adair wollte nicht sagen, was das für Pläne waren, aber die Art, wie ihre Augen vor lauter kranker Freude glasig wurden? Das war nicht gut."

"Ich werde es weitergeben", sagt Lincoln. "Obwohl ich nicht glaube, dass er besorgt sein wird."

Lincoln ist diese Nachricht vielleicht egal, aber in mir kribbelt es vor Sorge.

"Meiner Meinung nach", fährt Herbie fort. "Dieser Miserable Loser sollte niemals vor den Traualtar treten. Eine totale Katastrophe." Herbie blickt auf seine Schüssel hinunter. Irgendwann hat er auch seinen letzten Baby-Hotdog aufgegessen. "Ich habe fertig." Seine Augen wölben sich. "Ich habe alles leer!" Er erhebt sich und stürmt aus dem Zimmer.

Einen Moment lang überlege ich, ihm zu folgen. Immerhin hat Herbie uns gerade geholfen. Ich will sichergehen, dass es dem Jungen gut geht. Abgesehen davon hat Herbie schon seit Jahren mit seiner Völlerei zu kämpfen. Zweifellos hat er irgendwo einen Vorrat an Baby-Hotdogs. Und es gibt wichtigere Sorgen.

Wie das, was Herbie über Adair und die Ehe gesagt hat.

Machen Lincoln und ich einen Fehler?

uch ohne Herbie schwirrt mir das ganze Gerede über meine Ehe und den Untergang von Acca noch im Kopf herum. Ganz zu schweigen von dem Teil, dass Adair in der Hölle Urlaub macht? Scheint total erfunden zu sein.

Ich wende mich an Lincoln. "Adair in der Hölle ... macht dir das keine Sorgen?"

"Nein, nicht wirklich. Ich habe heute Morgen sogar Neuigkeiten zu diesem Thema erfahren. Willst du sie hören?"

Wir haben uns Sorgen um Adair gemacht, seit sie es vorgezogen hat, Lincoln und mich anzuschreien, anstatt in den Himmel zu kommen. Lincoln kennt einige gefallene Engel in der Hölle. Mein Freund hat sich nach Informationen erkundigt. Ich lege den Kopf schief und überlege, ob ich die Neuigkeiten hören will oder nicht. Es war schon eine Menge "Adair" heute Morgen. Am Ende entscheide ich, dass es das Beste ist, es hinter mich zu bringen.

"Sicher", antworte ich.

"Wie sich herausgestellt hat, geht es Adair im Moment relativ gut. Ich würde ihren Aufenthalt in der Hölle nicht als Urlaub bezeichnen, aber Armageddon bewahrt sie vor dem Schlimmsten. Der Höllenkönig will weiterhin Geschäfte mit Acca machen. Die Lieblingstochter des Grafen zu foltern, wird dabei nicht unbedingt hilfreich sein."

Ich denke darüber nach. "Aber sobald der Graf tot ist, könnte sich für Adair alles ändern. Die Ewigkeit ist eine laaaaaange Zeit."

"Richtig. Doch sie hat ihre Entscheidungen getroffen. So wie wir die unseren treffen."

Eine Last der Sorge legt sich auf meine Schultern. Ich beuge mich vor und stütze meine Ellbogen auf den Tisch vor mir. "Vielleicht ist das eine schlechte Idee. Acca zu verfolgen. Zu heiraten."

Lincolns Gesicht wird unleserlich. Erstaunlich, wie er das in einer Sekunde schaffen kann. "Weil sich deine Gefühle für mich geändert haben?", fragt er.

"Niemals." Ich stoße einen Atemzug aus. "Es ist Aldred. Er wird niemals aufgeben."

Lincoln verschiebt seinen Stuhl weg und dreht sich zu mir um. Nach und nach nimmt er meine Hände in seine. Die Bewegung bringt mich dazu, mich umzudrehen und ihm direkt ins Gesicht zu schauen. Mein Verlobter sieht mir direkt in die Augen, bevor er noch einmal spricht. "Ich habe eine Pflicht gegenüber meinem Volk. Sie wird mit dir an meiner Seite besser erfüllt werden können. Aber ich habe auch eine Verpflichtung mir selbst gegenüber. Uns gegenüber. Mein Vater lebt in Angst vor Aldred. Ich werde nicht aufgeben. Mehr als alles andere will ich eine Zukunft mit dir."

Was für liebe Worte. Ich sollte mich jetzt besser fühlen. Doch das tue ich nicht. Wenn überhaupt, scheint die Last meiner Sorgen nur noch schwerer zu werden. "Aber du weißt, dass Aldred wegen unserer Hochzeit intrigieren wird. Herbie hat recht. Es könnte eine Katastrophe werden."

"Was auch immer passiert, wir werden es gemeinsam durchstehen. Darum geht es doch, oder?"

In diesem Moment ist Lincoln ganz königlich entschlossen. Einige meiner Ängste schwinden. Mein Kerl und ich haben schon eine Menge durchgestanden. Vielleicht können wir auch das meistern.

"Werde meine Frau, Myla." Lincoln beugt sich vor und streicht mir mit dem sanftesten Kuss über die

Lippen. Das Gefühl lässt mein Inneres ganz warm und liebevoll werden. "Sag ja. Noch einmal."

Und weil Lincoln nicht der Einzige ist, der sich das mehr als alles andere wünscht, antworte ich mit einem Wort. "Ja."

* * *

-Ende-

Die Geschichte geht in TRICKSTER weiter!

ÜBER DIE AUTORIN

Christina Bauer findet, dass Fantasy-Bücher wie Speck sind: Sie machen das Leben einfach besser. Aus diesem Grund schreibt sie Liebesromane, in denen Dämonen, Drachen, Zauberer, Hexen, Elfen, Elementare und ein Haufen zufälliger Dinge vorkommen, die ihr einfallen, während sie mit der Boston T fährt.

Christina hat ihren Abschluss an der Newhouse School der Syracuse University gemacht, mit einem BA in Englisch und in Fernseh-, Radio- und Filmproduktion. Sie lebt in Newton, MA, mit ihrem Mann, ihrem Sohn und ihrem halb verrückten Golden Retriever Ruby.

Folgen Sie Christina Bauer Online

Blog: https://christinabauerautorin.de/

Facebook: https://www.facebook.com/authorBauer/

Twitter: @CB_Bauer

Instagram: https://www.instagram.com/christina_cb_bauer/

LinkedIn: https://www.linkedin.com/in/cb-bauer-481b12139/

You Tube: https://www.youtube.com/channel/UCJN3zxbPFpa6PDqeReApzvA

Tik Tok - https://www.tiktok.com/@christinacbbauer